ENGLISH FOR INTERNATIONAL COMMUNICATION
For Beginners

New Edition

目錄 Table of Contents

Part		
1	Photographs 照片描述	3~14
2	Question and Response 應答問題	15~37
3	Short Conversations 簡短對話	38~63
4	Short Talks 簡短獨白	64~82
5	Incomplete Sentences 句子填空	83~101
6	Text Completion 段落填空	102~109
7	Reading Comprehension 閱讀測驗	110~153

New TOEIC Model Test 多益全真模擬試題 .... 154~245

Part 1 Photographs 照片描述

P. 13

▶ 題目範例　中文翻譯　🎧 Track 01

(A) 這些商務人士正在看一張藍圖。
(B) 女子們正摘下她們的眼鏡。
(C) 左邊的男子正拿起一個馬克杯。
(D) 這些人正在聽收音機。

P. 14

▶ 範例1　中文翻譯　🎧 Track 02

(A) 男子正在修理汽車。
(B) 男子正在騎腳踏車。
(C) 男子正站在一台腳踏車旁。
(D) 男子正在台上說話。

▶ **Exercise**　錄音內容、中文翻譯 & 解析　🎧 Track 03

(A) She's holding a smartphone.
(B) She's chatting with a friend.
(C) She's reading some paperwork.
(D) She's folding some letters.

(A) 她正拿著智慧型手機。
(B) 她正在和一名友人聊天。
(C) 她正在閱讀一些文件。
(D) 她正在摺一些信件。

正解 **C**

本題須注意照片中主角動作。她明顯是拿著文件進行審視，並非拿著智慧型手機或聊天等，故正確答案為 (C)。

- paperwork (n.) 紙本文件
(A) smartphone (n.) 智慧型手機。
(B) chat (v.) 聊天。
(D) fold (v.) 摺疊。女子正在閱讀手中文件，並非摺疊信件。

Part 1 Photographs

P. 15

▶ **範例2　中文翻譯**　🎧 Track 04

(A) 兩名男子都在筆記本上寫字。
(B) 這些人正在移動椅子。
(C) 女子正在電腦上打字。
(D) 女子正遞交文件給男子。

▶ **Exercise**　錄音內容、中文翻譯&解析　🎧 Track 05

(A) They are enjoying a drink.
(B) They are concentrating on the presentation.
(C) They are using their cell phones in a meeting.
(D) The presenter is taking off his coat.

(A) 他們正在享用飲料。
(B) 他們正專心聆聽簡報。
(C) 他們正在會議上使用手機。
(D) 簡報者正脫掉他的外套。

本題須注意照片中主角與其他人之間的關係。照片當中顯示為簡報場合，而聽眾在專心聆聽報告，故正確答案為 (B)。

- concentrate *(v.)* 專注於
(A) drink *(n.)* 飲料。照片桌上放的是開水，並非飲料，且無人在飲用。
(C) cell phone *(n.)* 手機。
(D) presenter *(n.)* 報告者；講者。簡報者穿著外套，並無脫下外套之舉動。

P. 16

▶ **範例3** 中文翻譯 🎧 Track 06

(A) 路上交通擁塞。
(B) 車子在紅燈前停下。
(C) 一些人正等待過馬路。
(D) 路旁放置了一個廣告看板。

▶ **Exercise** 錄音內容、中文翻譯＆解析 🎧 Track 07

(A) The men are cooking a large fish.
(B) A fish has been caught by the men.
(C) The men have been listening at a meeting.
(D) The boat is being fixed.

(A) 男子們正在料理一條大魚。
(B) 男子們捕捉到一條魚。
(C) 男子們一直於會議中聽講。
(D) 有人正在維修船隻。

正解 B

本題當中主角懷抱大魚，可合理推斷此為他們捕捉到的漁獲，故正確答案為 (B)。該選項使用現在完成被動式，表示已發生的狀態，即「魚已被捕捉」。caught 為 catch「捕捉」的過去式及過去分詞。

(A) cook (v.) 烹飪。
(C) 場景明顯並非在會議中。
(D) fixed 為 fix「修理」的過去式及過去分詞。此選項以現在進行被動式（be + being + p.p.）表示目前某事物正在進行的狀態，即「有人正在維修船隻」。

P. 17

▶ **範例4** 中文翻譯 🎧 *Track 08*

(A) 文件旁有台筆記型電腦。
(B) 文件被整理成堆。
(C) 文件放在書架上。
(D) 這疊文件離電話很遠。

▶ **Exercise** 錄音內容、中文翻譯&解析 🎧 *Track 09*

(A) The phone is between the computer screen and lamp.
(B) The lamp is next to the computer screen.
(C) The files have been placed on top of the chair.
(D) The bulletin boards have been hung behind the lamp.

(A) 電話在電腦螢幕和檯燈之間。
(B) 檯燈在電腦螢幕旁邊。
(C) 文件放在椅子上。
(D) 布告欄懸掛在檯燈後方。

 B

本題須留意照片中各物品擺放位置的相對關係。圖中顯示檯燈在電腦螢幕旁邊，故正確答案為 (B)。

- lamp *(n.)* 檯燈
(A) 電話在電腦螢幕和檯燈左側，並非在兩者中間。
(C) file *(n.)* 檔案。文件放在桌上，而非椅子上。
(D) bulletin board 布告欄。hung 為 hang「懸掛」的過去式及過去分詞。照片中可明顯看出檯燈後方並無懸掛布告欄或任何東西。

P. 18

▶ **Exercise** 錄音內容、中文翻譯&解析 🎧 Track 11

(A) The projector has been fixed.
(B) The woman is stapling some documents together.
(C) The woman is making photocopies.
(D) The office chairs are being moved.

(A) 投影機已修好了。
(B) 女子正在裝訂文件。
(C) 女子正在影印。
(D) 辦公椅正被移動。

正解 C

本題須注意圖中主角動作。女子正在操作影印機,故可推測她正在影印,正確答案為 (C)。
- make photocopies 影印
(A) projector *(n.)* 投影機。照片中的機器為影印機,非投影機。
(B) staple *(v.)* 裝訂。
(D) 圖中未見辦公椅。

P. 19

▶ **Exercise** 錄音內容、中文翻譯&解析 🎧 Track 13

(A) The vacuum cleaner has been turned off.
(B) The man is sweeping the steps.
(C) The plants have been removed.
(D) The railing is being painted.

(A) 吸塵器已關掉開關。
(B) 男子正在清掃階梯。
(C) 植物已被移開。
(D) 欄杆正在上油漆。

正解 B

本題須注意圖中物品擺設或狀態,以及當中主角進行之動作。由圖中看得出來男子正在清掃階梯,故正確答案為 (B)。
(A) 圖中並無吸塵器。
(C) plant *(n.)* 植物。remove *(v.)* 移開。圖中可看到植物,故敘述「已被移開」不符。
(D) 本句為現在進行式的被動語態。圖中雖有欄杆,但並非正在上油漆。

Part 1 Photographs

P. 20

▶ **Exercise** 錄音內容、中文翻譯 & 解析 🎧 Track 15

(A) **The customers are being served food by a waitress.**
(B) The man and woman are checking into a hotel at the front desk.
(C) The hotel guests are waiting for their room to be cleaned by a maid.
(D) The man and woman are setting the table for dinner at home.

(A) 服務生正為顧客上菜。
(B) 男子和女子正在旅館櫃台辦理住房。
(C) 旅館客人正在等待清潔員打掃客房。
(D) 男子和女子正在家裡擺放晚餐餐具。

正解 **A**

本題須注意照片場景、當中主角與其他人的相互關係及異同之處。由圖片可以推測地點為餐廳，中央女服務生正在替兩位顧客上菜，故正確答案為 (A)。

• serve (v.) 服務；上菜
(B) 兩人在餐廳，非飯店櫃台。
(C) 照片為餐廳場景，與旅館無關。
(D) 兩人正在餐廳用餐，並非在家擺放餐具。

P. 21

▶ **Exercise** 錄音內容、中文翻譯 & 解析 🎧 Track 17

(A) Some electronic merchandise has been arranged in rows.
(B) The customer is thinking about buying some books.
(C) **The shopper is checking a food label in a grocery store.**
(D) The woman is picking up a pile of clothing that has fallen over.

8

(A) 一些電子商品成列排放。
(B) 這位顧客正在考慮購買一些書籍。
(C) 這位顧客正在雜貨店確認食品標籤。
(D) 女子正拾起倒下的成堆衣物。

正解 **C**

本題須注意圖中主角動作。由圖片可以判斷所在地點應為超市，主角在端詳產品包裝，應該是想得知相關資訊，故正確答案為 (C)。
• label *(n.)* 標籤
(A) 架上擺放的為食品，非電子商品。
(B) 女子手中拿的並非書籍。
(D) 圖中未見成堆衣物。

P. 22

▶ **Exercise** 錄音內容、中文翻譯＆解析　🎧 *Track 19*

(A) The luggage has arrived at the gate safely.
(B) The passengers are waiting at the check-in counter.
(C) The plane has already taken off.
(D) The customs officers are getting on the shuttle.

(A) 行李已安全送達登機門。
(B) 乘客正在行李託運櫃台等候。
(C) 飛機已經起飛。
(D) 海關人員正要搭上接駁車。

正解 **B**

本題須注意場景、主角以及其他人之間的關係與異同。由圖中可推測為機場，乘客正在辦理手續，故正確答案為 (B)。
• passenger *(n.)* 旅客；乘客
(A) 圖中未見行李送抵登機門。
(C) 圖中未見飛機起飛的畫面。
(D) 圖中未見接駁車。

Part 1 Photographs

P. 23

▶ **Exercise** 錄音內容、中文翻譯 & 解析 🎧 Track 21

(A) They are stepping out of the intersection.
(B) Neither of the men has a hardhat on.
(C) Both of the men have moustaches.
(D) They are looking at blueprints.

(A) 他們正走出十字路口。
(B) 兩位男子都未戴工地帽。
(C) 兩位男子都有小鬍子。
(D) 他們正在看藍圖。

正解 **D**

本題須注意圖中主角所處場景與異同之處。由圖片中可知兩人應為建築工人，正在注視紙張，故正確答案為 (D)。

- blueprint (n.) 藍圖
(A) 圖中未見十字路口。
(B) neither (pron.)（兩者之中）無一個。
(C) moustache (n.)（上唇上方之）鬍鬚。

P. 24

▶ **Exercise** 錄音內容、中文翻譯 & 解析 🎧 Track 23

(A) They are playing tennis at a gym.
(B) They have left their fish on the riverbank.
(C) The sweatshirts have been stored in the office.
(D) The people are hiking in the mountains.

(A) 他們在體育館打網球。
(B) 他們將魚留在河岸。
(C) 運動衫存放在辦公室裡。
(D) 這些人正在山中健行。

正解 **D**

本圖須注意圖片地點以及其中人物所從事之活動。由圖片可知地點於高山上，主角手拿登山杖故推斷應是在健行，因此正確答案選 (D)。

P. 25

▶ **Exercise** 錄音內容、中文翻譯＆解析 🎧 *Track 25*

(A) An x-ray of the patient has been displayed on the wall.
(B) The doctor is examining the patient with a stethoscope.
(C) A bandage has been wrapped around the patient's head.
(D) The nurse is administering medicine to the woman.

(A) 病患的 X 光片展示在牆上。
(B) 醫生正用聽診器為病患檢查。
(C) 繃帶纏在病患頭上。
(D) 護士正在給女士吃藥。

正解 Ⓑ

本題須留意圖中場景以及當中人物所從事的活動。由圖片可知病患躺在床上，由醫護人員進行檢查，故正確答案為 (B)。

(A) display *(v.)* 展示。牆上未見病患的 X 光片。
(C) wrap *(v.)* 包裹；纏繞。
(D) 醫護人員正在檢查病患，並非給藥。

Part 1 Photographs

Practice Test　PART 1

P. 26~28　🎧 *Track 26*

1

(A) A secretary is using a projection screen.
(B) They are pointing out something on a bulletin board.
(C) An employee is shaking his boss's hand.
(D) They are discussing something in the office.

(A) 秘書正在使用投影布幕。
(B) 他們正指著布告欄上的事物。
(C) 一名員工正與上司握手。
(D) 他們正在辦公室討論事情。

正解　**D**

由圖中可知為辦公室場景，且兩人正在看著電腦討論事情，故正確答案為 (D)。
(A) 圖中並無投影布幕。
(B) 兩人正指著電腦螢幕在討論，並非指著布告欄。
(C) employee *(n.)* 受雇者；員工。

2

(A) The dentist is examining his patient's teeth.
(B) The desk is covered with files and pens.
(C) The woman is waiting for her prescription at a drugstore.
(D) The patient is leaving the hospital after her surgery.

(A) 牙醫正在檢查病患的牙齒。
(B) 書桌上布滿資料夾和筆。
(C) 女子正在藥局等待她的處方籤。
(D) 病患於手術後正離開醫院。

正解　**A**

由本題圖中可知場景為牙醫診所，主角正在接受檢查，故正確答案為 (A)。
(B) cover *(v.)* 覆蓋。圖中未見書桌。
(C) 圖中場景並非在藥局等待處方籤。
(D) 圖中可見病患仍在治療中，尚未離開醫院。

3

(A) The woman is trying on some clothing to see if it fits.
(B) The televisions are stacked neatly on the shelves.
(C) The customers are paying for something at the check-out counter.
(D) The merchandise on the shelves has fallen over.

(A) 女子正在試穿服裝以確認是否合身。
(B) 電視整齊地堆在架子上。
(C) 顧客正在櫃台結帳。
(D) 架上的商品倒下了。

正解 C

本題圖中可判斷場景為結帳櫃台，客戶在進行結帳，故正確答案為 (C)。
(A) fit (v.) 合身。
(B) neatly (adv.) 整齊地；乾淨地。shelf (n.) 層架。
(D) 圖中架上商品並無倒下。

4

(A) The trash can is full of papers.
(B) There are some hotel guests in the room.
(C) The hotel room is ready for guests to use.
(D) There is a maid in the room.

(A) 垃圾桶裝滿紙張。
(B) 房間裡有些房客。
(C) 客房已經準備好供房客使用。
(D) 房間裡有一個女傭。

正解 C

本題為場景題。由圖片可推斷場景為飯店房間，且為整理過的狀態，故正確答案為 (C)。
(A) trash can 垃圾桶。圖中未見垃圾桶。
(B) 房間裡空無一人。
(D) 房裡並無女傭。

Part 1　Photographs

5

(A) The file cabinet is behind the chair.
(B) **There's a phone next to the computer screen.**
(C) The lamp is beside the phone.
(D) There are lots of pens and papers on the desk.

(A) 文件櫃在椅子後方。
(B) **電腦螢幕旁有一個電話。**
(C) 檯燈在電話旁邊。
(D) 書桌上有很多筆和紙。

正解　B

本題為場景題，由圖片可知電腦螢幕旁邊放有電話，故正確答案為 (B)。其他選項則因所敘述的位置、物件或狀態不符，而予以一一刪除。
(A) 圖中椅子後方無法看到有文件櫃。
(C) 檯燈應是在電腦旁邊。
(D) 書桌上並無筆和紙。

6

(A) The room's floor is being carpeted.
(B) **The clothes are displayed in a store.**
(C) The dresses are lying on the ground.
(D) The store managers have uniforms on.

(A) 房間地板正在鋪地毯。
(B) **服裝在商店裡展示著。**
(C) 洋裝放在地上。
(D) 店經理穿著制服。

正解　B

由本題圖片可知場景為服飾店，人形模特兒或吊衣桿上展示著衣服，故正確答案為 (B)。
(A) carpet (v.) 鋪設地毯。圖中為磁磚地板，並無鋪設地毯。
(C) lying 為 lie 的現在分詞，在此指「平放；靜置」。lie 作此義時的動詞三態為 lie-lay-lain。
(D) uniform (n.) 制服。圖中空無一人，未見店經理。

14

Part 2 Question and Response 應答問題

P. 29

▶ **題目範例 中文翻譯** 🎧 *Track 27*

你明天怎麼去上班？
(A) 我在那裡已經三年了。
(B) 我會騎腳踏車。
(C) 我待會兒要休息一下。

P. 32

▶ **Example 中文翻譯** 🎧 *Track 29*

我什麼時候可以拿到那些報告？
(A) 只要按下這個按鈕。
(B) 今天下午會完成。
(C) 你可以在餐廳找到他們。

▶ **Exercise 錄音內容、中文翻譯＆解析** 🎧 *Track 30*

1. When will you visit your grandparents?
   (A) At the hospital.
   (B) Probably next year.
   (C) He already retired.

   你什麼時候會拜訪你的祖父母？
   (A) 在醫院。
   (B) 或許明年吧。
   (C) 他已經退休了。

正解 B

本題是以疑問詞 when 開頭的題型，詢問拜訪祖父母的時間，選項當中唯一有提及時間的選項為 (B)，故為正確答案。
(A) 此為回答地點，並非時間。
(C) 主詞 he 不知所指為誰，且題目是問「何時」，與人物狀態無關。

2. When will you arrive in Austin?
   (A) Because he's disappointed.
   (B) I'll be in my office.
   (C) I should be there by eight.

   你什麼時候會抵達奧斯汀？
   (A) 因為他很失望。
   (B) 我會在我的辦公室。
   (C) 我應該八點前會到。

正解 C

本題詢問抵達奧斯汀的時間。選項當中唯一有提及時間的選項為 (C)，eight 在此指 eight o'clock，故為正確答案。
(A) because 為說明原因，並非回答時間。
(B) 題目詢問時間，而非地點。

15

Part 2 Question and Response

3. When did Angie call you?
  (A) She said she would be here.
  (B) On the telephone.
  (C) While I was cooking dinner.

  安姬什麼時候打電話給你的？
  (A) 她説她會在這裡。
  (B) 在電話中。
  (C) 當我在煮晚餐的時候。

正解 **C**

本題詢問 Angie 是何時打電話聯絡的，而且問題中含有過去式助動詞 did，可以得知是已經發生的事情。選項中唯一與時間相關的選項為 (C)，其中關鍵字 while 可表某時間點，指「在……的同時」，故為適當回應。

(A) 題目並非詢問 Angie 所說的內容。
(B) telephone 雖與 call 有關，但並無回答到題目所問的「時間」。

P. 33

▶ Example 中文翻譯 ♫ Track 32

我在哪裡可以買到像那樣的外套？
(A) 傑克要升職了。
(B) 它應該在今天晚上八點半離開。
(C) 在市政廳旁的百貨公司。

▶ Exercise 錄音內容、中文翻譯＆解析 ♫ Track 33

1. Where did you buy that camera?
  (A) From my uncle's shop.
  (B) It was 10 percent off.
  (C) I've wanted a camera for a while.

  你在哪裡買那台照相機的？
  (A) 在我叔叔的店裡。
  (B) 它打九折。
  (C) 我想要一台照相機有一段時間了。

正解 **A**

本題是以疑問詞 where 開頭的題型，詢問相機購買的地點，選項當中唯一有提及地點的選項為 (A)「在我叔叔的店裡」，故為正確答案。

(B) 此為回答商品折扣，並非購買地點。
(C) 題目並非詢問想要相機有多久的時間了。

2. Excuse me, where is the bathroom?
  (A) He went a long time ago.
  (B) It's across the hall.
  (C) There are many who are good at it.

  不好意思，請問廁所在哪裡？
  (A) 他很久之前就去了。
  (B) 穿過大廳就是了。
  (C) 有許多擅長這個的人。

正解 **B**

本題詢問洗手間在哪裡。選項中與地點相關的選項為 (B)，表示在穿過大廳那邊，故為正確答案。

(A) 此回答與時間相關，而非地點。
(C) 題目與「擅長某事的人」無關。

3. Where do you put your recycling?
   (A) We bought it yesterday.
   (B) In the trash can on the left.
   (C) Just write it at the top of the page.

   資源回收的東西要丟在哪裡呢？
   (A) 我們昨天買的。
   (B) 在左邊的垃圾桶。
   (C) 寫在頁面上方即可。

正解 **B**

本題詢問資源回收的放置地點，選項當中提及地點的選項為 (B)，表示「左邊的垃圾桶」，故為正確答案。
(A) 回答「購買時間」與地點無關。
(C) 回答「寫在頁面上方」，但題目問資源回收物品的放置地點，與書寫處無關。

P. 34

▶ **Example** 中文翻譯 🎧 *Track 35*

這封信我該寄給誰？
(A) 你應該給他們我的地址。
(B) 告訴他們這是有好處的。
(C) 寄給史提夫‧廷普森。

▶ **Exercise** 錄音內容、中文翻譯＆解析 🎧 *Track 36*

1. Who should I submit these receipts to?
   (A) Sure. I'll help you find them.
   (B) They all sold out last week.
   (C) I think you should talk to the accounts department.

   我應該把這些收據給誰？
   (A) 沒問題。我會幫你找到它們。
   (B) 它們上週就都售出了。
   (C) 我覺得你應該去問一下會計部門。

正解 **C**

本題是以疑問詞 who 開頭的題型，詢問收據要繳交給誰，選項當中並無直接回答，但在多益測驗問答當中「不知道、不確定」也是可能的答案，而問題中所詢問的收據（receipts）常是會計等部門會負責的相關事務，故適當回應為選項 (C)。
(A) 題目並非要求協尋物品。
(B) 此為回答物品已售出，答非所問。

2. Whose coffee mug is this?
   (A) No, thanks. I'll have tea.
   (B) I think it's in French.
   (C) It's mine.

   這個咖啡杯是誰的？
   (A) 不了，謝謝。我喝茶就好。
   (B) 我想這是法語發音的。
   (C) 這是我的。

正解 **C**

本題是以疑問詞 whose 開頭的題型，詢問物品的擁有者，選項當中唯一有回答所有權的選項為 (C)，表示「這是我的」，故為正確答案。
(A) 此處應為回答想喝的飲料種類，非物品的擁有者。
(B) 回答是哪種語言，答非所問。

Part 2 Question and Response

3. Who wrote this marketing report on our most recent product?

   (A) **I think Mandy did.**

   (B) I didn't have any.

   (C) She turned it in yesterday.

誰寫了我們最新產品的行銷報告？

   (A) **我想是曼蒂寫的。**

   (B) 我完全都沒有。

   (C) 她昨天繳交了。

正解 **A**

本題詢問報告是由誰所撰寫，選項當中唯一有回答人選的選項為 (A)，故為正確答案。

(B) 此為回答自己並無某項物品，答非所問。

(C) 回應中的「她」是誰並不明確，且題目也並非詢問報告繳交的時間，故非正確答案。

P. 35

▶ **Example** 中文翻譯 🎧 Tracks 37~39

第一類

Q: 山姆會開哪一台車？

A: 他的公司用車。

Q: 你都哪幾天去運動？

A: 只有星期六。

第二類

Q: 我面試應該要穿什麼？

A: 襯衫和領帶。

其他常考句型

Q: 我們下午的休息時間是幾點？

A: 下午三點半。

Q: 你的車子怎麼了？

A: 爆胎了。

Q: 機器怎麼了？

A: 我想它沒有被正確使用。

Q: 她在想什麼？

A: 她在想新的專案。

Q: 你為什麼這麼久才到？

A: 我的車在路上拋錨了。

▶ **Exercise** 錄音內容、中文翻譯＆解析 🎧 Track 40

1. What should we do tomorrow if the weather is nice?

   (A) I usually go to sleep at nine.

   (B) **Let's go to the beach.**

   (C) We've never done that before.

如果明天天氣很好的話我們要做什麼呢？

   (A) 我通常九點睡覺。

   (B) **我們去海邊吧。**

   (C) 我們從沒做過那件事。

正解 **B**

本題詢問明天可能進行的活動，選項當中唯一有回答活動的選項為 (B)「我們去海邊吧」，故為正確答案。

(A) 題目並非詢問平常幾點睡覺。

(C) 選項和題目雖均有動詞 do，但題目問「明天要做什麼」，不應回答「沒做過某事」，問答的時態並不一致。

2. What seems to be the problem?
   (A) I'm getting headaches all the time.
   (B) I'd like to see your selection of shoes.
   (C) That does sound like a problem.

   有什麼問題嗎？
   (A) 我一直在頭痛。
   (B) 我想看看你們店裡的鞋子。
   (C) 那聽起來的確像是個問題。

正解 **A**

本題詢問可能遭遇到的問題，選項當中唯一有回答負面情況的選項為 (A)「我一直在頭痛」，故為正確答案。

• headache (n.) 頭痛

(B) 回應「想看看你們的鞋子」之要求，非所遭遇的問題。

(C) 僅是重複問句當中的 problem 藉此混淆，但還是沒有回應問題所在，故非正確答案。

---

3. Which hotel should we book?
   (A) I have a few things I want to say.
   (B) We can go tomorrow after lunch.
   (C) I liked the one your friend showed us.

   我們應該訂哪一間旅館？
   (A) 我有幾件事情想説。
   (B) 我們可以在明天午餐後過去。
   (C) 我喜歡你朋友帶我們參觀的那一間。

正解 **C**

本題詢問應該預訂哪間旅館，選項當中唯一有回答選擇偏好的選項為 (C)「我喜歡你朋友帶我們參觀的那一間」，選項中用代名詞 one 來取代旅館，表示說話者喜歡「那一間」，故為正確答案。

• book (v.) 預約；訂位
(A) 與題意無關。
(B) 此應為回答時間，答非所問。

P. 36

▶ **Example** 中文翻譯 🎧 *Tracks 41~43*

第一類
Q: 你想要怎麼樣的咖啡？
A: 黑咖啡，不加糖。

第二類
Q: 那台 MP3 播放器多少錢？
A: 兩百元美金再加稅。

Q: 你學德文多久了？
A: 大概半年。

第三類
Q: 會議過後一起去吃午餐如何？
A: 好啊。我知道這附近有一間很棒的義大利餐廳。

Part 2 Question and Response

▶ Exercise 錄音內容、中文翻譯＆解析 🎧 *Track 44*

1. How long will you be on holiday?
   (A) We are going tomorrow.
   (B) For less than 10 days.
   (C) We arrive on Friday morning.

   你要去度假多久呢？
   (A) 我們明天要去。
   (B) 不會超過十天。
   (C) 我們星期五早上抵達。

   正解 **B**

   本題是以 how long 開頭的題型，詢問假期持續的長度，選項當中唯一有回答時間長短的選項為 (B)，故為正確答案。
   (A) 此句適用於以 when 開頭之問句。
   (C) 此為回答到達的時刻，非假期持續的長度。

---

2. How about going to the movies on Friday?
   (A) I just moved here last weekend.
   (B) I heard there are no good films out right now.
   (C) I want to be a film star someday.

   我們這個星期五去看電影，怎麼樣？
   (A) 我上週末才搬來這裡。
   (B) 我聽說目前沒有好看的電影。
   (C) 有朝一日我想成為一位電影明星。

   正解 **B**

   本題是以 how about 開頭的題型，詢問對方對於某個提議的看法。說話者提議週五去看電影，選項中唯一對電影表示意見的選項為 (B)「我聽說目前沒有好看的電影」，形同間接委婉地拒絕對方，故為正確答案。
   (A) 用與 movie 發音接近的 move「搬家」來混淆考生。
   (C) 以 movie 的同義字 film 來混淆考生，但「我想當電影明星」與要不要看電影答非所問。

---

3. How do you want your steak?
   (A) I like it medium.
   (B) I prefer it to fish.
   (C) I need an extra towel.

   你的牛排要幾分熟？
   (A) 我想要五分熟。
   (B) 我比較喜歡魚肉。
   (C) 我需要額外的一條毛巾。

   正解 **A**

   本題詢問想要牛排為何熟度，選項當中唯一相關的選項為 (A)「我想要五分熟」，故為正確答案。
   (B) 題目並非詢問比較喜歡牛排或魚肉。
   (C) 題目詢問牛排要幾分熟，並非詢問需要什麼物品。

P. 37

▶ Example 中文翻譯 🎧 Tracks 45~46

問「原因」

Q: 你為什麼關掉帳戶？

A:（因為）手續費太高了。

Q: 為什麼下週一辦公室不會開？

A: 那天是假日。

表「提議」

Q: 你留下來和我們一起吃晚餐吧！

A: 這真是太棒了。

Q: 我們何不下班後去逛購物中心呢？

A: 我不行。我必須加班。

▶ Exercise 錄音內容、中文翻譯＆解析 🎧 Track 47

1. Why did the manager put Stuart in charge of the Jenkins account?

   (A) I think we should charge for every extra service.

   (B) He has been performing well recently.

   (C) It will be express mailed to you free of charge.

   為什麼經理要請史都華負責傑金斯這家客戶？

   (A) 我認為每項額外服務我們都應該要收費。

   (B) 他最近表現得非常好。

   (C) 它會透過快遞免費寄送給你。

   正解 **B**

   本題詢問由 Stuart 負責 Jenkins 這家客戶的原因。選項當中與問題相關的適當回應為 (B)「他最近表現得非常好」，故為正確答案。

   (A) 選項中重複 charge，但此為「索價」之意，與題目當中 in charge of「負責；管理」無關，乃意圖混淆考生。

   (C) 選項當中回答寄送方式且 free of charge「免費」與問題無關。

---

2. Why don't we finish this tomorrow?

   (A) He didn't understand the assignment.

   (B) I can't wait to go to your party.

   (C) Good idea. I'm so tired today.

   我們為何不明天再完成呢？

   (A) 他不了解這項任務。

   (B) 我等不及要去你的派對了。

   (C) 好主意。我今天好累。

   正解 **C**

   本題是以 why don't . . . 開頭表提議，可能的回應包括贊成、反對或不確定。選項 (C)「好主意。我今天好累」等於贊同對方的提議，故正確答案為 (C)。

   (A) 回答某人「不了解任務」與題意不符。

   (B) 回應「等不及去你的派對」，答非所問。

Part 2 應答問題

21

3. Why was Nathan late for the meeting?

(A) He said he was stuck in traffic.

(B) It starts at 11:30.

(C) He'll be presenting his report.

耐森為什麼開會遲到呢？

(A) 他說他塞在路上了。

(B) 它十一點半開始。

(C) 他將會提出報告。

正解 **A**

本題詢問 Nathan 遲到的原因，唯一提出解釋的選項為 (A)「他說他塞在路上了」，是遲到常見的理由之一，故為正確答案。

(B) 題目並非詢問會議開始的時間。

(C) 此應為回答會議中 Nathan 將要做什麼事，回應與問題時態亦不符。

P. 38

▶ **Example** 中文翻譯 🎧 *Tracks 48~49*

辨識法一

Q: 這附近有藥局嗎？

A: 公園對面有一間。

Q: 沒有任何座位了嗎？

A: 沒了，現在沒有。

Q: 你聽說克雷格是本月最佳員工了嗎？

A: 真的嗎？他上個月也贏得這個頭銜。

Q: 你去過法國嗎？

A: 我小時候去過。

Q: 你想要靠窗的座位嗎？

A: 我比較想要靠走道的。

Q: 我可以列印這份文件嗎？

A: 可以，但是請等五分鐘。

Q: 我們需要多訂一點釘書針嗎？

A: 不需要，我們已經有很多了。

辨識法二

一般是非問句

Q: 你週末看的那場電影好看嗎？

A: 好看，我很喜歡。

間接問句

Q: 你知道新的〈鋼鐵人〉電影什麼時候會出 DVD 嗎？

A: 大概下週吧。

P. 39

▶ Example 中文翻譯 🎧 Track 50

Q: 這附近有任何優質學校嗎？

A:（有啊，）有幾間，但都很貴。

　　（沒有，）附近沒有任何出色的學校。

Q: 你的刀叉放在哪裡呢？

A: (A) 對，它們在浴室裡。

　　(B) 不，它們不在架上。

　　(C) 在櫥櫃裡。

▶ Exercise 錄音內容、中文翻譯＆解析 🎧 Track 51

1. Have you seen the TV schedule for tonight?
   (A) I'm not OK with that.
   (B) Yes, and there are too many cooking shows!
   (C) My schedule is flexible on Tuesdays.

   你看過今天晚上的電視節目表了嗎？
   (A) 我認為那樣不妥。
   (B) 有，太多料理節目了！
   (C) 我星期二的時間表很有彈性。

正解 **B**

本題是一般是非問句，詢問對方有沒有看過今晚的節目表。選項當中唯一回覆「有」或「沒有」的是 (B)，表示「有，太多料理節目了」，與問句中 TV schedule「電視時刻表」相呼應，故為正確答案。

(A) 答非所問。

(C) flexible *(adj.)* 有彈性的。雖提及 schedule，但在此回答自己的行程或時間表，與電視節目無關。

---

2. Could you tell me where I can find Rod Jackson?
   (A) He's in his office.
   (B) No, he is not a manager.
   (C) I've met him before.

   你可以告訴我哪裡可以找到羅德・傑克森嗎？
   (A) 他在他的辦公室。
   (B) 不，他不是經理。
   (C) 我曾見過他。

正解 **A**

本題是間接問句，要注意聽中間的疑問詞為何。在此詢問 Rod Jackson 在哪裡，選項當中唯一回覆「地點」的是 (A)「他在他的辦公室」，故為正確答案。

(B) 此應為回答 Rod Jackson 是否為經理。

(C) 雖提到「曾見過他」，但未點出其所在地點。

23

Part 2 Question and Response

3. Could you recommend a place for me to eat lunch?

(A) There is a station around the corner.

(B) The Thai restaurant across the street is good value.

(C) The board room will accommodate twenty for lunch.

你可以推薦我吃午餐的地方嗎？

(A) 轉角處有個車站。

(B) 這條街對面的泰式料理餐廳滿物超所值的。

(C) 會議室可容納二十個人吃午餐。

正解 **B**

題意是請對方推薦用餐地點，選項當中唯一回覆可以用餐地點的選項為 (B)，表示回答者推薦「泰式料理餐廳」，故為正確答案。

(A) 提及的地點為「車站」，通常不是用餐處。

(C) 回答「會議室可容納二十個人吃午餐」，並沒有直接回應推薦的用餐地點，因此也非正確答案。

P. 40~41

▶ **Example** 中文翻譯 🎧 Track 52

肯定直述句（＋）	否定附加問句（－）
馬丁是專案經理，	不是嗎？
凱倫會說五種語言，	不是嗎？
經理們會搭機去日本，	不是嗎？
凱文每天下班過後都去游泳，	不是嗎？
你才剛出差回來，	不是嗎？
莉莉已經做完報告了，	不是嗎？
你會比較想要住在市區的旅館，	不是嗎？
否定直述句（－）	肯定附加問句（＋）
你不會和我們一起住，	對吧？
這不是李先生選的圖片，	對吧？
他不是真的保險業務員，	對吧？
你沒有打一整天的電動，	對吧？
莎莉不會忘了來派對，	對吧？

可能的回應

肯定	否定
是的，他是。	不，他不是。
是啊，她很有才華。	不，她只會說兩種。
是啊，他們下週要去。	不，行程取消了。
我想是吧。運動對他來說很重要。	我想他只有星期三才去游泳。
你說對了。我昨晚才回來。	我好幾個星期前就出差了！
當然啊！她今天早上就給我了。	其實，她說她需要多點時間。
是啊，我覺得那會比較方便。	其實不是。我比較想住在海邊附近。

否定	肯定
別擔心。我會和我阿姨一起住。	你之前說我可以和你們一起住的！
不是，他選了另一張。	是啊，這就是他想要的那張。
不，我不認為他是。	就我所知，他的確是在賣保險。
沒有，我寫了功課還打掃了房子。	有啊，但我沒有其他任何事情可以做了！
不可能！她不會想錯過的。	可能喔。她從來都不記得任何事。

▶ Exercise 錄音內容、中文翻譯＆解析 ○ Track 53

1. Harry is pretty upset, isn't he?
   (A) No, he didn't bring his book today.
   (B) I think that his house is actually quite nice.
   (C) **Yeah. The accident must have been awful.**

   哈利心情非常不好，不是嗎？
   (A) 不，他今天沒有帶他的書。
   (B) 我覺得他的房子其實相當不錯。
   (C) **是啊，那個意外一定很糟糕。**

正解 **C**

本題為附加問句題型，詢問 Harry 今天的心情是否不佳。附加問句的肯定或否定，並不影響作答時的 yes 或 no。以此題來說，哈利真的心情不佳就回答 yes，心情沒有不好就回答 no，因此唯一符合邏輯的選項為 (C)，表示「是啊，那個意外一定很糟糕」，暗示心情不佳是因為遭逢意外的緣故。

(A) 回答 no，表示哈利心情「沒有」不好，但後面又接著說他「忘記帶書」，說法前後矛盾，故非正確答案。

(B) 此選項答非所問。

Part 2 Question and Response

2. The bus should arrive in 15 minutes, shouldn't it?
   (A) No, I usually take the subway to work.
   (B) You're right. It's been a long time since we last met.
   (C) I think so, but it might be late since it's raining.

   巴士應該在十五分鐘內到達，不是嗎？
   (A) 不，我通常搭地鐵上班。
   (B) 你說得對。距離我們上次見面已經好長一段時間了。
   (C) 我想是吧，但它可能會晚到，因為現在正在下雨。

正解 **C**

本題為附加問句題型，表示說話者並非完全一無所知，而是大約知道巴士將在十五分鐘內抵達，只是再度確認。以此題來說，可以推測超過十五分鐘巴士還沒來，讓說話者心生納悶，故唯一符合邏輯的選項為 (C)，表示「應該是吧，但它可能會晚到，因為現在正在下雨」。
(A) 雖然以 no 開頭，但後半部表示他上班使用的交通工具，與巴士抵達時間無關。
(B) 雖然附和對方的說法，但後半部「我們已經好久不見」也與巴士抵達時間無關，故非正確答案。

---

3. This isn't your first time using the program, is it?
   (A) No, I left it at the office.
   (B) Yes, that's why it's taking me so long.
   (C) Of course! I'd be happy to help.

   這不是你第一次使用這個程式，對吧？
   (A) 不，我將它留在辦公室了。
   (B) 是的，這就是為什麼它花了我這麼多時間。
   (C) 當然！我很樂意幫忙。

正解 **B**

本題為附加問句題型，表示說話者對於對方首次使用程式表示訝異或懷疑，唯一符合邏輯的選項為 (B)，表示「是啊，這也就是為什麼它花了我這麼多時間」。
(A) 雖然以 no 開頭，但後半部表示「我將它留在辦公室」，與首次使用程式無關。
(C) 「我很樂意幫忙」答非所問，故非正確答案。

P. 42

▶ **Example** 中文翻譯 🎧 *Track 54*

Q: 你的班機是星期一還是星期二？
A: 我星期一的七點整離開。

Q: 你比較喜歡黃色毛衣還是黑色的？
A: 其實，我兩件都喜歡。

Q: 你比較喜歡灰色襯衫還是黑色的？
A: 都不喜歡。我不喜歡暗色系。

▶ Exercise 錄音內容、中文翻譯＆解析 🎧 Track 55

1. Would you like cream or sugar with your coffee?

   (A) Yes, it's going smoothly.

   (B) Just cream, please.

   (C) I need some staples.

   你的咖啡需要加糖還是奶精呢？

   (A) 是的，事情進行地很順利。

   (B) 麻煩只加奶精就好。

   (C) 我需要一些釘書針。

正解 B

本題為兩者擇一之疑問句，詢問咖啡要加糖或奶精，回答中不會出現 yes 或 no，而可能的選項為兩者皆要、皆不要，或兩者擇一，故正確答案為 (B)，表示「麻煩只加奶精就好」。

(A)「事情進行順利」與題意無關。

(C) staple 為「釘書針」之意，與咖啡無關。

---

2. Do you prefer a winter or a summer vacation?

   (A) Either is fine with me.

   (B) We can take long walks.

   (C) I enjoy all kinds of food.

   你比較喜歡寒假還是暑假？

   (A) 我兩個都喜歡。

   (B) 我們可以進行長距離散步。

   (C) 我喜歡各種食物。

正解 A

本題為兩者擇一之疑問句，詢問對方比較偏好寒假或暑假，可能的選項為兩者皆喜歡、皆不喜歡，或兩者擇一，故適當回應為 (A)，表示「兩個都喜歡」。

(B) 為「進行長距離散步」之提議，非回答偏好。

(C) 表示「我喜歡各種食物」，與放假無關。

---

3. Should I save the bonus I just got or spend it?

   (A) You shouldn't close your savings account.

   (B) I'd be happy to refer you to the agent.

   (C) I'd save some of it for future needs.

   我該存下還是花掉剛才獲得的獎金呢？

   (A) 你不該關掉你的儲蓄帳戶。

   (B) 我很樂意將你介紹給仲介。

   (C) 我會存下一部分，以備將來所需。

正解 C

本題詢問他人意見，應該把獎金花掉或存起來，可能的選項為兩者擇一，或花掉一部分剩下存起來，故正確答案為 (C)，表示「我會存下一部分，以備將來所需」。

(A) savings account 指「儲蓄帳戶」，但關掉儲蓄帳戶與題目問的獎金用途無關。此處 savings 與 save 發音近似，用以混淆考生。

(B) 此回覆與題目無關。

Part **2** 應答問題

27

Part **2** Question and Response

P. 43

▶ **Example** 中文翻譯 🎧 *Track 56*

直述句	回應
陳述或說明事實	**表達想法或作法**
一些潛在顧客下週一要來與我們碰面。	我很期待見到他們。
基德曼先生已經將預算報告的截止期限延期了。	那這個週末我就可以在家做這份報告了。
新店面的營收利潤並未如我們所預期。	有鑑於經濟狀況不佳，我並不感到訝異。
表達感受	**提出建議／客觀回應**
這間旅館房間的地毯好髒。	也許我們應該打電話要求客房清潔服務。
過去這幾天都是很不舒適的悶熱天。	今年夏天的溫度比較高。
表達意見	**延伸想法或結果**
我認為削減一些工時會為公司省下一大筆錢。	這樣也可能增加個人工作效率！

▶ **Exercise** 錄音內容、中文翻譯＆解析 🎧 *Track 57*

1. I suggest that we move the meeting to
   Wednesday.
   (A) It would be good to go somewhere nice
   to eat.
   **(B) That should give everyone time to
   finish their reports.**
   (C) I don't know if I can help you move
   because I'm so busy.

   我建議我們將會議延至星期三。
   (A) 如果能去個不錯的地方吃飯就太好了。
   (B) 這樣應該會給每個人足夠的時間完成報告。
   (C) 我不確定是否能幫你搬家，因為我很忙。

正解 **B**

本題為直述句題型，沒有固定回答模式，回答者可針對講者提出的意見表達想法或回應。講者建議將會議延期，唯一符合邏輯的選項為 (B)，表示回應者贊同，且認為這樣大家準備報告的時間會更充裕，與「延期」的概念相關，故正確答案為 (B)。

(A) 回應「去吃飯」與開會無關。

(C) 此處的 move 指「搬家」，與題目中的 move 意思不同，且和開會無關。

28

2. Last year's Christmas party was a lot of fun.
   (A) I think you need to get an invitation first.
   (B) I want to spend the day with my family.
   (C) I hope the one this year will be equally good.

   去年的聖誕派對很有趣。
   (A) 我想你必須先得到邀請。
   (B) 我想和我家人一起度過這天。
   (C) 我希望今年的也能一樣好。

正解 **C**

本題說話者表達感受,指出「去年的聖誕節派對很有趣」,唯一符合邏輯的選項為 (C),表示回應者贊同,且希望今年的派對也能夠很有趣,故為正確答案。

(A) invitation (n.) 邀請。「我想你必須先得到邀請」與派對有趣與否無關。

(B) 提及「我想和我家人一起度過這天」,亦與派對有趣與否無關。

---

3. The traffic noises are so loud!
   (A) Yeah, I find it interesting.
   (B) Just close the window.
   (C) We'll be there in ten minutes.

   交通噪音好大聲喔!
   (A) 是啊,我覺得這很有趣。
   (B) 把窗戶關起來就好了。
   (C) 我們十分鐘內就會到那裡了。

正解 **B**

本題說話者陳述「噪音很大聲」的看法或事實,唯一符合邏輯的選項為 (B),建議對方將窗戶關起來,為因應噪音的合理處理方式,故為正確答案。

(A) 提及「我覺得這很有趣」,但噪音為惱人現象,通常並不會用有趣形容。

(C) 提及「我們十分鐘內就會到那裡了」也與噪音無關。

Part 2 應答問題

Part **2** Question and Response

Practice Test *PART 2*

P. 44 🎧 *Track 58*

1. Should I pay with cash?
   (A) It takes a lot of practice.
   (B) It may be better to pay with a credit card.
   (C) There are no discounts today.

   我應該用現金付款嗎？
   (A) 這需要大量的練習。
   (B) 用信用卡支付會比較好。
   (C) 今天沒有折扣。

   正解 **B**

   本題為助動詞 should 開頭的一般是非問句，回答不見得會包含 yes 或 no，但不脫「使用現金」或「使用現金以的外其他付款方式」這兩種回答，故正確答案為 (B)，表示建議用信用卡付款。
   (A) 回答「需要大量的練習」與題意無關。
   (C) 題目詢問付款方式，此處回答「沒有折扣」，答非所問。

2. How do you get to work?
   (A) Very well, thank you.
   (B) I usually travel by metro.
   (C) I found the job online.

   你怎麼去上班呢？
   (A) 很好，謝謝你。
   (B) 我通常搭捷運上班。
   (C) 我在網路上找到工作。

   正解 **B**

   本題為 how 開頭的疑問句，詢問對方上班的途徑或方法，故唯一提及上班交通方式的選項為 (B)。
   • metro (n.) 地下鐵道；捷運
   (A) 此為回答本身狀況，與題目無關。
   (C) 此為回答「如何找到工作」，而非「如何去上班」。

3. When will the movie come out?
   (A) It stars my favorite actor.
   (B) I think at the end of the month.
   (C) Tickets are usually cheaper on weeknights.

   電影何時上映呢？
   (A) 這是我最喜歡的演員主演的。
   (B) 我想是這個月底吧。
   (C) 平日晚上的票價通常較便宜。

   正解 **B**

   本題是 when 開頭的疑問句，詢問電影上映時間。唯一提及時間的選項為 (B)，故為正確答案。
   (A) 題目並非詢問電影是由誰主演。
   (C) 回應票價與題目無關。

4. Will there be any extra guests tonight?
   (A) No, just Mary and I.
   (B) The guest room is upstairs.
   (C) Yes, I finished it yesterday.

   今天晚上會有其他的客人嗎？
   (A) 沒有，只有瑪莉和我。
   (B) 客房在樓上。
   (C) 是的，我昨天完成的。

正解 A

本題是助動詞 will 開頭的一般是非問句，詢問是否有其他客人。回答中不見得有 yes 或 no，但不脫回答「是，有其他客人」，或「否，沒有其他客人」這兩種回答，故唯一符合邏輯的選項為 (A)，表示「沒有，只有瑪莉和我」。

(B) 「客房在樓上」答非所問，僅試圖以亦於題目中出現的 guest 一字混淆考生。

(C) 雖以 yes 回答，但後方敘述「我昨天完成的」與題意無關。

---

5. What do you think of the new intern?
   (A) We will go during a holiday.
   (B) It's taking up too much space in the office.
   (C) He'll be fine after a week or so.

   你覺得那個新的實習生如何？
   (A) 我們放假時要去。
   (B) 它占了辦公室太多空間。
   (C) 他大概一週之後就會好一些了。

正解 C

本題為 what 開頭的疑問句，詢問對方對於實習生的看法，唯一符合邏輯的選項為 (C)，表示「他大概一週之後就會好一些了」，言下之意是最近剛來，可能還不習慣或表現尚待改進。

• intern (n.) 實習生；實習醫生

(A) 提及「放假時要去」答非所問。

(B) take up 占用（地方）。「占了辦公室太多空間」的主詞 it 是指某物品，而非人物。

---

6. Who brought in the cookies?
   (A) They're chocolate chip.
   (B) They're a gift from Tammy.
   (C) Everyone can take two.

   是誰帶來的餅乾？
   (A) 它們是巧克力脆片。
   (B) 它們是泰咪給的禮物。
   (C) 每人可拿兩個。

正解 B

本題為 who 開頭的疑問句，詢問餅乾是誰帶來的。唯一提及人名或身份的選項為 (B)，故為適當回應。

(A) 乃回應某物為何。

(C) 回答「每人可拿兩個」答非所問。

Part 2 Question and Response

---

7. How far is your office from here?
   (A) About two kilometers.
   (B) A lot of money.
   (C) I take the bus.

你的公司距離這裡有多遠？
(A) 大概兩公里。
(B) 很多錢。
(C) 我搭公車。

正解 **A**

本題以 how far 開頭是問「距離有多遠」，唯一提及與距離相關的選項為 (A)，表示「大概兩公里」。

---

8. Where do you want me to send this package?
   (A) To my aunt in Los Angeles.
   (B) You didn't reply to my e-mail.
   (C) There are many letters to send.

你希望我將這個包裹寄去哪裡？
(A) 寄去我洛杉磯阿姨的家。
(B) 你沒有回覆我的電子郵件。
(C) 有很多信件待寄出。

正解 **A**

本題為 where 開頭疑問句，詢問包裹寄出的目的地。唯一提及地點的選項為 (A)，表示「寄去我洛杉磯阿姨的家」。

(B) 提及「沒有回覆電子郵件」，與題目詢問之包裹寄送地點無關。

(C) 此處以 send 混淆考生，但回應「很多信件待寄出」答非所問。

---

9. Do they offer a brunch menu?
   (A) They are famous for their desserts.
   (B) The restaurant closes at 10 p.m.
   (C) I'm not sure. We should ask.

他們有提供早午餐的菜單嗎？
(A) 他們以甜點著名。
(B) 餐廳晚上十點打烊。
(C) 我不確定。我們應該問問看。

正解 **C**

本題為助動詞 do 開頭的一般是非問句，回答不見得包含 yes 或 no 兩字，但回應不脫「有提供」、「沒提供」，或「不清楚、不確定」等範圍，故正確答案為 (C)，表示「我不確定。我們應該問問看」。

• brunch (n.) 早午餐
(A) 提及「以甜點著名」，但並無回答到「是否提供早午餐菜單」。
(B) 回答餐廳打烊的時間與題目無關。

---

10. Which is your new house?
    (A) I live at home.
    (B) I got a new pet.
    (C) The one with the blue door.

你的新家是哪間？
(A) 我住家裡。
(B) 我得到了一隻新寵物。
(C) 有藍色門的那間。

正解 **C**

本題為 which 開頭的疑問句，詢問哪間是對方的房子，回答可能包含描述房子的特徵，或說房子並不在這附近。唯一描述房屋外觀的選項為 (C)「有藍色門的那間」。

(A) 題目並非詢問對方住哪裡。
(B)「得到新寵物」與題目無關。

11. Why wasn't I told about the problem?
    (A) You need to arrive by lunchtime.
    (B) I thought I could handle it myself.
    (C) Shelly should get the job.

為什麼我沒被告知這個問題？
    (A) 你必須在午餐時間之前抵達。
    (B) 我以為我可以自己處理。
    (C) 雪莉應該得到這份工作。

正解 B

本題為 why 開頭的疑問句，詢問未被告知的理由。唯一符合邏輯的選項為 (B)，表示「我以為我可以自己處理（問題）」，因此才沒有告知對方。
(A) 回答應該抵達的時間，答非所問。
(C) 「雪莉應該得到這份工作」答非所問。

12. How about taking a bus to work today?
    (A) Sure, I'd be happy to drive you in my car.
    (B) I prefer riding a bike.
    (C) I think this is the last stop.

今天搭公車去上班，怎麼樣？
    (A) 當然好，我很樂意開車載你。
    (B) 我比較想騎腳踏車。
    (C) 我想這是最後一站。

正解 B

本題以 how about 開頭，表示提出建議並徵詢對方意見，故符合邏輯的選項為 (B)，即不想搭公車而偏好騎腳踏車。
(A) Sure 後方所述之「我很樂意開車載你」與題目中建議搭公車意義衝突。
(C) last stop 雖與公車有關，但「這是最後一站」並無回答到問題。

13. Do you want to sit inside the restaurant or at a table on the patio?
    (A) It is crowded.
    (B) Let's sit outside.
    (C) Lunch is served at noon.

你想要坐在餐廳裡面還是露臺的桌子？
    (A) 這裡很擁擠。
    (B) 我們坐在外面吧。
    (C) 午餐是中午十二點提供。

正解 B

本題是二選一問句，回答不會出現 yes 或 no，但可能出現「兩者擇一」，甚至「兩者皆不要」的選項，故唯一符合邏輯的選項為 (B)，表示對方選擇坐在外面（即「露臺」）。
(A) 回答「某處擁擠」沒有針對問題做出選擇。
(C) 回答「午餐提供的時間」答非所問。

14. We are going to work on this together, aren't we?
    (A) Mary said she would return it soon.
    (B) No, I don't mind if you sit here.
    (C) Actually, I'd rather do it myself.

我們要一起合作，不是嗎？
    (A) 瑪莉說她很快就會將它歸還。
    (B) 不，我不介意你坐在這裡。
    (C) 其實，我寧可自己做。

正解 C

本題為附加問句題型，表示說話者欲再次確認或尋求對方附和。可能的回答包括肯定或否定的回應。故唯一符合邏輯的選項為 (C)，表示「其實，我寧可自己做」，顯示他並不情願和對方一同合作。
(A) 提及將某物歸還，與題意不符。
(B) 回答「不介意你坐在這裡」與題意無關。

33

Part 2 Question and Response

---

15. How long have you been waiting in line?　正解 **B**

   (A) It's a very long movie.

   (B) I just got here.

   (C) That's our waiter over there.

你排隊排多久了呢？

(A) 這是一部很長的電影。

(B) 我才剛到而已。

(C) 我們的服務生在那裡。

本題為 how long 開頭的疑問句，詢問對方已經等待多久的時間。選項中唯一與等待時間相關的選項為 (B)，表示「我才剛到而已」，意味著並沒有等很久。

(A)「很長的電影」答非所問，僅以題目中亦出現的 long 一字試圖混淆考生。

(C) 答非所問，以 waiter 試圖與題目的 waiting 製造混淆。

---

16. Has there been any sunshine in the last few days?　正解 **B**

   (A) I've been here all my life.

   (B) No, it's been very wet.

   (C) Usually between June and August.

過去幾天有陽光嗎？

(A) 我終其一生都在這裡。

(B) 沒有，天氣一直很潮濕。

(C) 通常介於六月和八月之間。

本題為助動詞 have 開頭的一般是非問句，詢問對方過去幾天有沒有陽光露臉。回答不見得包括 yes 或 no，但不脫「天氣好」、「天氣不好」、或「不知道」三個範疇，故正確答案為 (B)「沒有，天氣一直很潮濕」，表示可能常下雨。

(A) 回覆答非所問，僅重複 been 以製造混淆。

(C) 回答某幾個月之間，並無回應過去幾天是否有陽光。

---

17. How much is the weekend package?　正解 **C**

   (A) It's about twenty-five miles, I think.

   (B) It's at ten past five on Saturday.

   (C) It's $270, which includes room and board.

週末的套裝行程多少錢呢？

(A) 我想大約是二十五英里。

(B) 是在星期六的十點五分。

(C) 包含食宿是兩百七十美元。

本題為 how much 開頭的疑問句，詢問週末的套裝行程多少錢。唯一回答價格的選項為 (C)「包含食宿是兩百七十美元」。

• room and board 食宿

(A) 為回答距離。

(B) 為回答時間。

---

18. Are there any aisle seats available?　正解 **A**

   (A) Unfortunately, they are all taken.

   (B) Yes, I'll go next week.

   (C) You have been here before.

還有其他靠走道的座位嗎？

(A) 很遺憾，都已經沒了。

(B) 是的，我下週會去。

(C) 你來過這裡。

本題為 be 動詞開頭的一般是非問句，詢問還有沒有走道的座位，回答不見得包含 yes 或 no，但不脫「有」、「沒有」，或「我再查查、不清楚」等範疇，故正確答案為 (A)「很遺憾，都已經沒了」。

(B) 雖以 yes 開頭，但後方敘述「我下週會去」與題意無關。

(C)「你來過這裡」答非所問。

19. This is the first time I've been abroad.
    (A) Only managers can attend the board meeting.
    (B) How exciting! I hope you enjoy your trip.
    (C) It's on the other side of town.

這是我第一次出國。
(A) 只有經理才能參加董事會議。
(B) 多麼令人興奮啊！希望你享受這趟旅程。
(C) 它在城市的另外一邊。

正解 B

本題為直述句，說話者講述其意見或一件事實，期待對方回應，表示肯定或提供額外資訊。說話者提到他首次出國，唯一符合邏輯的回應為選項 (B)「多麼令人興奮啊！希望你享受這趟旅程」。
• abroad *(adv.)* 在國外；到國外
(A) 此回覆與題意無關，僅以 abroad 之相似音 board 試圖混淆考生。
(C) 乃回答地點，答非所問。

---

20. Wouldn't you recommend this book?
    (A) The one next to the window.
    (B) Sometimes, if it is warm.
    (C) Not really. It wasn't that great.

你不推薦這本書嗎？
(A) 在窗戶旁的那一本。
(B) 有時候，如果天氣溫暖的話。
(C) 不太推薦。它並沒有這麼好。

正解 C

本題為助動詞 would 開頭的否定疑問句，表示說話者透過反問方式徵詢對方的附和或看法。針對書籍評價的適當回應為選項 (C)「不太推薦。它並沒有這麼好」。
(A) 題目並非詢問推薦哪一本書。
(B) 回覆「天氣狀況」與問題無關，答非所問。

---

21. Do you have any idea which cabinet the stationery is kept in?
    (A) I've got a great idea.
    (B) Any cupboard will do.
    (C) Try that one in the far corner.

你知道文具放在哪個櫃子裡嗎？
(A) 我有一個好主意。
(B) 任何櫥櫃都行。
(C) 試著在最遠角落的那個櫃子裡找找看吧。

正解 C

本題為間接問句，要注意聽中間的 wh- 疑問詞為何，這裡是詢問擺放文具的櫃子是哪一個。回答中應針對「哪一個櫃子」做出回應，通常會描述櫃子的特點或地點，或者表示並不知道。故正確答案為 (C)，表示回答者揣測文具應該是存放在最遠角落的那個櫃子當中。
• stationery *(n.)* 文具
(A)「我有一個好主意」與題意不符，僅重複出現 idea 混淆考生。
(B) 由題目之「文具擺放在哪個櫃子」可知文具已擺放在某個櫃子。此答句為未來式，有可擺放在任何櫥櫃的意味在，時態與題意皆不符。

Part 2 應答問題

35

Part 2　Question and Response

22. Have you been to the new Japanese restaurant that opened in town?
    (A) I went there on Saturday.
    (B) I can't speak Japanese.
    (C) We can put it in the bathroom.

你去過城裡新開的日式餐廳嗎？
(A) 我星期六去過那裡。
(B) 我不會説日語。
(C) 我們可以將它放在浴室。

正解 A

本題為助動詞 have 開頭的一般是非問句，詢問對方是否已經光顧過新開的日本餐廳。回答不見得會出現 yes 或 no，但不脱「已經去過」、「還沒去過」，或者是「一直很想去、完全沒聽說」等範疇，因此正確答案為 (A)，表示「上星期六已經去過了」。

(B) 此處 Japanese 指「日語」，和題目的日式餐廳無關，僅是重複 Japanese 來混淆考生。

(C) 回覆「我們可以將它放在浴室」，答非所問。

---

23. Don't you think it's a good idea to go to the beach tomorrow?
    (A) It looks like rain, so no.
    (B) I haven't come up with anything.
    (C) You have eaten all your peaches.

你不覺得明天去海邊是個好主意嗎？
(A) 看來會下雨，所以還是不要好了。
(B) 我還沒想出任何點子。
(C) 你已經吃完了所有的桃子。

正解 A

本題為否定疑問句，表示講者並非真的有疑問，而是提出自己的看法或意見，尋求對方回應，講者問「你不覺得明天去海邊是個好主意嗎？」暗示他想去，徵求對方附和，適當的回應為 (A)「看來會下雨，所以還是不要好了」，言下之意是不贊同講者的想法。

(B) come up with（針對問題等）想出；提供。在此並無回應對於「明天去海邊」這件事的看法。

(C) peach 與 beach 發音近似，此處用以混淆考生。

---

24. Greg can run the meeting next week, can't he?
    (A) Yes, he'll miss it for sure.
    (B) No, he said he wouldn't be here.
    (C) I don't think he goes running often.

葛雷格下週可以主持會議，不是嗎？
(A) 是的，他一定會錯過會議。
(B) 不行，他說他不會在這裡。
(C) 我不認為他常常去跑步。

正解 B

本題為附加問句，表示講者欲再度確認或徵求新資訊。講者說「葛雷格下週可以主持會議，不是嗎？」，暗示他認為如此，但要再度確認，故正確答案為 (B)「不行，他說他不會在這裡」，表示回答者告知講者新資訊，即葛雷格屆時人並不在，無法主持會議。

• run the meeting 主持會議

(A) 以 yes 回答表示「可以主持會議」，但後半句「他一定會錯過會議」與題意衝突。

(C) 此處 run 意指「跑步」，與題目中的意思不同，用以混淆考生。

25. Would you prefer an appointment with the dentist Tuesday morning or Wednesday afternoon?
    (A) I'm sorry, we are booked at that time.
    (B) We can meet for lunch tomorrow.
    (C) Wednesday will be better for me.

你比較想要預約星期二早上或是星期三下午看牙醫？
(A) 我很抱歉，我們那時候已經被預約了。
(B) 我們明天可以約吃午餐。
(C) 星期三對我來說比較好。

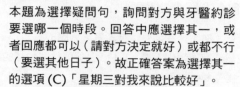

本題為選擇疑問句，詢問對方與牙醫約診要選哪一個時段。回答中應選擇其一，或者回應都可以（請對方決定就好）或都不行（要選其他日子）。故正確答案為選擇其一的選項 (C)「星期三對我來說比較好」。
(A) 講者提供預約時間的選擇，回應者卻說那時都已被預約，與題意不符。
(B) 雖為回答時間，但句中 meet for lunch「約吃午餐」與題目的「預約看牙醫」不符。

Part **3** Short Conversations 簡短對話

P. 46

▶ **題目範例 中文翻譯** 🎧 *Track 59*

男：您好，女士。今天有什麼能為您服務的嗎？

女：我想要辦理報到手續。K3153 號飛往都柏林的班機。

男：你有沒有行李要託運？

女：只有這件。我的行李會直接託運到最後的目的地，對吧？

P. 48

▶ **Example 1　中文翻譯** 🎧 *Track 61*

女：我們今天晚上還要去克莉絲蒂娜的派對嗎？我不確定我有那個心情去參加。

男：嗯，我同意這是個漫長的一週。但她可是妳認識最久的朋友之一呢。

女：我想你是對的，但如果我們沒有出席，我確定她能理解的。

男：哎呀，我想我們還是得出席，而且如果我們覺得太累的話，還是可以提早回來啊。

P. 49

▶ **Example 2　中文翻譯** 🎧 *Track 62*

男：我很慶幸昨天我們參加了那場會議。

女：我也是。能夠說出我們的想法是件很棒的事。

男：沒錯。我們的經理很棒。我才不想將他換成是銷售部門的蘇珊呢。

女：我同意。她可是以難以共事出名。

▶ **Exercise 錄音內容、中文翻譯＆解析** 🎧 *Track 63*

Conversation 1

W: Can you help me clean the car this afternoon, honey?

M: Sure, but why can't you do it now?

W: Remember, I have to help Sean bake a cake for his school **project**.

M: Oh, yes, I'd forgotten about that. I'll meet you **straight** after lunch.

女：親愛的，你今天下午可以幫我洗車嗎？

男：沒問題，但你為什麼不能現在去洗呢？

女：記得吧，我要幫尚恩烤學校專案需要的蛋糕。

男：喔，對耶！我忘了。我吃完午餐後就跟你碰面。

- project *(n.)* 專案；計畫
- straight *(adv.)* 立刻；馬上

38

Q: What is the man and woman's relationship?

(A) Coworkers

(B) Teacher and student

(C) Husband and wife

(D) Doctor and patient

正解 **C**

本題詢問兩位說話者間的關係。從對話當中 honey「親愛的」、clean the car「洗車」、bake a cake for his school project「烤學校專案需要的蛋糕」（故可推測 Sean 為孩子），故可推斷兩人生活在同一家庭中，正確答案選 (C)。

Conversation 2

M: Jessica, can you **set up** an appointment with the **CEO** tomorrow?

W: What time? I'll need to check your schedule.

M: How about 10 a.m.?

W: Well, you have a **videoconference** at 9:15 which should be finished at 9:45. But it would be better to have the meeting after lunch.

男：潔西卡，你可以安排一下明天和執行長的會議嗎？

女：幾點？我需要查看一下你的行程表。

男：早上十點如何？

女：嗯，你九點十五分有個視訊會議，應該會在九點四十五分結束。但與執行長的會議安排在午餐過後會比較好。

• set up 安排

• CEO (n.) 執行長

• videoconference (n.) 視訊會議

Q: What is Jessica's job?

(A) A CEO

(B) A secretary

(C) A maintenance worker

(D) A manager

正解 **B**

本題詢問女性講者之職務。對話當中男性講者提及請她 set up an appointment「安排會議」，而她回應需要查看行程表，一般安排行程多為秘書的工作範圍，故可推斷 Jessica 職業為選項 (B)「秘書」。

(C) maintenance worker 維修保養人員。

Part 3 簡短對話

Part **3**　Short Conversations

P. 50

▶ **Example 1**　中文翻譯　🎧 *Track 64*

女：經理剛剛提供升遷機會給我。我不確定是否該接受這個機會。

男：真的嗎？為什麼？這個職位有較好的薪資與福利，對吧？

女：對啊，但我必須轉調國外，是在巴西。

男：大膽嘗試吧！這是可以晉升的機會，而且你還能體驗新的文化。

P. 51

▶ **Example 2**　中文翻譯　🎧 *Track 65*

女：你昨天有看球賽嗎？

男：我在晚間新聞看到得分，但就僅止於此了。比賽精彩嗎？

女：我必須說，這是本年度最佳賽事。你真的錯過了。布萊德・肯尼棒透了。

男：啊，真可惜呀。我想我得去下載來看了。

▶ **Exercise**　錄音內容、中文翻譯＆解析　🎧 *Track 66*

Conversation 1

M: Do you have any idea which **charity** we should **donate** to this year?

W: I'm not sure. It's always difficult to choose one over another. They all seem so **deserving**.

M: I know what you mean. Who did we help last year?

W: Last year was cancer research, and the year before was African **orphans**.

男：你對於今年要捐款至哪個慈善機構有任何想法嗎？

女：我不確定耶。要選擇某一個而捨棄另一個總是很困難。他們看起來都很需要援助。

男：我了解你的意思。我們去年資助了哪個機構呢？

女：去年是癌症研究，前年是非洲孤兒。

• charity *(n.)* 慈善機構　• deserving *(adj.)* 應得援助的
• donate *(v.)* 捐贈　• orphan *(n.)* 孤兒

Q: What are the speakers mainly talking about?

　(A) What they deserve

　(B) Giving money to charity

　(C) Making money

　(D) Cancer

正解 **B**

本題詢問談話主旨為何。由對話當中關鍵句 Do you have any idea which charity we should donate to this year?「你對於今年要捐款至哪個慈善機構有任何想法嗎？」可以得知談話主旨在於捐款做公益，故正確答案為 (B)。

40

Conversation 2

W: I need to get to the bank before it closes.

M: You should **hurry up**. Why do you need to go?

W: I need to send some money to my brother in Ireland.

M: Well, ask him for his **account number**, and you can send it over the Internet.

• hurry up 趕緊
• account number 帳號

女：我必須在銀行關門之前到那裡。

男：那你得快點。你為什麼要去銀行？

女：我要匯一些錢給在愛爾蘭的弟弟。

男：嗯，詢問他的帳號吧，那麼你就可以用網路匯款了。

Q: What does the man suggest the woman do?

   (A) Go to the bank tomorrow

   (B) Use the Internet to save money

   (C) Transfer money over the Internet

   (D) Use the telephone

正解 **C**

本題詢問男子給予女子的建議做法。由對話當中男子說 . . . ask him for his account number, and you can send it over the Internet.「詢問他的帳號，那麼你就可以用網路匯款了。」可以知道他建議女子用網路匯款，故正確答案為 (C)。

• transfer (v.) 轉帳

Part **3**

簡短對話

Part 3 Short Conversations

P. 52

▶ **Example 1** 中文翻譯 🎧 *Track 67*

男：你想要安排我們什麼時候去香港旅行？

女：我下個星期一和星期二都很忙。在那之後如何？

男：星期三如何呢？我星期三就可以準備好出發。

女：可以啊，那我們就有整整兩天的時間可以待在那兒。

P. 53

▶ **Example 2** 中文翻譯 🎧 *Track 68*

女：那麼修理要花多少錢？

男：嗯，這是台舊車了，所以要取得零件並不容易。

女：我知道了。如果你下訂單，零件要多久才會到呢？

男：我們必須從海外訂貨，所以可能會要一段時間，恐怕要兩個月吧。

▶ **Exercise** 錄音內容、中文翻譯＆解析 🎧 *Track 69*

Conversation 1

W: Have the **repairmen** come to fix the **air conditioner** in the meeting room yet? I want to use the room later, but I can't take it in there.

M: Yeah, I know. It's **boiling** in there. Unfortunately, they won't be in until the end of the week.

W: Really? Oh well. I suppose I can just use the other room on the third floor.

M: I don't know if there's any space in there. It's full of the old **office furniture**, and that's not being thrown out until tomorrow.

• repairman (n.) 技工；修理工
• air conditioner 空調
• boiling (adj.) 沸騰的
• office furniture 辦公設備

女：有技工來修理會議室的空調了嗎？我待會兒想用那個會議室，但我無法忍受那裡。

男：是啊，我知道。那裡熱得要命。很不幸的是，他們直到本週快結束前都不會來。

女：真的嗎？好吧，我想我就先用三樓的另一間會議室吧。

男：我不確定那裡是否還有空間。那間會議室塞滿了老舊辦公設備，而且那些東西在明天之前都不會丟掉。

Q: When will someone come to fix the air conditioner?
    (A) Later today
    (B) Tomorrow
    (C) The end of the week
    (D) Next month

正解 **C**

本題為細節題，詢問何時會有人來修理冷氣機。由對話當中男子說 . . . they won't be in until the end of the week. 可以知道技工最快會在本週快結束前過來，故正確答案為 (C)。

Conversation 2

M: Good morning, I'm calling to see if there are any seats still **available** for tonight's performance of Cat's Eyes. It's my **wedding anniversary**, you see.

W: Hi there. Well, there are a few seats left. How much are you looking to spend?

M: Well, not too much. Shall we say 45 dollars?

W: There are a few seats at that price, but they aren't in good **spots**. If you could **stretch** to 70 dollars, I can get you some very good seats right in front of the stage.

男：早安，我打來是要詢問今晚 Cat's Eyes 的表演是否還有座位。你知道嗎，今天是我的結婚週年紀念。

女：您好。嗯，還剩下一些座位。您打算買多少價位的？

男：嗯，不要太高。四十五美元好了？

女：那個價位的座位還有一些，但位置不是很好。如果你可以將價位提高至七十美元的話，我可以給你舞台正前方的好位置。

- available *(adj.)* 有空的；可買到的
- wedding anniversary 結婚週年紀念
- spot *(n.)* 地點
- stretch *(v.)* 延伸

Q: How much will the seats the woman suggests cost?
    (A) Free of charge
    (B) 10 dollars
    (C) 45 dollars
    (D) 70 dollars

正解 **D**

本題為細節題，詢問女子建議的座位票價為多少，由對話當中 If you could stretch to 70 dollars, I can get you some very good seats . . .「如果你可以提高價格至七十美元，我可以給你非常好的位置」可以得知女子建議的價位為七十美元，正確答案為 (D)。

Part 3　Short Conversations

P. 54

▶ **Example 1** 中文翻譯　🎧 *Track 70*

女：你好，我是莎莉・史都華。請問修・李在嗎？

男：你好，莎莉，我是修新的助理丹尼斯。修現在出差。有什麼我可以幫妳的嗎？

女：有的。我只是想確認他是否收到了我應徵健身教練一職的履歷表。我昨天用電子郵件寄出的。

男：好的，莎莉。我先看一下再向妳回覆。如果我找不到的話，會請修明天回來之後與妳聯絡。

P. 55

▶ **Example 2** 中文翻譯　🎧 *Track 71*

男：你好，我打來是要詢問關於商業版編輯一職的事。請問還有職缺嗎？

女：很抱歉，那個職缺已經被遞補了，但如果你有興趣的話，我們的專題及運動部門還在徵才。

男：我當然很有興趣。我需要做些什麼呢？

女：嗯，先把你的履歷表寄給我們。如果你適合的話，我們下週會與你聯絡並安排面試。

▶ **Exercise** 錄音內容、中文翻譯＆解析　🎧 *Track 72*

Conversation 1

W: Excuse me. May I sit here?

M: Of course. Let me move my bag and umbrella.

W: These **delays** are terrible. They're having problems with the **rails**, I hear. Are you **heading for** Chicago?

M: Yeah. But I've already had to cancel all of my morning appointments.

女：不好意思，我可以坐在這裡嗎？

男：當然可以。讓我移一下我的包包和雨傘。

女：這些誤點真是糟糕。我聽說鐵軌出了狀況。你是要去芝加哥嗎？

男：是啊，但我已必須取消早上所有的會面了。

- delay *(n.)* 延遲；誤點
- rail *(n.)* 鐵軌
- head for 前往

Q: Where is this conversation most likely taking place?

  (A) In a shopping mall

  (B) In a hospital

  (C) In a train station

  (D) In a fitness center

正解 **C**

本題為推論型題目，詢問這段對話可能發生的地點在哪。由對話當中 They're having problems with the rails.「鐵軌出了狀況。」可以推測正確答案為 (C)「火車站」。

(D) fitness center 健身中心。

Conversation 2

M: Where are you going? I heard that you have to **rush** to the airport.

W: I have a meeting with an important **buyer** in St. Louis. This could be the big one!

M: Are you prepared for the meeting?

W: I'd better be. I might be making the biggest sale our company's ever had.

男：你要去哪裡？我聽說你必須趕去機場。

女：我和聖路易的一位重要買家有個會議。這可能是筆大交易呢！

男：你會議準備好了嗎？

女：我最好已準備妥當。我可能會賺到公司有史以來最高的一筆銷售額呢。

- rush (v.) 趕緊
- buyer (n.) 買家

Q: What does the woman imply about the person she will meet?

(A) He is very tall.

(B) He works for the government.

(C) He wants to offer her a job.

(D) He can afford to make a large order.

正解 **D**

本題為推論題，詢問女子暗示她將和什麼樣的人碰面。由對話當中 I have a meeting with an important buyer . . .「我和一位重要的買家有個會議」、This could be the big one!「這可能是筆大交易呢！」可以推測對方可能會下大額訂單，故正確答案為 (D)。

- afford (v.) 出得起；負擔得起
- (B) government (n.) 政府。

Part **3**

簡短對話

Part 3 Short Conversations

P. 56

▶ **Example 1** 中文翻譯 🎧 Track 73

女子：嗨，男士們。我看你們已經吃完了。請問還有什麼我可以為您服務的嗎？或許可以看一下甜點菜單和咖啡，
或是要結帳了？

男 A：我想我們那樣可以了。我們還要趕去一場會議。

男 B：事實上，我不介意來一杯咖啡。我可以外帶一杯嗎？

女子：我們有提供外帶杯。我會把它加進帳單裡。只需要等一下下。

男 A：聽你這樣說，那我也要一杯。我們還沒完成這些報告。這會是一個漫長的下午，我可以用來提神。

女子：我了解那種感覺。讓我幫您準備咖啡並馬上把帳單拿過來。需要加奶精或是糖嗎？

男 B：不用，給我黑咖啡。

男 A：我也是。你有客戶的公司地址嗎？我們不能遲到。

男 B：在車裡，和簡報放一起。

P. 57

▶ **Example 2** 中文翻譯 🎧 Track 74

女子：戴瑞爾，很高興見到你。請坐。

男 A：謝謝。喔，這位是安卓，我的實習生。

男 B：女士，很高興見到妳。謝謝妳參與我們這場會議。

女子：我也很高興見到你。現在你們想要討論什麼呢？

男 A：嗯，我們想要討論有關是否可能幫您處理稅務。我們可以做得很好，而且很可能可以幫您省下一些錢。

女子：真的嗎？

男 A：是的，女士。我們相信很多地方像是罰金和支出額方面都可以縮減。

女子：我聽聽看。你們有什麼想法？

男 B：這裡有一份我們可以為您做的初步計畫。

• penalty *(n.)* 罰金
• expenditure *(n.)* 支出額

▶ Exercise 錄音內容、中文翻譯＆解析 🎧 Track 75

W: Hey, Robert, have you heard back from the purchasing manager?

MA: I sent him an e-mail late last night but have not heard back yet.

MB: OK. Please contact him soon; otherwise production will be slowed down.

MA: I understand. When I placed the order, I was very clear that we needed the shipment on time and he seemed to be confident that it would be.

W: OK, good. I'm sure he will **get back to us soon**.

MB: Yeah, he's never given us reason to doubt him before. I'm sure everything is on schedule.

W: Well, there was that one instance where we received the wrong product altogether. That was a disaster.

MA: Oh, yeah!

Q: Why does the woman say, "get back to us soon"?

(A) She wants the man to return to the office.

(B) She believes that the man will reply to the e-mail Robert sent.

(C) She expects the man to call when he arrives at the office.

(D) She thinks the man is lost.

女子：嘿，羅伯，你有收到採購經理的回覆了嗎？

男A：我昨晚已經寄電子郵件給他了，但還沒收到回覆。

男B：好。請盡快聯繫他；否則生產將會被拖延。

男A：我了解。當我下單的時候，我很明確說明我們需要準時交貨，而他似乎對此有信心。

女子：好的，很好。我相信他會很快回覆我們。

男B：是的，他從來沒有讓我們懷疑過。我想一切都會如期進行。

女子：嗯，有一次我們收到所有都是錯誤的產品。那真的是個災難。

男A：喔，是！

正解 **B**

本題詢問為何女子要說 get back to us soon。由對話一開始女子問男子A（即 Robert）是否已收到採購經理的回覆（have you heard back from . . .），他回答尚未收到回覆，但之後又說明對方對於準時交貨很有信心，而且男子B也對採購經理過去的工作記錄給予正面評價，因此推知女子有信心採購經理將會回覆 Robert 的信件，故答案選(B)。

Part 3 簡短對話

Part 3　Short Conversations

P. 58

▶ **Example 1**　中文翻譯　🎧 Track 76

女：我們的溫室需要一些新的燈。這些蔬菜無法自己生長！
男：是，我知道。我已經在研究不同尺寸的燈了。
女：嗯，我想我們不需要大尺寸的——我們沒有種植那麼多作物。最小尺寸的就足夠了。
男：沒錯，不過我還不知道價錢。我需要上網查看看。
女：當你查好後，我會去店裡購買。我不想用信用卡線上付款購買。
男：聽起來不錯。我會查詢看看價錢並且讓你知道。

燈泡尺寸（瓦）和價錢

150w	300w	600w	1700w
$100	$150	$200	$350

P. 59

▶ **Example 2**　中文翻譯　🎧 Track 77

女：所以，你想要點什麼？
男：嗯，嗯，看起來都很好吃……而且我很餓，但是加上票券，公司只提供我們二十美元的津貼可以分著用。我必須明智選擇。
女：我要點我每次在體育館看比賽時都會點的——烤乾酪辣味玉米片和啤酒。
男：嗯，我很想吃漢堡……但是這樣會剩多少錢可以點飲料呢？
女：不會太多。
男：嗯，妳說得沒錯。至少這樣是公平的。我的食物和飲料加起來是十美元，而妳的也是。

起司堡	$8	啤酒	$5
熱狗	$7	汽水	$3
烤乾酪辣味玉米片	$5	水	$2
果汁	$6		

▶ Exercise 錄音內容、中文翻譯&解析 ♪Track 78

W: Tom, we need to do an inventory on our current chemical supply. Our order for Bendra **Pharmaceuticals** is due next quarter.

M: No problem, ma'am. Would you like me to do that today?

W: Make it your top priority. We need to make sure that we have sufficient levels of the chemicals we need to **synthesize** our upcoming order of Flydromax.

M: Got it. Is there anything in particular I should be looking for aside from the amounts of each chemical?

W: Highlight anything that is under one thousand grams. That's the minimum we need of each. If we have more, it's obviously fine.

M: Can do. I'll let you know as soon as I have finished.

- pharmaceuticals (n.) 藥物；藥劑
- synthesize (v.)【化】(使）合成

女：湯姆，我們要盤點目前化學藥品的可供量。我們下一季要跟班卓藥商下訂單的時間要到了。

男：女士，沒問題。妳希望我今天做那件事嗎？

女：請把它列為首要任務。我們需要確定我們有足夠程度的化學藥品供我們合成來因應我們接下來佛拉多馬克斯的訂單。

男：了解。除了看每項化學藥品的總量，還有什麼是我需要特別查看的嗎？

女：把任何低於一千克的標示出來。那是我們每項最低的需求。如果我們有更多，那當然是更好。

男：沒問題。我完成後會盡快讓妳知道。

化學藥品	總量（克）
庚烷	1200g
己烷	926g
含磷的	10000g
鉀	1000g

Q: Look at the graphic and consider the dialogue. What action will Tom take?

  (A) He will put on the chemicals away into storage.

  (B) He will mark one of the chemicals on the list.

  (C) He will request a fifth chemical.

  (D) He will mix some chemicals.

正解 Ⓑ

本題詢問根據圖表和對話，湯姆會做什麼動作。由對話中女子說 Highlight anything that is under one thousand grams「把任何低於一千克的標示出來」，對照圖表中的數據，可以得知湯姆將會標示出僅剩 926 克的化學藥品 Hexane（己烷），故正確答案為 (B)。

49

Part 3 Short Conversations

Practice Test PART 3

P. 60~66 Track 79

Questions 1-3 refer to the following conversation.

M: Can you **give me a hand** moving this projector?

W: Of course. It looks very heavy.

M: It certainly is. Now we need to take it to Dave's office down the hall.

W: Oh, that's pretty far. I'll ask Alan to help as well.

男：你可以幫忙我搬這台投影機嗎？

女：當然可以。它看起來很重。

男：的確是。我們得把它搬到走廊盡頭戴夫的辦公室。

女：噢，那很遠耶。我請艾倫也一起來幫忙。

• give sb. a hand 幫（某人）忙

---

1. What are they moving?
   (A) Kitchenware
   (B) Sports equipment
   (C) A car
   (D) Office equipment

正解 **D**

本題為細節題，詢問他們正在搬移的物品為何。由對話當中 Can you give me a hand moving this projector?「你可以幫我搬這台投影機嗎？」可以得知正確答案為 (D)「辦公室設備」。

(A) kitchenware (n.)（總稱）廚房用具。

(B) sports equipment 體育用品。

---

2. Where are they taking it?
   (A) Alan's office
   (B) To another room
   (C) To the next floor
   (D) Downstairs

正解 **B**

本題為細節題，詢問他們要把物品搬去哪裡。關鍵句為 We need to take it to Dave's office down the hall.「我們得把它搬到走廊盡頭戴夫的辦公室。」，故得知正確答案為 (B)「另外一間房間」。

(D) downstairs (adv.) 樓下。

---

3. Who will the woman ask for help?
   (A) Dave
   (B) Alan
   (C) Carl
   (D) Helen

正解 **B**

本題詢問這名女子將請誰幫忙。由關鍵句中 I'll ask Alan to help as well.「我請艾倫也一起來幫忙」可以得知正確答案為 (B)。

Questions 4-6 refer to the following conversation.

M: Hey, honey. Can you make dinner today? I have a meeting until 6:30.

W: Sorry, I thought you were cooking today, so I **arranged** to meet Helen.

M: Oh, OK. I'll be home about 7:15. How about you?

W: About the same. Let's just get **takeout** from the Thai place.

男：嘿，親愛的。妳今天能煮晚餐嗎？我要開會到六點半。

女：很抱歉，我以為你今天會煮，所以我就安排和海倫見面了。

男：喔，好吧。我大概七點十五分到家。妳呢？

女：大概差不多的時間。我們就從泰式餐廳外帶吧。

• arrange (v.) 安排

• takeout (n.) 外帶

Part 3 簡短對話

4. What is the man and woman's relationship?
   (A) They are coworkers.
   (B) They are spouses.
   (C) They are classmates.
   (D) They are neighbors.

正解 B

本題詢問講者雙方之關係，由關鍵字 honey「親愛的」、I thought you were cooking today . . .「我以為你今天會煮」可以推測兩人同住一個屋簷下且關係親密，故正確答案為 (B)「配偶」。

5. Why can't the man cook dinner today?
   (A) He can't cook very well.
   (B) He has a dentist's appointment.
   (C) He has to stay late for a meeting.
   (D) He is meeting a friend after work.

正解 C

本題詢問男子不能煮晚餐的原因，由關鍵句 I have a meeting until 6:30.「我要開會到六點半」可以得知正確答案為 (C)。

6. What does the woman suggest they do?
   (A) Eat separately
   (B) Eat in a fancy restaurant
   (C) Cook dinner together
   (D) Get food to take home

正解 D

本題詢問女子建議的做法。由關鍵句 Let's just get takeout from the Thai place.「我們就從泰式餐廳外帶吧」可以得知正確答案為 (D)「帶食物回家。」

Part 3 Short Conversations

Questions 7-9 refer to the following conversation.

W: Did you get my e-mail about the new sales plan?

M: Yes. It seems pretty good. You really put a lot of thought into it. Did Phil **sign off** on it?

W: Not yet, but I'm hopeful. I'll **raise** it at the afternoon meeting.

M: Good idea. I'll be there to **back you up**.

女：你有收到我新的銷售計畫的電子郵件嗎？

男：收到了，看起來很棒。你真的投入很多心思。菲力簽名核准了嗎？

女：還沒，但我覺得很有希望。我下午會議的時候會提出來。

男：好主意。我會在那裡支持你的。

- sign off 簽名核准
- raise *(v.)* 提出
- back sb. up 支持（某人）

7. How did the man know about the new sales plan?
   (A) The woman spoke to him about it before.
   (B) He heard about it from their coworker.
   (C) The woman e-mailed it to him.
   (D) It came up in a meeting before.

正解 C

本題詢問男人透過何種管道得知新的銷售計畫。由女子問男子 Did you get my e-mail about the new sales plan?「你有收到我新的銷售計畫的電子郵件嗎？」可以得知正確答案為 (C)。

8. Who is Phil most likely to be?
   (A) The man and woman's boss
   (B) A friend of the woman's
   (C) The man and woman's employee
   (D) The delivery man

正解 A

本題為推論題，詢問 Phil 可能的身份為何。由關鍵句 Did Phil sign off on it?「菲力簽名核准了嗎？」可以得知菲力應該為上司，具有簽核計畫的權利，故正確答案為 (A)。

(D) delivery man 送貨員；快遞。

9. What is the woman going to do at the meeting?
   (A) Avoid talking to Phil
   (B) Talk about the new plan
   (C) Arrange a separate meeting with Phil
   (D) Think of a new plan

正解 B

本題詢問女子在會議中將採取何種行動，由關鍵句 I'll raise it at the afternoon meeting.「我下午會議的時候會提出來。」可知她將於會議中提出這個新計畫，故正確答案為 (B)。

(A) avoid *(v.)* 避開。

(C) separate *(adj.)* 分開的；獨立的。

Questions 10-12 *refer to the following conversation.*

M: What are you going to do after we **graduate**?

W: I'm thinking about **volunteering** in Africa for a year.

M: That would be cool. What would you do?

W: There's an interesting project in Tanzania. They're building **water treatment facilities**. I'd help with that and also with training **locals** to use the equipment.

男：畢業之後你想要做什麼？

女：我在考慮去非洲當一年志工。

男：那應該會很酷。你要做什麼？

女：在坦尚尼亞有一個有趣的專案。他們在蓋污水處理設備。我會幫忙並教當地的人們使用那項設備。

- graduate *(v.)* 畢業
- water treatment facilities 污水處理設備
- volunteer *(v.)* 自願（做）
- local *(n.)* 當地居民

10. What is the occupation of both speakers?

(A) They're engineers.

(B) They work in entertainment.

(C) They work for a charity.

(D) They're students.

正解 **D**

本題詢問兩位說話者的職業為何。由關鍵句 What are you going to do after we graduate?「畢業之後你想要做什麼？」可以得知他們尚未畢業，還是學生，故正確答案為 (D)。

(A) engineer *(n.)* 工程師。

(B) entertainment *(n.)* 演藝圈。

11. What is the woman planning to do?

(A) Help with an aid project

(B) Give money to a charitable organization

(C) Take video of a water treatment plant

(D) Give lectures on the status of Africa

正解 **A**

本題詢問女子打算採取何種行動，由關鍵字句 volunteering in Africa 及 There's an interesting project in Tanzania.「在坦尚尼亞有一個有趣的專案。」可以得知她打算協助一項專案，故正確答案為 (A)。

- aid *(n.)* 協助；援助

(B) charitable *(adj.)* 慈善的。

(C) plant *(n.)* 機器設備。

(D) lecture *(n.)* 演講；授課。

12. What would her responsibilities be?

(A) Paying her loan

(B) Training and building

(C) Managing the facility

(D) Raising money and treating patients

正解 **B**

本題詢問女子負責的領域為何。由關鍵句 They're building water treatment facilities. I'd help with that and also with training locals to use the equipment.「他們在蓋污水處理設備。我會幫忙並教當地的人們使用那項設施。」可以得知正確答案為 (B)「訓練與建造」。

(A) pay one's loan 償還貸款。

(D) raise money 募款；treat patients 診療病人。

Part 3 Short Conversations

Questions 13-15 *refer to the following conversation.*

W: How are you enjoying being a part of this **tour group**?

M: It's fine, but I think I'd prefer a little more **freedom**. The **sights** we're seeing are great, but I'd like to see them on my own. That way, I'd be able to talk to the locals more and **absorb** a bit of the culture.

W: But you'd need to make your own travel arrangements. This is more convenient.

女：這次參加的旅行團你還滿意嗎？

男：還可以，但我想我偏好多一點自由。我們看的這些景點很棒，但我想要自己欣賞。這樣的話，我就可以多和當地居民談談並吸取一些相關文化。

女：但你得安排自己的旅遊行程。跟團會比較方便。

- tour group 旅行團
- freedom *(n.)* 自由；獨立自主
- sight *(n.)* 景點
- absorb *(v.)* 吸收

---

13. What are the speakers mainly talking about?
    (A) The place they are visiting with their tour group
    (B) The sights they have enjoyed the most on the tour
    (C) Their opinions about traveling with a group
    (D) The most convenient methods of traveling

正解 **C**

本題為主旨題，詢問講者討論的主題為何。由關鍵句 I'd prefer a little more freedom.「我偏好多一點自由」及 But you'd need to make your own travel arrangements. This is more convenient.「但你得安排自己的旅遊行程。跟團會比較方便。」可以得知他們在討論跟團與自由行的看法，故正確答案為 (C)。

- opinion *(n.)* 意見。

---

14. How does the man feel about their vacation?
    (A) He's having an excellent time on the trip.
    (B) He isn't sure about the places they're seeing.
    (C) He isn't really enjoying the weather.
    (D) He would like to have more freedom.

正解 **D**

本題詢問男子對假期有何看法。由關鍵句 . . . I'd prefer a little more freedom.「我偏好多一點自由」、I'd like to see them on my own.「我想要自己欣賞」可以得知正確答案為 (D)。

(A) excellent *(adj.)* 極好的。

---

15. What does the woman think about traveling alone?
    (A) It's more convenient than joining a group.
    (B) It's boring because you have no one to talk to.
    (C) It's not as easy as traveling in a group.
    (D) It's not safe for women to travel alone.

正解 **C**

本題詢問女子對獨自旅行的看法。由關鍵句 But you'd need to make your own travel arrangements. This is more convenient.「但你得安排自己的旅遊行程。跟團會比較方便。」可以得知女子認為獨自旅行比較麻煩，故正確答案為 (C)「獨自旅行不如跟團容易」。

Questions 16-18 *refer to the following conversation.*

M: What would you like to do for the long weekend coming up?

W: Hmm. I think I'd like to **check out** the new shopping mall on the other side of town.

M: Well OK, but that won't take a whole three days, right? How about we **take a hike** in the mountains on Saturday?

W: Sure! We could even **go camping** if the weather stays as good as it has been for the last couple of days.

- check out 看看
- take a hike 登山
- go camping 露營

男：快要放長假了，你打算做些什麼呢？

女：嗯，我想要去城市另一邊的新購物中心看看。

男：好吧，但是那不會占整整三天的時間，對吧？我們星期六去登山如何？

女：當然好！如果天氣能夠像前幾天一樣好的話，我們甚至還能去露營呢。

Part **3** 簡短對話

---

16. What is the couple talking about?
    (A) The local geography
    (B) Plans for their time off
    (C) What they plan to buy
    (D) How they plan to travel

正解 **B**

本題為主旨題，詢問兩人在討論什麼。由關鍵句 What would you like to do for the long weekend coming up?「快要放長假了，你打算做些什麼呢？」可以得知他們在討論休假計畫，故正確答案為 (B)。

- time off 休息時間；假期

---

17. What does the man say about the mall?
    (A) They won't need to spend much time there.
    (B) They should go there every day of the long weekend.
    (C) He doesn't want to go.
    (D) It will be closed the whole weekend.

正解 **A**

本題詢問男子對購物中心的意見。由關鍵句 But that won't take a whole three days, right?「但是那不會占整整三天的時間，對吧？」顯示男子並不認為需要在那待太久的時間，故正確答案為 (A)。

---

18. What do we know about the weather?
    (A) It's going to be snowy this weekend.
    (B) It has been cold and rainy recently.
    (C) It is constantly changing.
    (D) It has been nice for the last few days.

正解 **D**

本題詢問可得知的天氣狀況如何。由關鍵句 . . . if the weather stays as good as it has been for the last couple of days.「如果天氣能夠像前幾天一樣好的話」可以得知前幾天天氣很好，故正確答案為 (D)。

(A) snowy *(adj.)* 下雪的。
(C) constantly *(adv.)* 不斷地。

55

Part 3   Short Conversations

Questions 19-21 *refer to the following conversation with three speakers.*

W: Well, guys, I think it is time to <u>let Harrison go</u>.

MA: How come?

MB: I, personally, have noticed his behavior has been quite **erratic**. Even after discussing it with him, he seems uninterested in changing.

MA: Really? I never even knew this was an issue. I have been so busy lately.

W: That's what we're here for. I have had to talk to him as well. It was about his **chronic tardiness**.

MA: Oh, I have noticed his desk frequently being empty in the morning.

W: We should probably go ahead and start preparing for his replacement.

MB: Not a bad idea. When should we bring Harrison in to discuss this?

W: All three of us should meet with him thirty minutes before the workday is over.

女子：嗯，兩位，我想是該讓海瑞森離開的時候了。

男 A：為什麼啊？

男 B：我個人有注意到他的行為有些古怪。即使和他討論過之後，他似乎也不想改變。

男 A：真的嗎？我從不知道這是個問題。我最近一直很忙碌。

女子：這就是我找你們來的目的。我也已經和他談論過了，關於他一直以來的遲到狀況。

男 A：喔，我有注意到他經常早上不在位子上。

女子：我們可能要去開始準備他的替代人選事宜。

男 B：好建議。我們什麼時候要跟海瑞森討論這件事？

女子：我們三位要一起在今天下班前撥出三十分鐘跟他討論。

- erratic *(adj.)* 古怪的；乖僻的
- chronic *(adj.)* 長期的；不斷的
- tardiness *(n.)* 遲延

19. Who are most likely the speakers in the conversation?
    (A) Professors
    (B) Receptionists
    (C) Interns
    (D) Managers

正解 **D**

本題為推論題，詢問對話者的身份。由對話中三位針對海瑞森的工作狀況做討論，並且決定要讓他離職，可得知三位應為公司的主管人員，因此正確答案為 (D)。

20. What does the woman mean when she says "let Harrison go"?
    (A) Terminate his employment
    (B) Send him home early
    (C) Dismiss him from the meeting
    (D) Have him go on a business trip

正解 **A**

本題詢問對話中女子說 let Harrison go 的意思。由對話中女子說 We should probably go ahead and start preparing for his replacement.「我們可能要去開始準備他的替代人選事宜。」可得知是要解僱海瑞森，故正確答案為 (A)。

- terminate *(v.)* 使終止
- (C) dismiss *(v.)* 讓……離開

21. What was a previous issue with Harrison?
    (A) He was often late to work.
    (B) He didn't find a replacement.
    (C) He changed his behavior too often.
    (D) He worked too much overtime.

正解 **A**

本題詢問 Harrison 之前有什麼問題。由對話中女子說 It was about his chronic tardiness.「關於他一直以來的遲到狀況」，故可得知正確答案為 (A)。

Questions 22-24 refer to the following conversation.

M: So, should we **go ahead** with the **buyout** of Wonder Electronics?

W: Well, they haven't been doing well for a while, but we could certainly do with some of their **innovation**.

M: Yeah, and I could see our market growing in Asia if we do, so **I'm all in**.

W: OK, I'm **convinced**, too.

- go ahead 著手進行；取得進展
- buyout (n.) 併購；買斷
- innovation (n.) 創新
- I'm all in. 我贊成。
- convinced (adj.) 信服的

男：所以，我們應該著手進行旺德電子的併購計畫了嗎？

女：嗯，他們表現不佳已經好一陣子了，但我們一定可以善用他們創新的部分。

男：是啊，而且我可以想見併購之後，我們的亞洲市場會更加成長，所以我贊成。

女：好，我也深信如此。

Part 3 簡短對話

22. What are they mainly talking about?
    (A) **Buying another company**
    (B) Selling their company
    (C) Selling in Asia
    (D) Stocks

正解 **A**

本題為主旨題，詢問他們在討論何事，由關鍵句 . . . should we go ahead with the buyout of Wonder Electronics?「我們應該著手進行旺德電子的併購計畫了嗎？」可以得知正確答案為 (A)「買下另外一家公司」。
(D) stock (n.) 股票。

23. Where might this conversation be taking place?
    (A) In a restroom
    (B) **In a boardroom**
    (C) In a kitchen
    (D) In a living room

正解 **B**

本題為推論題，詢問對話可能發生的場合。由男女雙方針對公司併購案進行討論，得知兩人正在討論公事，故可能的場合為 (B)「會議室」。

24. How does the woman feel about the deal after talking to the man?
    (A) She thinks it's a bad idea.
    (B) **She agrees with what he says.**
    (C) She is hesitant about making any changes.
    (D) She's unsure if the man is telling the truth.

正解 **B**

本題詢問女子對於交易案的意見為何。由女子回應男子說 OK, I'm convinced, too.「好，我也深信如此。」可以得知女子與男子意見一致，故正確答案為 (B)。
(C) hesitant (adj.) 猶豫的。

57

Part 3 Short Conversations

Questions 25-27 *refer to the following conversation.*

W: I have been feeling so **stressed** lately.

M: I'm not surprised, Jane. You have been so busy—getting a new job, moving house, and having a baby would be stressful for anybody.

W: I would like to take a holiday, but I know Mark cannot **take time off** at the moment.

M: That is a shame. Why don't you ask your mother to visit for a weekend so you guys can take a break?

女：我最近覺得壓力好大。

男：我並不覺得訝異，珍。妳一直都很忙碌，找新工作、搬家、迎接新生命對任何人來說都是很有壓力的。

女：我很想要休假，但是我知道馬克現在無法休假。

男：真遺憾。妳何不請妳媽媽安排個週末來訪？這樣你們就能喘息一下了。

- stressed *(adj.)* 有壓力的
- take time off 休假

25. How does Jane feel?

(A) Angry

(B) Sad

(C) Sick

(D) Stressed

正解 **D**

本題詢問 Jane 的感覺如何，由關鍵句 I have been feeling so stressed lately.「我最近覺得壓力好大」可以得知正確答案為 (D)。

26. Which of these is NOT a change in Jane's life?

(A) Working at a new place

(B) Moving house

(C) Death of her mother

(D) Birth of a new baby

正解 **C**

本題為除外題，詢問選項中何者不是 Jane 最近生活上的改變。對話當中沒有提到母親過世，而是說可邀請母親來訪，故正確答案為 (C)。

27. Who might Mark be?

(A) Jane's coworker

(B) Jane's friend

(C) Jane's boss

(D) Jane's husband

正解 **D**

本題為推論題，詢問 Mark 可能的身份。由關鍵句 I would like to take a holiday, but I know Mark cannot take time off at the moment.「我很想要休假，但是我知道馬克現在無法休假。」表示馬克應為珍的伴侶，才會希望能一起找時間休假或度假，故正確答案為 (D)。

Questions 28-30 *refer to the following conversation with three speakers.*

W: Guess what? On my way to work today, I called in on one of those radio competitions, and, well, I won!

MA: Congratulations! What question did you have to answer?

W: All I had to do was name the members of the rock band the Beatles.

MB: Aw, **that's a piece of cake**. What did you win?

W: I won two tickets to a music festival next month, I can't go. I have plans to go to the beach with my family. Would either of you like them?

MA: I appreciate it, but no. I don't enjoy music festivals much. They're too crowded.

W: That's OK. Todd, what about you?

MB: I can go! I love concerts. I can take my little brother with me.

W: Perfect. I'm glad someone can use them.

女子：你知道嗎？我今天上班的路上，我打電話進一家電台挑戰，而且我贏了！

男 A：恭喜！你回答了什麼問題？

女子：我要回答的就是說出披頭四樂團的團員名字。

男 B：喔，那很簡單。你贏得了什麼？

女子：我贏到兩張下個月音樂節的門票，但我無法去。我計畫要跟家人去海邊。你們兩個有想要票嗎？

男 A：謝謝，但我不需要。我不太喜歡音樂節。那太擁擠了。

女子：沒關係。陶德，你呢？

男 B：我要去！我喜歡演唱會。我可以帶我弟一起去。

女子：太好了。我很高興有人能用這些票。

---

28. What is this conversation mainly about?
    (A) A call-in radio contest
    (B) An event at a beach
    (C) Family trips
    (D) Styles of music

正解 **A**

本題為主旨題，詢問這個對話主要的內容。由開頭女子說 I called in on one of those radio competitions「我打電話進一家電台挑戰」得知正確答案為 (A)。選項 (B) 和 (C) 女子在對話中雖有提及要跟家人去海邊，但並非談話主要內容。選項 (D) 則在對話中並未提到。

---

29. Why does the second male speaker say "that's a piece of cake" in response to the woman?
    (A) Anyone can participate in the competition.
    (B) He thinks she should have known.
    (C) It is an easy question to answer.
    (D) It is the answer to the question.

正解 **C**

本題詢問第二個男子為何要對女子說 that's a piece of cake。a piece of cake 為口語說法，是「很簡單；容易之事」之意。由對話中女子說她只要回答披頭四樂團的團員名字，故得知正確答案為 (C)。

---

30. Why doesn't the first man want to take the music festival tickets?
    (A) He doesn't like music.
    (B) He is going to the beach with his family.
    (C) The concert is too far away.
    (D) There are too many people at music festivals.

正解 **D**

本題詢問第一位男子為何不要音樂節門票，由對話中男子說 I don't enjoy music festivals much. They're too crowded.「我不太喜歡音樂節。那太擁擠了。」得知正確答案為 (D)。選項 (B) 要跟家人去海邊的是女子。

Part **3**

簡短對話

59

Part 3 Short Conversations

Questions 31-33 refer to the following conversation and flyer.

M: Hi, my name is Ken Williams, and I'm interested in joining your photography course.

W: OK, Mr. Williams. There are a few different courses to choose from. Prices range from $150 to $500.

M: Oh, I see. I am interested in the black and white photography course which starts on April 15.

W: That class regularly sells out, but as it is six weeks away, there are still some spaces available.

M: In that case, I'd like to sign up right away. Can I pay with credit?

W: Yes, we do accept credit cards as well as cash.

男：你好，我的名字是肯・威廉斯，我對於參加你們的攝影課程很有興趣。

女：好的，威廉斯先生。我們有幾個不同的課程可供選擇。價錢從美金一百五十元到五百元。

男：喔，我知道了。我對於四月十五日開課的黑白攝影課程很有興趣。

女：那個課程通常會銷售一空，但還有六個星期才開課，現在還有一些位子。

男：這樣的話，我要馬上報名。我可以用信用卡付款嗎？

女：可以，我們可以收信用卡或是現金。

克龍通尼—數位學習課程
以下課程皆可開放報名

黑白攝影技巧
講師：馬力歐・羅佩茲　$185

為昨日照片精彩上色
講師：珍妮恩・哈波　　$245

影片製作技巧
講師：卡爾・沙吉　　　$215

---

31. What does the woman say about the courses?
    (A) They are very popular.
    (B) They aren't very interesting.
    (C) They are expensive.
    (D) They require previous experience.

正解 Ⓐ

本題詢問女子對課程的說法，由關鍵句 . . . they regularly sell out.「經常都銷售一空。」表示課程相當受歡迎，故正確答案為 (A)。

---

32. Look at the graphic. How much will the man's course cost?
    (A) $150
    (B) $185
    (C) $215
    (D) $245

正解 Ⓑ

本題為圖表題，詢問男子要去上的課程的費用。由對話中男子說 I am interested in the black and white photography course . . .「我對於黑白攝影課程很有興趣」，對照傳單上黑白攝影的課程費用為 $185，故得知答案為 (B)。

---

33. What does the woman say about the course Ken is interested in?
    (A) It is sold out.
    (B) It lasts for six weeks.
    (C) There are spots available.
    (D) He must pay the course fee in cash.

正解 Ⓒ

本題詢問關於肯有興趣的課程，女子如何回應。由關鍵句 That is six weeks away, and there are still some spaces available.「那個課程還有六個星期才開課，現在還有一些位子。」顯示還有報名的空缺，故正確答案為 (C)。

(B) last (v.) 持續。

Questions 34-36 *refer to the following conversation and table.*

W: Mike's Auto. Linda speaking. How can I help you?

M: Hi, Linda. This is Brett McKenzie. I'm calling about my car. I left it with you two days ago.

W: Oh, yes. I'm afraid it isn't ready yet, Mr. McKenzie. We were waiting on a part. They're working on it now, so it should be good to go this afternoon.

M: That's great. I'll **drop by** when I get done with work.

• drop by 順道拜訪；順便經過

客戶名稱	處理狀況
1. 蘿拉·娜達	已完成，週五取車
2. 布萊特 · 麥克肯吉	水壓管今天會到貨
3. 貝佛利·德安東尼歐	車尾燈板今天或明天到貨
4. 瑞吉 · 布萊斯	今天回電告知估價

女：麥克汽車。我是琳達，有什麼我能為您服務的呢？

男：妳好，琳達。我是布萊特·麥克肯吉。我打來詢問我車子的狀況，我兩天前將它留在你們那兒。

女：喔，對。麥克肯吉先生，車子恐怕還沒修好。我們之前在等一個零件。他們現在在處理了，所以今天下午車子應該就會好了。

男：太好了。我工作結束之後就會順便過去拿車。

---

34. What is the relationship between the speakers?
    (A) They are coworkers.
    (B) The woman is the man's boss.
    (C) The man is the woman's customer.
    (D) They are Mike's parents.

正解 **C**

本題詢問說話者之間的關係，由關鍵句 How can I help you?「有什麼我能為您服務的呢？」及兩人談論修車、取車事宜，可以推斷女子為店員，男子應為顧客，故正確答案為 (C)。

---

35. When will the man collect his car?
    (A) Right away
    (B) After lunch
    (C) In two days
    (D) After work

正解 **D**

本題為細節題，詢問男子的取車時間，由關鍵句 I'll drop by when I get done with work.「我工作結束之後就會順便過去拿車。」可知正確答案為 (D)。

(A) right away 馬上。

---

36. Look at the graphic. What delayed the speakers?
    (A) A hydraulic line wasn't immediately available.
    (B) A tail light panel wasn't immediately available.
    (C) An estimate had not yet been completed.
    (D) A person couldn't come sooner for a pickup.

正解 **A**

本題須對照圖表作答，詢問何事耽延了說話者。對話中男子打電話開頭就有說自己名字是布萊特·麥克肯吉，對照表格中的狀況，得知其處理狀況為在等水壓管今天到貨，故正確答案為 (A)。

• immediately *(adv.)* 立即地

Part 3 Short Conversations

Questions 37-39 refer to the following conversation and menu.

W: Hi, I'd like to take something to go, but I wanted to know if you have any gluten-free options. I'm allergic.

M: Well, all our breads have gluten and the pasta, too. The salads are gluten free, and the tacos are made with corn tortillas, not flour.

W: I see. And how long would the fish tacos take?

M: About 15 minutes. Everything is made to order.

W: Could I get the Caesar salad with salmon? Oh, do you take credit cards?

M: Sorry, ma'am. Cash only.

W: Um, well . . . OK. Scratch that. I'll have the fish tacos.

女：嗨，我想要外帶，但我想要知道你們有沒有任何無麩質的選項。我會過敏。

男：嗯，我們所有的麵包和義大利麵都含有麩質。沙拉為無麩質，玉米餅是用玉米粉薄烙餅做的，不是麵粉。

女：我知道了。魚肉玉米餅要等多久呢？

男：大概十五分鐘。每樣東西都是現點現做的。

女：我可以來份鮭魚凱薩沙拉嗎？喔，可以刷信用卡嗎？

男：女士，不好意思。我們只收現金。

女：嗯，好。刪掉那樣。我要一份魚肉玉米餅。

無懼巧達 （火腿、巧達起司、全麥吐司）	**10** 美元
甜蜜之家義大利 （義大利麵、肉丸子、帕馬森起司）	**15** 美元
蘑菇大總匯 （蘑菇、瑞士起司、牛肉排、麵包）	**14** 美元
混水摸魚 （魚肉、蔬菜、玉米餅外皮）	**15** 美元
艾默兒 （凱薩沙拉） （加雞肉＋4 美元）（加鮭魚＋7 美元）	**13** 美元
閃電牛 （炙燒牛肉、烤蔬菜）	**17** 美元

37. Which is NOT a concern the woman has regarding her order?

(A) Whether the food is fresh

(B) The ingredients

(C) How long it will take to prepare

(D) Accepted payment methods

正解 **A**

本題為除外題，詢問選項中何者不是女子對於餐點在意的事情。對話中提及女子對麩質過敏，並詢問了須等待的時間以及是否可使用信用卡付帳，但沒有提到食物新鮮度的問題，故答案選 (A)。

38. What is the most likely reason that the woman changed her order?
(A) She doesn't have enough time.
(B) She is allergic to that menu item.
(C) She doesn't have enough money.
(D) She changed her mind about what she wanted.

正解 **C**

本題為推論題，詢問女子更改點餐的理由。由對話中女子詢問是否可以使用信用卡，而男子說只能收現金時，女子便說要取消原本要點的鮭魚凱薩沙拉，可推斷女子身上現金不夠，故正確答案為 (C)。

---

39. Look at the graphic. Which item could the woman NOT eat?
(A) Fish over Troubled Water
(B) Blitzkrieg Beef
(C) That's Amore
(D) Sweet Home Italy

正解 **D**

本題詢問女子不能吃菜單上的哪種食物。由女子說 . . . I wanted to know if you have any gluten-free options. I'm allergic.「⋯⋯我想要知道你們有沒有任何無麩質的選項。我會過敏。」而男子回說 . . . all our breads have gluten and the pasta, too. The salads are gluten free, and the tacos are made with corn tortillas, not flour.，對照選項及菜單中 Sweet Home Italy 這道餐點中內含 Spaghetti，屬於 pasta 的一種，故答案選 (D)。

Part **3**

簡短對話

Part 4 Short Talks 簡短獨白

P. 67

▶ **題目範例 錄音內容 & 中文翻譯** 🎧 *Track 80*

Questions 1-3 *refer to the following introduction.*

Ladies and gentlemen, tonight we have a very special guest. He has won countless awards within the **sphere** of entertainment. He is a man who has also helped to get a new generation of young people interested in exercise. And you all know how difficult it is to get kids interested in that these days. Anyway, a warm welcome to Francis Butcher!

• sphere *(n.)* 範圍；領域

各位先生、各位女士，今天我們請到一位非常特別的來賓。他贏得過無數娛樂圈的獎項。他也曾經幫助年輕的一代對於運動產生興趣。大家都知道現在要讓孩子們對於運動產生興趣有多困難。無論如何，讓我們熱烈歡迎法蘭西斯‧布屈！

P. 71

▶ **運用想像力範例 中文翻譯** 🎧 *Track 81*

大家請靜一靜。現在請坐在你的巴士指定座位上。謝謝。在今天的行程，我們將參觀動物園與植物園。我們應該會在十點左右抵達動物園。在動物園時請不要餵食動物。一點時我們會回到巴士並前往植物園。首先，我們會吃午餐，然後會看看美麗的花與樹木。我們會在三點時再回到巴士上。在巴士上禁止飲食。請放低你的音量，並隨時待在自己的位置上。

P. 72~73

▶ **Example 中文翻譯** 🎧 *Track 82*

所有搭乘前往澤西市的旅客請注意本則廣播。由於稍早從史坎頓出發的火車誤點，因此所有旅客必須前往 27 號月台，而非之前宣布的 19 號月台。由於月台變更，所以班車也會誤點五分鐘。紐渥克鐵路公司要對於造成的不便致上歉意，我們希望各位能有趟愉快的旅程。

目的地	月台	預計發車時間	實際發車狀況
克利伏特‧海特斯	11	下午兩點三十分	準時
澤西市	19	下午兩點十五分	準時
摩頓	04	請洽詢車站人員	
瑞侯柏斯海灘	26	下午三點三十五分	準時
史砍頓	09	下午兩點二十五分	準時
韋林	29	下午四點十分	延遲
萬克斯巴瑞	14	下午兩點十分	準時

P. 73

▶ Exercise 錄音內容、中文翻譯＆解析 🎧 Track 83

Questions 1-3 *refer to the following announcement.*

So . . . ahem . . . we have a bit of an issue. It appears that the manufacturer got our order wrong and we were given several of the wrong parts. I have the invoice right here and it states what we were supposed to have received. What we need to do today is figure out exactly what we do and don't have. Furthermore, when we find parts that we did not order, we need to put them aside to send back to the manufacturer. There is a bit of good news—the sprockets did arrive. However, I counted them already and we are missing two.

所以……嗯哼……我們有一點問題。看起來工廠把我們的訂單搞錯了，我們收到幾項錯誤的零件。我這裡有發票，上面寫得是我們應該要收到的。我們今天要確切搞清楚的是什麼是我們有收到的、什麼是沒有收到的。除此之外，若發現有我們並未訂購的零件，我們需要把它們放到一邊然後寄回工廠。有一個好消息是——扣鍊齒有到貨。不過，我算過了我們還少了兩個。

零件類型	數量
螺旋狀齒輪	50
凸輪軸	22
交流發電機	14
扣鍊齒	50
活塞	8

1. Where does the speaker most likely work?
   (A) **A machine shop**
   (B) A laboratory
   (C) A software company
   (D) A financial institution

正解 A

本題為推論題，詢問說話者最可能是在哪裡上班。由發票上的零件項目可以推測，此為販售機械零件的店，故正確答案為 (A)。

2. What were the employees instructed to do with the parts they did not order?
   (A) Keep them on hand
   (B) Dispose of them
   (C) **Return them**
   (D) List them for sale

正解 C

本題詢問員工被指示如何處理他們未訂購的零件。由關鍵句 . . . when we find parts that we did not order, we need to put them aside to send back to the manufacturer. 「若發現有我們並未訂購的零件，我們需要把它們放到一邊然後寄回工廠。」可以得知正確答案為 (C)。

3. Look at the graphic. How many sprockets arrived?
   (A) Zero
   (B) **Forty-eight**
   (C) Fifty
   (D) Fifty-two

正解 B

本題為圖表題，詢問收到了多少個扣鍊齒。發票表格中寫著應要收到 50 個，而由獨白的關鍵句 I counted them already and we are missing two. 「我算過了我們還少了兩個。」得知實際上只收到 48 個，故正確答案為 (B)。

Part 4 簡短獨白

Part **4** Short Talks

P. 74~75

▶ **Example** 中文翻譯 🎧 *Track 84*

大家好，歡迎加入我們公司並參加本公司的訓練計畫。這個為期兩週的訓練計畫將會向各位詳細介紹本公司，以及各位作為業務代表的工作內容。身為新進員工，各位將會學到很多。我們有一套十分特別的銷售方式，可以確保每位業務代表都能特別留意自己的客戶。將注意力放在客戶身上是本公司能如此成功的原因。在這兩週期間，各位還會學習到如何使用我們公司的電腦軟體。現在就讓我們開始吧。

P. 75

▶ **Exercise** 錄音內容、中文翻譯＆解析 🎧 *Track 85*

Questions 1-3 *refer to the following introduction.*

Good afternoon, and a warm welcome to the St. Algernon's Cheese Works. My name is David Bergbaum, and I'll be your guide for this afternoon's **proceedings**. We're going to start by having a peek at the **production** floor where you'll see our **master** cheese makers in action. Naturally, everything at St. Algernon's is **handmade** and it takes years for our staff to **master** their trade. As well as hearing from one of our longest-serving master cheese makers, you will be introduced to the history of the factory, from its beginnings as a **family-run business** to its present state as a production facility that employs more than 200 people. After that, we'll **sample** some of our delicious **wares**. Should you wish to make a purchase, remember—we're offering a 15 percent discount today.

午安，誠摯地歡迎各位來到聖阿爾傑農乳酪作坊。我叫大衛·波朋，是各位今天下午行程的導遊。我們一開始將一窺生產樓層，您會看到我們大師級的乳酪製造師傅在製作乳酪。當然啦，在聖阿爾傑農的每樣產品都是手工製造而成，我們的員工要花好幾年的時間才能精通手藝。除了聽我們其中一位最資深的乳酪製作大師講解外，各位還會聽到這座工廠的介紹，從一開始的家庭式經營到現在超過兩百名員工的生產設施。在這之後，我們要來品嚐一些美味的試吃品。如果您想要購買，別忘了，我們今天提供大家八五折的優惠。

- proceeding *(n.)* 行動；活動
- production *(n.)* 生產
- master *(adj.)* 精通的；熟練的 *(v.)* 精通
- handmade *(adj.)* 手工的
- family-run business 家庭式經營；家族事業
- sample *(v.)* 品嚐；體驗
- ware *(n.)* 商品；貨物（作此義多用複數形）

1. What kind of event is this?

   (A) A factory tour
   (B) A history lecture
   (C) A shopping activity
   (D) A cooking class

正解 A

本題詢問活動的類型為何。由關鍵句 We're going to start by having a peek at the production floor . . . 「我們一開始將一窺生產樓層」顯示一行人來到工廠參觀，故正確答案為 (A)。

(B) history lecture 歷史演說。

2. What has happened to St. Algernon's Cheese Works over the years?

   (A) It has gotten smaller.
   (B) It has started making other products.
   (C) It has increased in size.
   (D) It has moved locations several times.

正解 C

本題詢問該乳酪工廠過去幾年發生什麼事。由關鍵句 . . . from its beginnings as a family-run business to its present state as a production facility that employs more than 200 people.「從一開始的家庭式經營到現在超過兩百名員工的生產設施」可以得知業者規模增加，故正確答案為 (C)。

(A)「規模變小」與文中介紹正好相反；(B)「開始製造其他產品」和 (D)「地點搬遷好幾次」獨白中皆未提及。

3. What will happen last?

   (A) The group will visit the production floor.
   (B) The group will taste and buy some cheese.
   (C) The group will learn how to start a business.
   (D) The group will meet the cheese makers.

正解 B

本題為含有 last 的題型，詢問最後會發生的事。由關鍵句 . . . we'll sample some of our delicious wares. Should you wish to make a purchase, remember—we're offering a 15 percent discount today.「我們要來品嚐一些美味的試吃品。如果您想要購買，別忘了，我們今天提供大家八五折的優惠。」可知最後的行程是參觀者會試吃並挑選商品，故正確答案為 (B)。

Part 4　Short Talks

P. 76~77

▶ **Example** 中文翻譯　🎧 *Track 86*

現在到了我們未來五天氣象預報的時間。看起來明天天氣還是會和今天一樣冷，沿海地區最高溫為華氏五十多度，內陸則為六十多度。而明天的降雨量可能還會增加。但是到了週四，也就是後天，氣溫將開始回暖。星期四天氣將會放晴，沿海地區最高溫為華氏七十多度，內陸則為八十多度。接著到了週六和週日，氣溫將會進一步升高，沿海地區最高溫將達華氏八十多度，內陸則會上升至一百度以上。

P. 77

▶ **Exercise** 錄音內容、中文翻譯＆解析　🎧 *Track 87*

Questions 1-3 *refer to the following radio commercial.*

Having trouble finding a job? Not happy with your current job? Come check out American Career College. We **specialize** in getting people started in technology jobs. Teaching the **latest** in computer software and even computer **repair**, American Career College prepares people to work for **high-tech** companies of all sorts. And the **technology sector** is always strong. Even when all other industries are doing poorly, hiring continues in the tech sector. So make a change in your life. Come check out what we have to offer today.

找不到工作嗎？對你目前的工作不滿意嗎？來看看「美國職涯學院」吧。我們專門培訓科技業人才。我們教授最新的電腦軟體，甚至是電腦維修。「美國職涯學院」幫助欲從事各種高科技產業的人才做好準備。現今的科技業一直都在蓬勃發展，即便其他產業表現不佳，科技業仍持續徵才。在人生中做個改變吧。來看看現在我們提供些什麼課程。

- specialize *(v.)* 專門從事
- latest *(adj.)* 最新的
- repair *(n.)* 維修
- high-tech *(adj.)* 高科技的
- technology sector 科技業

1. What is the purpose of this ad?
   (A) To sell computers
   (B) To get new students
   (C) To raise money for a school
   (D) To attract good teachers

正解 **B**

本題為主旨題，詢問該廣告的主旨為何。由關鍵句 We specialize in getting people started in technology jobs.「我們專門培訓科技業人才」顯示該廣告是在招募有志到科技業求職的人來學習相關課程，故正確答案為 (B)。

(C) raise money 募款。

2. What kind of training does the college offer?
   (A) Nursing
   (B) Art
   (C) Computer skills
   (D) Teaching skills

正解 **C**

本題為細節題，詢問該學院提供哪方面的課程。由關鍵句 Teaching the latest in computer software and even computer repair . . .「我們教授最新的電腦軟體，甚至是電腦維修課程」可以得知課程與電腦技能相關，故正確答案為 (C)。

(A) nursing *(n.)* 護理。

3. According to the commercial, which industry is constantly hiring?
   (A) Health care
   (B) Education
   (C) Technology
   (D) Clean energy

正解 **C**

本題為細節題，詢問廣告中提及哪個領域持續在徵才。由關鍵句 . . . hiring continues in the tech sector「科技業仍持續徵才」可以得知正確答案為 (C)。

(A) health care 保健。

(D) clean energy 乾淨能源（如太陽能、風力等）。

P. 78~79

▶ **Example** 中文翻譯 🎧 *Track 88*

妳好，凱倫，我是傑克。我下個星期就會造訪，希望能跟妳見個面。我希望能去拜訪我們公司在你們那區的所有客戶，包括妳在內，目的只是要打聲招呼，並且看看妳對我們公司是否感到滿意。如果妳星期二或星期三有空，我很想請妳吃頓午餐，我們可以聊聊公事。請告訴我妳那幾天有沒有空。期待能見到妳。

Part 4 Short Talks

P. 79

▶ **Exercise** 錄音內容、中文翻譯&解析 ⏺ *Track 89*

Questions 1-3 *refer to the following recorded message.*

Thank you for calling AutoFix car repairs. Unfortunately, we're not available right now. If you'd like to schedule an appointment, you can e-mail us at appointment@autofix. com, leave a message, or call us back during our regular **working hours**. We are open Monday to Saturday from 9 a.m. to 7 p.m., and on Sunday from 10 a.m. to 3 p.m. If it's an **emergency**, please stay on the line and press one after the **tone**. There is an emergency call-out fee of fifty euro. To leave a **voice message**, press two after the tone. Thank you for your call; <u>**we'll get back to you**</u> as soon as possible.

- working hours 上班時間
- emergency *(n.)* 緊急事故
- tone *(n.)* 電話撥號音
- voice message 語音留言

感謝您致電 AutoFix 汽車維修廠。很遺憾的,我們目前無法提供服務。若您想要預約修車,您可以發電郵到 appointment@autofix.com 信箱、留言、或是在平常上班時間再來電。我們的上班時間是週一至週六,早上九點至下午七點,週日則是從早上十點至下午三點。若有緊急事故,請不要掛斷電話,並在聽到聲響後按「1」。緊急外出服務的費用是五十歐元。若要留言,請在聽到聲響後按「2」。謝謝您的來電,我們會盡快回覆您的電話。

---

1. What is this message mainly about?
   (A) What kinds of people AutoFix wants to hire
   (B) How to get in touch with AutoFix
   (C) What to do if your car won't start
   (D) How much AutoFix charges for repairs

正解 **B**

本題為主旨題,詢問該訊息的主旨為何。由關鍵句 . . . you can e-mail us at appointment@autofix.com, leave a message, or call us back during our regular working hours.「您可以發電郵到 appointment@autofix.com 信箱、留言、或是在平常上班時間再來電。」可以得知該訊息是提供聯繫管道,故正確答案為 (B)「如何和 AutoFix 取得聯繫」。

- get in touch 聯絡

---

2. Which is NOT mentioned as a way to contact AutoFix?
   (A) Leaving a message over the phone
   (B) Sending them an e-mail
   (C) Sending a text message
   (D) Calling back another time

正解 **C**

本題為除外題,詢問哪項聯繫方式並未在訊息中提到。由關鍵句 . . . you can e-mail us . . . leave a message, or call us back during our regular working hours. 「您可以發電郵……留言、或是在平常上班時間再來電。」,比對各選項依序為 (B)、(A)、(D),故可以得知沒有提及的聯繫管道為選項 (C)「寄簡訊」。

- text message 簡訊

3. What does the speaker mean when he says "we'll get back to you"?
   (A) There is another customer he needs to see first.
   (B) The appointment will be confirmed by e-mail.
   (C) He will return the car to the customer.
   (D) Someone will respond to the customer's message.

正解 **D**

本題詢問 we'll get back to you 的意思。get back to sb. 為口語上常見說法，意思為「之後再回覆、聯絡」，時常用在回覆某人電話、訊息、信件或是某事需思考後再答覆對方時使用，故正確答案為 (D)。

P. 80~81

▶ **Example** 中文翻譯 🎧 *Track 90*

大家好！我是現代圖書館計畫的負責人維能‧馬修斯。我要感謝各位前來參加我們第三屆的年度募款晚餐會。在座各位都知道，過去幾年來，要透過募款方式讓我們的社區圖書館與時俱進，已經變得難上加難了。由於地方政府刪減藝術支出，公共資金已停止補助，因此我要對所有曾經為現代圖書館計畫投注時間和金錢的人表示感謝。我尤其要感謝今天負責供餐的皮爾森先生，以及上個月幫忙舉辦烘焙拍賣會的克蘭恩女士。這頓晚餐讓我們更接近目標了。謝謝各位的支持！

P. 81

▶ **Exercise** 錄音內容、中文翻譯＆解析 🎧 *Track 91*

Questions 1-3 *refer to the following lecture.*

My name is June Whitefield, and I'm going to talk to you today about the state of our **news media**. Many people prefer their news to be **factual**, whereas others would like to see more **scandal** and **celebrity gossip**. With the development of more TV **channels**, news has started to be split into different categories, giving customers many choices over what they watch. I'm personally more in favor of having only factual news, but that means we forget the first rule of **mass media**: "Give the people what they want."

我叫瓊恩‧懷特菲爾德，我今天要和大家談的是新聞媒體現況。很多人喜歡真實的新聞報導，有些人則比較喜歡看醜聞和名人八卦。隨著電視頻道越來越多，新聞開始被區分為不同的類型，讓顧客對於想收看的內容有更多選擇。我個人偏好只收看真實的新聞報導，但那也表示我們忘記了大眾媒體的首條規則：「給予人們他們所想要的」。

- news media 新聞媒體
- factual *(adj.)* 真實的
- scandal *(n.)* 醜聞
- celebrity gossip 名人八卦消息
- channel *(n.)* 頻道
- mass media 大眾媒體

71

Part 4 Short Talks

1. What is the talk mainly about?
   (A) Celebrity gossip
   (B) The development of digital TV
   (C) How news is changing
   (D) Ms. Whitefield's career

正解 **C**

本題為主旨題，詢問獨白的主旨為何。由關鍵句 I'm going to talk to you today about the state of our news media.「我今天要和大家談的是新聞媒體現況。」可以得知內容與新聞媒體如何演變相關，故正確答案為 (C)。

2. What is happening because of the increased number of TV channels?
   (A) Customers have more choices.
   (B) Customers have become very picky.
   (C) There is less gossip.
   (D) There is only factual news.

正解 **A**

本題詢問電視頻道的增加使得何種情形發生。由關鍵句 With the development of more TV channels . . . giving customers many choices over what they watch.「隨著電視頻道越來越多……讓顧客對於想收看的內容有更多選擇。」可以得知正確答案為 (A)「顧客有更多選擇」。

(B) picky *(adj.)* 挑剔的。

3. How does Ms. Whitefield feel about news?
   (A) She thinks it's important to be exposed to gossip.
   (B) People should get their information from sources other than TV.
   (C) She prefers to watch only factual news.
   (D) She always follows what celebrities are doing.

正解 **C**

本題詢問 Ms. Whitefield（即講者）對新聞有何看法。由關鍵句 I'm personally more in favor of having only factual news . . .「我個人比較偏好只收看真實的新聞報導」可以得知正確答案為 (C)。

(A) expose *(v.)* 使接觸於。

(B) source *(n.)* 來源。

Practice Test　PART 4

P. 82~86 🎧 *Track 92*

Questions 1-3 *refer to the following announcement.*

Attention all shoppers. It is now 8 p.m. At this time, we will be **marking down** all fresh food 50%. If you would like to purchase any of the discounted items, you have 30 minutes to do so, as the store will close for the evening in half an hour. We recommend that shoppers **make their way** to the food counter quickly if they would like to **take advantage of** this offer. After you have chosen all of your purchases, please bring them to a **cashier** in the front of the store to **check out**. For those who planned to get a cup of coffee tonight, the café will close in five minutes, and unfortunately last orders have already been taken. So if you haven't placed a coffee order yet, I'm afraid you will have to wait until tomorrow. Thank you.

所有的顧客請注意。現在是晚上八點，此時所有的生鮮食品均打五折。由於本店將於三十分鐘後打烊，若您要購買折扣商品，須於半小時內完成。若您想好好把握這個折扣，建議您趕快到食品櫃台。完成商品的選購後，請攜帶您的商品至本店前方的結帳櫃台結帳。今晚想要點杯咖啡的顧客，咖啡店五分鐘後就要打烊，而且很不幸地最後點餐時間已過了。所以若您還沒點咖啡，恐怕要等到明天了，謝謝。

- mark down 減價
- make one's way 前往
- take advantage of 善用
- cashier (n.) 結帳員
- check out 結帳離開

Part 4 簡短獨白

---

1. What time will the store close?
   (A) 8:05 p.m.
   (B) 8:30 p.m.
   (C) 8:35 p.m.
   (D) 8:50 p.m.

   正解 B

   本題為細節題，詢問商店結束營業的時間。由關鍵句 It is now 8 p.m. . . . the store will close for the evening in half an hour.「現在是晚上八點……本店將於三十分鐘後打烊」可以得知結束營業時間為八點半，故正確答案為 (B)。

---

2. Which of the following is most likely to be discounted?
   (A) A fruit salad
   (B) A bottle of cleaning solution
   (C) A carton of frozen ice cream
   (D) A magazine

   正解 A

   本題為推論題，詢問最可能折扣出售的產品。由關鍵句 At this time, we will be marking down all fresh food 50%. 可以得知生鮮食品在關門前會打折出售。選項中較有時效性的新鮮產品為水果沙拉，故正確答案為 (A)。
   (B) cleaning solution 清潔劑。
   (C) carton (n.) 紙盒

---

3. What will close in five minutes?
   (A) The car park
   (B) The café
   (C) The whole store
   (D) The fresh food section

   正解 B

   本題為細節題，詢問再過五分鐘什麼即將關閉。由關鍵句 . . . the café will close in five minutes . . .「咖啡店五分鐘後就要打烊」可以得知正確答案為 (B)。

73

Part 4 Short Talks

Questions 4-6 *refer to the following weather forecast.*

It looks like the weekend is going to be a great one if you like camping, sailing, or just generally being outdoors. Friday is going to start out badly, with low temperatures and some rain **throughout** the region, but it'll **pick up** in the afternoon with the sky **clearing up** and temperatures rising to 27 degrees. Saturday's skies will be clear all day, and we can expect temperatures in the high 20s until nightfall. There's a **slight** chance of rain early Sunday, but after around 10 o'clock it'll dry right out, with temperatures **soaring up** to nearly 35 degrees. That's your weather for now. **Stay tuned** for updates and enjoy the weekend.

如果您喜歡露營、駕帆船，或只是從事一般戶外活動，看來週末將會非常適合。星期五一早將不會有好天氣，整個地區都會是低溫伴隨些許雨勢，但到了下午天氣會好轉，天空會放晴，溫度會上升到二十七度。星期六一整天都是晴天，預估在天黑前溫度將會高達將近三十度。星期天一早有些微降雨的機會，但到了約十點以後，降雨就會停止，氣溫則會飆升到將近三十五度。以上是天氣預報，請繼續收聽掌握即時天氣報導，祝週末愉快。

- throughout *(prep.)* 從頭到尾
- pick up 好轉；改善
- clear up 放晴
- slight *(adj.)* 微小的
- soar up 上升
- stay tuned 請繼續收聽或收看

---

4. What is the weather going to be like on Friday?
   (A) Cold
   (B) Warm
   (C) Rainy
   (D) Mixed

正解 D

本題為細節題，詢問週五天氣預料將如何。由關鍵句 Friday is going to start out badly . . . but it'll pick up in the afternoon with the sky clearing up . . .「星期五一早將不會有好天氣……但到了下午天氣會好轉，天空會放晴……」顯示天氣會由壞轉好，故正確答案為 (D)「混合的」。

---

5. Which of these temperatures is likely on Saturday during the day?
   (A) 21 degrees
   (B) 31 degrees
   (C) 35 degrees
   (D) 29 degrees

正解 D

本題詢問週六白天氣溫可能會如何。由關鍵句 . . . and we can expect temperatures in the high 20s until nightfall.「在天黑前溫度將會高達將近三十度」可以得知氣溫應該會在 25 度以上但不滿 30 度，故正確答案為 (D)。

---

6. What is the forecast for Sunday?
   (A) Rain and low temperatures all day
   (B) Rain after 10 a.m.
   (C) Rain followed by hot weather
   (D) Rain until 10 p.m.

正解 C

本題為細節題，詢問週日天氣預測如何。由關鍵句 There's a slight chance of rain early Sunday, but after around 10 o'clock it'll dry right out, with temperatures soaring up to nearly 35 degrees.「星期天一早有些微降雨的機會，但到了約十點鐘以後，降雨就會停止，氣溫則會飆升到將近三十五度。」顯示星期天可能會先下雨，接著是炎熱天氣，故正確答案為 (C)。

Questions 7-9 *refer to the following voice-mail message.*

Hi, Stanley. This is Denise. Are you free sometime this afternoon? I'm having trouble with my computer again, and I really need someone to help me repair it. I have to make a sales presentation tomorrow morning, and I have to **prepare for** it before I go home tonight. I can't do that if my computer isn't working! I know this is the third time this week I've had to ask you for help, and I'm really sorry, but I'm afraid my computer is just too old. I guess I'll probably have to **replace** it. Give me a call. Thanks.

- prepare for 為……做準備
- replace *(v.)* 取代；以……代替

你好，史坦利，我是丹妮絲。你今天下午有空嗎？我的電腦又出問題了，我很需要有人幫我修好它。我明天早上要做一場銷售簡報，我得在今天晚上回家前把簡報準備好。如果我的電腦壞了，我就無法做準備了！我知道這是這個星期以來我第三次請你幫忙，我真的很抱歉。恐怕我的電腦實在太舊，我可能得換一台了。撥個電話給我，謝啦。

---

7. What does Denise want Stanley to do?
   (A) Buy her a new computer
   (B) Help her buy a new computer
   (C) Fix her computer
   (D) Train her to use her computer

正解 C

本題詢問 Denise 要求 Stanley 做什麼。由關鍵句 I'm having trouble with my computer again, and I really need someone to help me repair it.「我的電腦又出問題了，我很需要有人幫我修好它。」可以得知她需要有人幫忙修理電腦，故正確答案為 (C)。

---

8. Why is Denise's problem urgent?
   (A) She is selling the computer tomorrow morning.
   (B) She has to prepare for a presentation.
   (C) She has a meeting this afternoon.
   (D) She needs to bring the computer home with her.

正解 B

本題詢問 Denise 的問題為何很緊急。由關鍵句 I have to make a sales presentation tomorrow morning, and I have to prepare for it before I go home tonight.「我明天早上要做一場銷售簡報，我得在今天晚上回家前把簡報準備好。」可以得知她急著要用電腦準備簡報，故正確答案為 (B)。

---

9. What does Denise think she'll have to do to correct her problem?
   (A) Stop using computers
   (B) Borrow a computer from her work
   (C) Learn how to fix computers
   (D) Buy a new computer

正解 D

本題詢問 Denise 自己認為該做什麼來修正她的問題。由關鍵句 I guess I'll probably have to replace it.「我可能得換一台了。」表示她可能要換台電腦才能解決一直故障的老問題，正確答案為 (D)。

Part 4 簡短獨白

75

Part **4** Short Talks

Questions 10-12 *refer to the following speech.*

Good afternoon. My name is Louie Donaldson, and I'm going to give you a very brief introduction to the **genre** of world music. The term "world music" usually refers to music made by people outside the **pop charts**, and we usually think of it as music made by **aboriginal tribesmen** from Africa or South America. In recent years, with the **explosion** of digital downloads, these acts have found a wider audience outside their communities. There has also been a **downside**, because like all music, this kind of music has suffered from people downloading the music for free, and so many artists have stayed poor.

午安,我叫路易‧唐諾森,我要為各位簡短介紹一下世界音樂這種音樂類型。所謂「世界音樂」通常指的是由流行樂界以外的人士所創作出來的音樂,我們通常認為它是由非洲或南美洲原住民部落成員創作的音樂。近幾年來,隨著數位下載劇增,使得世界音樂在其原本社群以外的地區覓得了更廣大的聽眾群。但也是有不好的一面,就像所有音樂一樣,這類音樂也因為人們免費下載音樂而受害,許多藝術家仍舊一貧如洗。

- genre *(n.)* 種類;文藝作品之類型
- pop charts 流行歌曲排行榜
- aboriginal *(adj.)* 原住民的
- tribesman *(n.)* 部落成員
- explosion *(n.)* 劇增
- downside *(n.)* 缺點

10. What is the talk mainly about?
    (A) How to download music
    (B) The effects of illegal downloading
    (C) Information related to a genre of music
    (D) Where aboriginal tribesman can be found

正解 C

本題為主旨題,詢問獨白的主旨為何。由關鍵句 I'm going to give you a very brief introduction to the genre of world music.「我要為各位簡短介紹一下世界音樂這種音樂類型。」可以得知內容與某種音樂類型相關,正確答案為 (C)。

(B) illegal *(adj.)* 不合法的。

11. Which of the following groups is most likely to make world music?
    (A) Rock stars
    (B) Rap singers
    (C) A country's native people
    (D) American jazz musicians

正解 C

本題詢問哪種團體最可能創作世界音樂。由關鍵句 . . . as music made by aboriginal tribesmen from Africa or South America.「是由非洲或南美洲原住民部落成員創作的音樂。」可以知道世界音樂通常都由原住民創作,故正確答案為 (C)。

- native *(adj.)* 土著的;本土的

12. Why has downloading been a good thing for world music?
    (A) The singers have become richer.
    (B) More people have access to that music.
    (C) It has made people interested in learning about other cultures.
    (D) World music is now rated on the pop charts.

正解 B

本題詢問線上下載對世界音樂是好事的理由。由關鍵句 . . . these acts have found a wider audience outside their communities.「使得世界音樂在其原本社群以外的地區覓得了更廣大的聽眾群。」可以得知正確答案為 (B)。

- access *(n.)* 取得或接觸某事物的管道途徑
(D) rate *(v.)* 被評價。

Questions 13-15 *refer to the following radio program.*

Good morning, and welcome to Health Today. Now that winter has come, we usually have snow on the ground, and it is too cold to go out. The result is that most people do not get enough exercise. But getting exercise in the winter is not that difficult. There may be two feet of snow on the ground, but that snow can help you exercise. Simply get out three times or more per week and take a 45-minute walk. Walking in the snow is harder, but it gives you more exercise. Of course, you have to dress warm when walking in the snow. Wear good **boots** and several **layers** of clothes.

- boot *(n.)* 靴子
- layer *(n.)* 層

早安,歡迎收看「今日健康」節目。冬天來了,通常地上都有積雪,而且戶外太冷不能外出,結果就造成大多數人運動量不足。在冬天運動其實並沒那麼困難。外頭也許積雪兩尺深,但是那些積雪可以幫助你運動。你只要每星期外出三次或三次以上,每次散步四十五分鐘即可。在雪地裡走路比較困難,但這麼做能讓你有更大的運動量。當然,在雪地裡行走時你得穿得暖和一些。穿一雙好的靴子和多穿幾層衣服。

13. What time of the year is it?
    (A) Spring
    (B) Summer
    (C) Autumn
    (D) Winter

正解 **D**

本題為細節題,詢問談話發表時的季節為何。由關鍵句 Now that winter has come . . .「冬天已經來了」可知正確答案為 (D)。

14. What problem does the speaker say is caused by the current weather conditions?
    (A) Many cars break down.
    (B) People catch colds.
    (C) People don't exercise.
    (D) People stay home from work.

正解 **C**

本題詢問目前天氣狀況造成什麼問題。由關鍵句 The result is that most people do not get enough exercise.「結果就造成大多數人運動量不足。」可以得知正確答案為 (C)。
(A) break down 拋錨。
(B) catch colds 感冒。
(D) 獨白中提到 too cold to go out「因為太冷無法外出」,且後面接著說以致運動量不足,故可知多數人會因為天氣太冷而避免出門活動,並非如選項 (D) 所說「人們待在家而不去工作」。

15. What solution does the speaker suggest?
    (A) People should eat better.
    (B) People should walk in the snow.
    (C) People should stay home more.
    (D) People should spend less money.

正解 **B**

本題詢問講者有何建議。由關鍵句 Walking in the snow is harder, but it gives you more exercise.「在雪地裡走路比較困難,但這麼做能讓你有更大的運動量。」可以得知講者建議聽眾可以在雪中行走以增加運動量。正確答案為 (B)。

Part 4 Short Talks

Questions 16-18 *refer to the following product introduction.*

Hi, everyone! Thanks for coming out. I'm here today with a very exciting new product: the Opto860HD. It's the latest in projection technology, and it's going to super-size your video experience. This **portable** projector will help you **screen** your presentations, slideshows, and movies anywhere, all in high **definition**. Its brightness is unequalled by any competitor, giving you all the clarity you need. The powerful **rear-mounted** speakers will not only play your audio, but can be used with a microphone for presentations. And that's not all! This model also comes with a **built-in** smartphone **port**. You can play your slideshow or video right from your phone. No need to carry around a laptop. It even charges your phone at the same time. Now, let's experience how Opto860HD works. I'm going to show you how easy it is to set up the device, and then I'll let you preview some example presentations.

大家好！謝謝各位前來。我今天帶來了一樣令人興奮的新產品 Opto860HD。這個產品運用最新投影技術，將會大大提升您的影像體驗。這台可攜式投影機將能在任何地方為您播放高解晰度的簡報、幻燈片和電影。它的亮度無任何競爭對手可以匹敵，能為您帶來您所需要的清晰度。強而有力的後置喇叭不僅能播放聲音，還能搭配麥克風做簡報。不只如此，這款機型還配備了一個內建式智慧型手機插槽。您可以透過您的手機播放幻燈片或影片。不需要隨身攜帶筆記型電腦了。這款投影機甚至還能同時幫您的手機充電。現在就來看看 Opto860HD 如何運作吧。我會讓各位看看安裝這個設備有多容易，接著我會讓大家預覽一些簡報範例。

- portable *(adj.)* 可攜式的；手提的
- screen *(v.)* 放映
- definition *(n.)*【攝】清晰度
- rear-mounted *(adj.)* 後置式的
- built-in *(adj.)* 內建的
- port *(n.)* 接口；插槽

---

16. Who is the speaker probably addressing? **正解** **D**
    (A) A group of travelers
    (B) Radio DJs
    (C) People in a supermarket
    (D) Potential clients

本題詢問講者演講的對象。由關鍵句 I'm here today with a very exciting new product . . .「我今天帶來了一樣令人興奮的新產品」顯示講者可能是來推銷新產品，聽眾為潛在客戶，故正確答案為 (D)。

---

17. What advantage does the Opto860HD have over other similar products? **正解** **D**
    (A) It is faster.   (B) It is lighter.
    (C) It is smaller.   **(D) It is brighter.**

本題詢問講者提及產品有何優點是其他競爭者所不如的。由關鍵句 Its brightness is unequalled by any competitor . . .「它的亮度無任何競爭對手可以匹敵」可以得知該產品亮度為其最大優勢。正確答案為 (D)。

---

18. What will happen next? **正解** **C**
    (A) The speaker will show a movie.
    (B) The speaker will conclude his presentation.
    (C) The speaker will set up the device.
    (D) The speaker will answer people's questions.

本題詢問接下來會發生什麼事。由關鍵句 I'm going to show you how easy it is to set up the device . . .「我會讓各位看看安裝這個設備有多容易。」顯示接下來講者會示範如何安裝設備，故正確答案為 (C)「他將安裝這個設備」。

Questions 19-21 *refer to the following radio advertisement.*

Are you tired of doing the same old thing every weekend? Then come to Johnny's Party World! We're having our **grand opening** this Saturday night, and you're invited! Bring the kids and enjoy shrimp, steak, ice cream, and more in our restaurant, Johnny's House. And this Saturday only, we're offering one free dessert with every meal. Try one of our eight **flavors** of pie or choose from ice cream, cakes, or **brownies**. After dinner, play video games in Johnny's Game Town, bowl at one of our twelve bowling lanes, or relax in Johnny's Coffee Shop. We **guarantee** you will have tons of fun. So come on down to Johnny's Party World this Saturday!

你厭倦了每個週末都做同樣的事嗎？那麼就來「強尼的派對世界」吧！我們將於本週六晚上盛大開幕，邀請你共襄盛舉！帶孩子們來我們的餐廳「強尼屋」享用蝦子、牛排、冰淇淋，還有更多美食。本週六限定，我們每份餐點提供一份免費點心。試試我們八種口味派當中的一種，或是挑選我們的冰淇淋、蛋糕或是布朗尼。晚餐後，來「強尼的遊戲城」打電動，在十二條球道中擇一來玩保齡球，或是在「強尼的咖啡廳」好好休息。我們保證你會玩得不亦樂乎。所以這週六快來「強尼的派對世界」吧！

- grand opening 盛大開幕
- flavor (n.) 味道；口味
- brownie (n.) 布朗尼巧克力蛋糕
- guarantee (v.) 保證；擔保

Part **4** 簡短獨白

---

19. How many flavors of pie does Johnny's restaurant offer?
    (A) Ten
    (B) Three
    (C) Eight
    (D) Four

正解 **C**

本題為細節題，詢問派有多少種口味。由關鍵句 Try one of our eight flavors of pie...「試試我們八種口味派當中的一種」可以得知答案為 (C)。

---

20. What can you do in Johnny's Game Town?
    (A) Drink coffee   **(B) Play video games**
    (C) Watch movies (D) Make pizzas

正解 **B**

本題詢問你可以在 Johnny's Game Town 從事何種活動，由關鍵句 ... play video games in Johnny's Game Town ...「來強尼的遊戲城打電動」可以得知正確答案為 (B)。

---

21. What is Johnny's Party World doing to celebrate its grand opening?
    (A) Offering a free dessert with every meal
    (B) Offering a free game of bowling
    (C) Offering a free coffee with every meal
    (D) Offering a chance to play video games for free

正解 **A**

本題詢問 Johnny's Party World 如何歡慶開幕，由關鍵句 And this Saturday only, we're offering one free dessert with every meal.「本週六限定，我們每份餐點提供一份免費點心。」可以知道正確答案為 (A)。其他選項獨白中並未提到是「免費的」。

79

Part 4 | Short Talks

Questions 22-24 *refer to the following announcement.*

Ladies and gentlemen, welcome aboard Paradigm Airlines flight 4465 departing from New York-La Guardia, destined for Denver International with continuing service to Dallas-Fort Worth. All carry-on items should be stowed securely at this time. Aisles and bulkheads should now be cleared so flight attendants can prepare for takeoff. At this time, we also ask that you discontinue the use of all electronics. Once we have reached cruising altitude, the fasten-seatbelt sign will turn off indicating that it is OK to move about the cabin, as well as resume use of electronics. There are six exits on the aircraft in the case of an emergency—two at the front, two in the center, and two in the back. If you have any questions please feel free to ring the assistance button and one of our attendants will be with you shortly . . . ahem . . . Thank you so much for flying Paradigm. Sit back, relax, we've **got you covered**.

各位先生女士，歡迎搭乘帕拉登航空 4465 號班機，由紐約市的拉瓜迪亞機場啟程飛往丹佛國際機場，並繼續前往達拉斯沃斯堡國際機場。所有隨身物品都要在此時安全地收放好。現在需要清空走道和隔間區以便空服員準備起飛。這個時候，我們也請您不要繼續使用所有的電子產品。當我們到達飛航高度，安全帶警示燈會關閉，代表可以離開位子，也可以繼續使用電子產品。機艙裡有六個緊急出口——兩個在前方，兩個在中間，以及兩個在後方。若有任何問題請隨時按服務鈴，我們的空服員會盡速過去……嗯……感謝您搭乘帕拉登航空。請坐下來、放輕鬆，我們已為您準備就緒了。

22. In what type of situation would you most likely hear this announcement?
    (A) Before taking off on a flight
    (B) Before landing at your destination
    (C) In the event of an emergency
    (D) Before purchasing your flight tickets

正解 **A**

本題詢問會在哪個狀況下聽到這個廣播。由關鍵句 Aisles and bulkheads should now be cleared so flight attendants can prepare for takeoff. 「現在需要清空走道和隔間區以便空服員準備起飛。」得知目前飛機正要準備起飛，故正確答案為 (A)。

23. What is the final destination of flight 4465?
    (A) La Guardia
    (B) Denver
    (C) Dallas-Fort Worth
    (D) Los Angeles

正解 **C**

本題為細節題，詢問 4465 號班機最後的目的地，由關鍵句 . . . flight 4465 departing from New York-La Guardia . . . with continuing service to Dallas-Fort Worth.，得知此班機最終站為達拉斯沃斯堡國際機場，故正確答案為 (C)。

24. What does the speaker most likely mean when he says, "got you covered"?
    (A) The crew has blankets available for cold passengers.
    (B) The crew is looking for any type of suspicious activity.
    (C) The crew has everything under control.
    (D) The crew is paying for all of the drinks on the flight.

正解 **C**

本題詢問 got you covered 的意思，此為口語用法指「已準備好因應任何需求」，在這裡意味著機組人員已準備好應付所有可能發生的狀況，一切都在掌控之中，故正確答案為 (C)。

Questions 25-27 *refer to the following telephone message and item list.*

Hi, Noah. I guess you're out right now. **I've got something for you**. The shipment of office supplies for our new employees came in today. I am pretty **swamped** with filling out reports and getting all these new hires' paperwork filed away. Do you mind going through the shipment and making sure we have enough of everything? I . . . uh . . . might not have ordered enough supplies because I didn't think we would be bringing this many new people on board. We need at least twelve of everything, and if we are short anything, please come by my office as soon as possible so I can put in the order for missing items. Thanks, Noah, this is a huge help.

• swamp (v.) 使陷入困境；使忙得不可開交

品項收據	
貨品	數量
資料夾	10
資料櫃	7
辦公椅	7
鍵盤	6

嗨，諾亞。我猜想你現在已經出門了。我有件事要交代給你。要給我們新員工的辦公用品今天到貨了。我光要填寫報告和把所有這些新人的資料歸檔已忙得焦頭爛額了。你可以去點收貨品並確認我們所有的東西都足夠了嗎？我……嗯……訂的辦公用品可能不太夠，因為我沒想到我們要迎接這麼多新人報到。我們每樣東西至少需要各十二個，如果有任何東西不夠，請盡快到我辦公室，我才能訂購缺少的品項。謝啦，諾亞，這幫了我大忙。

25. Why does the speaker think he may not have ordered enough supplies?
    (A) He has already checked the shipments.
    (B) The company didn't tell him what to order.
    (C) The company hired more people than he expected.
    (D) He saw more people in the boardroom.

正解 **C**

本題詢問為何說話者認為他訂購的辦公用品可能不夠。由關鍵句 . . . because I didn't think we would be bringing this many new people on board. 「因為我沒想到我們要迎接這麼多新人報到。」得知公司僱用的人比說話者預期還要多，故正確答案為 (C)。

26. What does the speaker mean when he says "I've got something for you"?
    (A) He wants to give Noah a task.
    (B) He wants to give Noah a gift.
    (C) He has a secret to tell Noah.
    (D) He has a package that arrived for Noah.

正解 **A**

本題詢問 I've got something for you 的意思，此為口語上的用法，按字面意思為「我有一些東西要給你」，可引申為「我有件事要交代給你」，依文中關鍵句 Do you mind going through the shipment and making sure we have enough of everything? 得知在此為後者的用法，故正確答案為 (A)。

27. Look at the graphic and consider the message. What is the problem with the order?
    (A) They purchased too many of one item.
    (B) They didn't purchase enough of one item.
    (C) They didn't purchase enough of three of the items.
    (D) They didn't purchase enough of any items.

正解 **D**

本題詢問根據圖表和訊息，這個訂購單出了什麼問題。由關鍵句 We need at least twelve of everything . . .「我們每樣東西至少需要各十二個……」，但表格中每項都不到十二個，得知每個品項的數量都不足。故正確答案為 (D)。

Part 4 Short Talks

Questions 28-30 refer to the following radio traffic report and map.

Good morning, Seattle drivers. Thanks for listening. Here's your morning traffic report. For those of you heading north on the 101, you might want to get off at the next exit. You may have already noticed traffic slowing down. That's because there was a three-car accident at the Space Needle exit, and according to police, it won't be cleared up for at least a couple of hours. Try the 105, which connects to the 101, and you should be able to make it to work on time. Traffic is moving smoothly on the 105 for now, so that's a good choice. Or try Highway 16. It has a slower speed limit, but there are no troubles to report on it. For **southbound** drivers, you'll be happy to hear the 102 is clear, and there are no problems to report so far. It should be smooth driving all the way into work. Keep listening because we'll keep you informed on the traffic situation with another report in ten minutes. Coming up next, we'll have Will's Weather Report.

西雅圖的駕駛們，早安，感謝您的收聽。接下來是今天上午的路況報導。行駛於 101 號公路上往北的人注意，您或許會想在下一個出口下交流道。您或許已注意到車輛減速的狀況，那是因為在太空針塔的出口處有三輛車的追撞事故。根據警方表示，此路段至少在幾小時內都無法整理完畢。試試看 105 號公路，這條公路與 101 號公路相連，您應該可以準時抵達工作崗位。現在 105 號公路交通順暢，所以將會是個好選擇。或者您可嘗試 16 號高速公路，雖然有較低限速，但是目前並無任何問題報導。南下的駕駛們，有個好消息要告訴您，102 號公路現在暢通無阻，目前為止沒有任何問題報導，您應能一路順暢駕駛至工作地點。請繼續收聽，因為我們將於十分鐘後持續為您播報交通狀況。接下來是威爾的氣象報導。

• southbound *(adj.)* 往南的；南行的

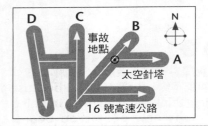

28. Which problem does the speaker mention?
    (A) An accident on the 105
    (B) An accident on the 101
    (C) An accident on Highway 16
    (D) An accident at the Space Needle

正解 **B**

本題詢問講者提及何種問題，由關鍵句 For those of you heading north on the 101... there was a three-car accident...「行駛於 101 號公路上往北的人注意……有三輛車的追撞事故」可以得知 101 號公路發生意外，答案為 (B)。

29. Look at the graphic. Which of the labeled roads could be Highway 105?
    (A) A
    (B) B
    (C) C
    (D) D

正解 **C**

本題須對照圖片作答，詢問地圖中哪條路是 105 號公路。由廣播中說行駛於 101 號公路的人要注意在太空針塔的出口處有追撞事故，可以試試看與 101 號公路相連的 105 號公路，可以判斷 B 應為 101 號公路，而 105 和 101 號公路相連且皆往北，故正確答案為 (C)。

30. What is going to happen next?
    (A) An advertisement is coming up.
    (B) The traffic report will be given.
    (C) The weather will be talked about.
    (D) A song will play.

正解 **C**

本題詢問接下來會發生什麼事，由獨白最後一句 Coming up next, we'll have Will's Weather Report.「接下來是威爾的氣象報導」可以得知正確答案為 (C)。

Part 5 Incomplete Sentences 句子填空

P. 89

▶ 題目範例 中文翻譯

1. 詞性題

泰姬瑪哈陵最初是被建造用來紀念國王去世的妻子。

2. 時態題

顧客們得知該店的特價品在前一天已售罄感到很失望。

3. 單字片語題

公司察覺到他們花費太多的費用在點心上，所以宣布員工得開始自己付費。

謹代表優尼公司董事會與執行長，凱文·強森歡迎所有蒞臨開幕式的貴賓。

4. 文法題

由於環境議題的因素，企業已不可能排放化學物質進入河川了。

P. 91

▶ Exercise 中文翻譯 & 解析

1. Jill put her money into stocks because they are good -------.
   (A) investors
   (B) invest
   (C) investing
   (D) investments

   吉兒把錢投入股票，因為那是個很好的投資。

   正解 **D**

   本題為詞性題，由空格前方 good 為形容詞，表示「好的」可以得知後方應接名詞。又從句意可知 they 所指為 stocks「股票」，因此 good 後方應接表示「某物」的名詞，故正確答案為 (D)。-ment 結尾的單字多為名詞。

   • investment (n.) 投資
   (A) 也為名詞，表示「投資者」，但與前面 stocks「股票」的文意不符合，故不能選。
   (B) 為動詞。
   (C) 為現在分詞。

2. Roy Garside was asked to purchase two seats by the airline due to his ------- weight.
   (A) consideration
   (B) considered
   (C) consider
   (D) considerable

   羅伊·蓋爾賽因為體型相當龐大，因此被航空公司要求購買兩個機位。

   正解 **D**

   本題為詞性題，由空格後方 weight「體重」是名詞，可以得知前方應接形容詞修飾名詞，故正確答案為 (D)。

   • considerable (adj.) 可觀的；相當大的
   (A) 為名詞，表示「思考；思量」。
   (B) 為 consider 的過去式。
   (C) 為動詞，「考慮；考量」之意。

Part 5 Incomplete Sentences

P. 93

▶ **Exercise** 中文翻譯＆解析

1. The manager thinks the way Trevor -------
   recently is rather strange.
   (A) act
   (B) will be acting
   (C) had acted
   (D) has been acting

   經理覺得崔佛最近的行為一直都很怪異。

正解 **D**

本題主要動詞 thinks 為現在式，而空格後
recently 表「近來地；最近地」，故四個選項
當中唯一適合填入的時態為選項 (D) has been
acting，以現在完成進行式表示近期以來一直到現
在持續發生的情況。

(A) 為原形動詞，但空格前方 Trevor 是男子名，
   故動詞應該做第三人稱單數變化，不能直接接
   原形動詞。

(B) 為未來進行式，表示未來特定時間將會進行某
   個動作。

(C) 為過去完成式，通常用於表示過去某時間點已
   發生或已完成某個動作。

---

2. Since 1994, there ------- many attempts to
   change the way we see our environment.
   (A) are
   (B) has been
   (C) have been
   (D) had been

   自從一九九四年開始，就一直有人嘗試改變我們
   看待自然環境的方式。

正解 **C**

本題關鍵字 since「自從」常與現在完成式一起使
用，表示從過去一個時間點開始持續至今。空格後
方 many attempts 為複數形，故應使用複數形的
have 而非第三人稱單數的 has，因此正確答案為
(C)。

• attempt *(n.)* 嘗試

(A) 為現在簡單式。

(B) 為現在完成式，但空格後方 attempts「嘗
   試」為複數形，故助動詞不應使用第三人稱單
   數的 has。

(D) 為過去完成式。

P. 95

▶ Exercise 中文翻譯 & 解析

1. Jamal had to ------- his doctor's appointment because he got out of his meeting three hours late.
   (A) react
   (B) reduce
   (C) reinvent
   (D) reschedule

   賈瑪爾必須重新和他的醫生安排看診時間,因為他遲了三個小時才離開會議。

   正解 **D**

   本題為單字題。由空格後方 his doctor's appointment 表示病患與醫生預約的時間,以及 because 後方的原因「他遲了三個小時才離開會議」,可以推斷要重新約診,故正確答案為 (D)。
   (A) 為動詞,表示「反應」。
   (B) 為動詞,表示「刪減;減少」。
   (C) 為動詞,表示「重新發明」。

2. We have a large ------- of our money tied up in the house, so we can't afford any big purchases.
   (A) number
   (B) figure
   (C) amount
   (D) total

   我們的大筆資金都卡在房子,所以我們無法負擔任何龐大的購物開銷。

   正解 **C**

   由空格前方 a large 及後方 of our money 可以推斷是指「一大筆錢」,空格中應填表數量大小的名詞。又 money 為不可數名詞,選項中僅 (C) 表示「數量」且後接不可數名詞,故為正確答案。
   • tie up 使受阻;繫住
   (A) number 雖可指數量,但後面應接可數名詞。
   (B) figure 可指「數字;金額」,但 a large figure 不會與不可數的 of our money 連用。
   (D) total 表示「總和」之意。

3. Harry took ------- his actions and told the truth about taking the office supplies.
   (A) response to
   (B) responsibility for
   (C) responsible to
   (D) reputable for

   哈利為他自己的行為負責,並說出他拿走了辦公室用品的事實。

   正解 **B**

   本題空格前方 took 表示「拿下;扛下;承擔」,因此空格應接名詞,表示接下何種東西。又句中提及「說出拿走辦公室用品的事實」,故可推測句意為 Harry 扛下這個行為的責任,正確答案為 (B)。
   (A) response 為名詞,指「回覆;回應」,與文意不符。
   (C) responsible 為形容詞,表示「對……負責」,一般用法為 A is responsible to/for B。
   (D) reputable 為形容詞,表示「受好評的;有聲望的」,與文意不符。

Part **5** 句子填空

85

Part 5 Incomplete Sentences

P. 97

▶ Exercise 中文翻譯＆解析

1. People are ------- not to move a person who has had a serious accident, as it could make any injuries worse.
   (A) advise
   (B) advises
   (C) advised
   (D) to advise

   人們被建議不要去移動嚴重傷者，因為這可能會讓傷勢更嚴重。

   正解 **C**

   本題測驗被動式「be 動詞＋過去分詞」的概念，表示人們「被建議」、「接受勸告」之意，故正確答案為 (C)。
   ● advise *(v.)* 勸告；建議
   (A) 為原形動詞，be 動詞後方通常不會直接接原形動詞。
   (B) 為第三人稱單數動詞，與複數主詞 people 不符，文法也不對。
   (D) 為不定詞。

2. The teenagers thought they could do it -------, but they actually needed help from their parents.
   (A) they
   (B) themselves
   (C) them
   (D) theirs

   青少年都以為他們能夠自己完成事情，但事實上他們需要父母的協助。

   正解 **B**

   本題由句意及句構推斷應填反身代名詞。主詞 teenagers 為複數，故反身代名詞應選擇「他們自己」，正確答案為 (B)。
   (A) 為主格。
   (C) 為受格。
   (D) 為所有格，表示「他們的（東西）」。

3. My motorcycle ------- for service yesterday, as I had been having problems with the brakes.
   (A) is taken
   (B) was take
   (C) was have
   (D) was taken in

   我的機車昨天送修了，因為我的煞車一直都有問題。

   正解 **D**

   本題考被動語態，表示我的機車「被拿去」、「被送去」修理，而且文中提及昨天，故應使用過去式。正確答案為 (D)。
   (A) 為現在簡單式被動語態，與題目中 yesterday 時態不符。
   (B) 為過去式 be 動詞接原形動詞 take，為錯誤用法。
   (C) 為過去式 be 動詞接原形動詞 have，為錯誤用法。

P. 99

▶ Exercise 中文翻譯&解析

1. Frank is taking a break ------- our being in a hurry.
   (A) toward
   (B) despite
   (C) above
   (D) through

   儘管我們進度很趕，法蘭克還是要休假。

正解 **B**

本題考介系詞。由空格前後文可以知道進度很趕，而 Frank 要請假，故可推斷空格應填表「讓步」的介系詞 despite，表示雖然時間緊湊，Frank 仍打算要請假，正確答案為 (B)。

(A) 為表方向的介系詞，指「朝向；往」。

(C) 為表位置的介系詞，指「在……之上；（程度）超越」。

(D) 為表時間或表方向的介系詞，指「在……整個期間」或「穿越；通過」。

2. ------- our annual meeting, we were interrupted by a fire alarm.
   (A) Until
   (B) Besides
   (C) Around
   (D) During

   我們在進行年度會議時被火災警報器打斷了。

正解 **D**

本題考介系詞，由動詞 interrupt「打斷」可以知道是在一個場合進行的過程當中，有突發狀況發生導致活動中斷，故正確答案應選擇與時間相關的介系詞 (D) during，表示「在……期間」。

(A) 表示「直到……之前」，通常用於表示一件事情持續到某個時間點之後中止，與題目中活動「進行當中」而被打斷的文意不符。

(B) 表示「除……之外」。

(C) 表示「在周圍」或「大約；約略」之意。

Part 5 Incomplete Sentences

P. 101

▶ **Exercise** 中文翻譯＆解析

1. ------- preparing to go to university, Jenny
   took the time to learn some other skills to
   help her get a part-time job.
   (A) Thus
   (B) Unless
   (C) While
   (D) By contrast

   在珍妮準備考大學的同時，她花了一些時間學習
   其他技能以幫助她得到一份兼職工作。

   正解 **C**

   本題考連接詞。由句意可推斷 Jenny 在準備考大
   學同時，也在學習其他技巧，故應選擇時間相關的
   while，表示「當……的時候；在……同一時間」，
   正確答案為 (C)。
   (A) 為「因此」，表示因果關係。
   (B) 指「除非；如果不」。
   (D) 為連接副詞「相反地」，表示對比或對照關係。

2. Many people claim that they want to lose
   weight, ------- they don't do any exercise.
   (A) and
   (B) so
   (C) yet
   (D) nor

   許多人宣稱他們想要減重，然而他們卻不做任何
   運動。

   正解 **C**

   本題考連接詞。本句前半段句意為「許多人宣稱想
   減重」，句子後半段則說「他們完全不運動」，故
   由句意可知應該選擇表示相反、對立的連接詞 (C)
   yet，表「但是；然而」之意。
   (A) 為「以及；和」，表示並列關係。
   (B) 為「因此；所以」，表示因果關係。
   (D) 指「也不」，與本句句意不符。且 nor 連接的
   　　句子須倒裝。

P. 103

▶ Exercise 中文翻譯&解析

1. After climbing the mountain, the team was
   -------.
   (A) exhausting
   (B) exhausted
   (C) exhaust
   (D) to exhaust

   這支隊伍在登山之後全都覺得精疲力盡。

正解 **B**

本題測驗分詞概念。文中登山隊去爬山，覺得累壞了，應選用修飾人的感受的過去分詞，故正確答案為 (B)。

(A) 為現在分詞形式，表示「（事情）令人感到疲憊的」。

(C) 為原形動詞或名詞，表示「使……耗盡精力」或「排出物；廢氣」之意。

(D) 為不定詞。

2. As the detective was ------- the room, he
   discovered a clue.
   (A) investigating
   (B) investigated
   (C) being investigated
   (D) to investigate

   偵探在搜查這間房間時發現了一個線索。

正解 **A**

由文中可知當偵探正在搜查房間時，發現線索，故空格應選擇現在分詞，與 be 動詞組合成為進行式，表示某個動作正在進行，故正確答案為 (A)。

(B) 為過去分詞。

(C) 為被動進行式，表示「正在遭到調查」，與題目當中偵探（主動）「進行調查」的概念不符合，故非正確答案。

(D) 為不定詞。

3. ------- into account his performance, I
   suggest we start looking for another sales
   assistant.
   (A) Taken
   (B) Be taking
   (C) Taking
   (D) Take

   有鑑於他最近的表現，我建議我們還是開始找新的業務助理。

正解 **C**

本題考分詞構句概念。若兩子句主詞相同，通常可省略其中一個主詞，剩下的動詞若是主動形式則改為現在分詞，也就是 Ving 的形式。選項當中動詞 take 與題目中 into account 合起來表示「將……納入考量」之意。本句主詞為 I，表示某人思考過後，建議要找新的業務助理，在此省略相同的主詞 I，動詞 take 應為採取主動形式的 taking，因此正確答案為 (C)。

(A) 為過去分詞，過去分詞構句是用來表示「被動」概念，但後方子句主詞為 I「我」，可以推斷是說話者我（主動）進行考慮，而非（被動）「我被納入考量」，故過去分詞構句在此處非正確答案。

(B) 為進行式，通常不會直接用於句子開頭。

(D) 為原形動詞，使用原形動詞開頭常用於「祈使句」，表示請求、命令之意。

Part 5 句子填空

Part **5** Incomplete Sentences

P. 105

▶ **Exercise** 中文翻譯＆解析

1. Topo Beverages, ------- was established just two years ago, is already a major player in the industry.
   (A) who
   (B) which
   (C) where
   (D) why

   兩年前才創立的多波飲料公司在業界已取得舉足輕重的地位。

正解 **B**

本題考關係詞。主詞 Topo Beverages 是一家公司，故要使用表事物的關係代名詞 which 來代替，正確答案為 (B)。
(A) 為代替「人」的關係代名詞。
(C) 為表「地方」之關係副詞。
(D) 為表「原因」的關係副詞。

2. ------- Dan is in town, he pays a visit to his old neighborhood and hangs out with his childhood friends.
   (A) Whatever
   (B) However
   (C) Whenever
   (D) Whoever

   每當丹到城裡時，總是會去造訪他以前住過的那一區，並和他的兒時朋友聚一聚。

正解 **C**

由題目上下文可以推知 Dan 到了當地，會造訪以前住過的地區並拜訪朋友，因此空格應填跟時間相關的字，可用 when，表示「當他到城裡時」，或者使用 whenever「每當」加強語氣，表示「每當他到城裡來，總是會……」之意。
(A) 表示「不論什麼」。
(B) 表示「不論如何」。
(D) 表示「不論是誰」。

3. Karl Grayson, ------- has been with us for over 10 years, is the best man for the job.
   (A) who
   (B) whose
   (C) which
   (D) where

   已和我們合作超過十年的卡爾·格雷森是這份工作的最佳人選。

正解 **A**

本題考關係代名詞。由空格前方人名可知空格應選代替人的關係代名詞；由空格帶出的子句則可知該關係代名詞應為主格，因此可知空格須填 who，正確答案為 (A)。
(B) 雖也為代替人的關係代名詞，但為所有格，表示「誰的」。
(C) 為代替事物的關係代名詞。
(D) 為代替地點的關係詞。

90

P. 107

▶ Exercise 中文翻譯＆解析

1. If the Thompsons ------- to come, we would have more people than chairs.
   (A) are
   (B) were
   (C) could
   (D) should

   如果湯普森一家人都來的話，我們的客人就會多於椅子了。

正解 **B**

本題為假設語法。由 if 條件子句中的 . . . to + 原形動詞，及後方主要子句中助動詞 would + 原形動詞，可推斷此為與未來事實相反的假設，故空格處應填選項 (B) 的 were（假設語法中不論人稱為 I, he, she, we, they . . .，be 動詞一律用 were）。

2. ------- you have any further questions, please contact us at 777-8407.
   (A) Would
   (B) Could
   (C) Should
   (D) Have

   如果你有任何其他的問題，請打這通電話 777-8407 與我聯絡。

正解 **C**

本題考假設語法慣用句型。should you 表示「假若你」、「萬一你」之意，後方動詞因助動詞 should 的關係固定用原形動詞，正確答案為 (C)。

Part **5**

句子填空

Part **5** Incomplete Sentences

Practice Test PART 5

P. 108~112

1. ------- there had been an announcement made about the change in procedure, Richard wouldn't have kept following the old guidelines.
   (A) Had
   (B) Unless
   (C) Whereas
   (D) If

   要是有更改製作程序的公告的話,理查就不會一直遵循著舊準則。

正解 **D**

由題目子句中用 had been(即:had + p.p.)及主要子句中用 wouldn't have kept(即:助動詞 + have + p.p.)的句型可知這裡考與過去事實相反的假設語氣,故空格當中應填 if,形成假設條件句,正確答案為 (D)。
(A) 為 have 的過去式,若此條件句以 had 開頭為倒裝句,there 後面的 had 應刪除,即 Had there been an . . .。
(B) 為連接詞,表示「除非」之意。
(C) 為連接詞,常用來引導對比,表「卻;然而」之意。

2. On hearing about the emergency, the president ------- the nation via a live television broadcast.
   (A) delivered
   (B) transmitted
   (C) forwarded
   (D) addressed

   總統一得知緊急狀況,便馬上以現場電視轉播對全國發表談話。

正解 **D**

本題考字義。原文提及國家發生緊急狀況,常理判斷總統透過現場電視轉播對全國「發表演說」,故應選擇 (D)。address 當作動詞表示「向……演說」之意,後方不須接 to 等介系詞。
(A) 為「傳達;遞送」,但空格後方為 the nation「國家」,並非 deliver 慣用的搭配字。較合理的用法為 deliver a speech,表示「發表演說」之意。
(B) 為「發送;傳播」之意。
(C) 為「轉寄;傳送」之意。

3. One of the strangest bicycles ever devised was the "Penny Farthing" ------- was famous for an oversized front wheel and a much smaller wheel at the rear.
   (A) who
   (B) what
   (C) where
   (D) which

   一種有史以來設計得最怪異的腳踏車叫做「大小輪腳踏車」,它是以特大的前輪以及小很多的後輪而聞名。

正解 **D**

本題考關係代名詞。由句中 one of the strangest bicycles 及空格前方 Penny Farthing 可知是一個物品,一種奇異的腳踏車,故正確答案應選擇代替物品的關係代名詞 which,正確答案為 (D)。
• devise (v.) 設計;發明
(A) 為代替人的關係代名詞。
(B) 常用作疑問詞或疑問代名詞,表示「什麼」。
(C) 為代替地點的關係副詞。

92

4. In ------- of quality, there is nothing better than the bread from that bakery.
(A) fact
(B) order
(C) terms
(D) addition

就品質而言，沒有什麼比那家烘培坊的麵包還要好的了。

正解 C

本題考慣用片語。in terms of 表示「就……方面而言」，故正確答案為 (C)。

(A) in fact 表示「事實上」，通常單獨使用，接逗點後再接另一子句。

(B) in order 後方常接 to 或 that，表示「為了」。

(D) in addition 後方常接 to，表示「除了……之外」。

5. We ------- to include a new feature in the magazine, but in the end our readers told us that it was not what they wanted.
(A) were going
(B) have been
(C) was going
(D) had been

我們原本打算將新的專題納入雜誌當中，但是最後讀者告訴我們那不是他們想要的。

正解 A

本題考時態概念。由題目中其他子句的動詞 told、was 可以推斷，整體時態應為過去式。選項當中 (A)、(C)、(D) 為過去式，但句中主詞 we 為複數，故應搭配複數形 be 動詞 were，不能接 (C) was going。此外，(D) had been 與後方 to include 連用不符文法。因此正確答案為 (A)，表示我們「原本打算」要將新的專題納入雜誌當中。

(B) have been 後方可接現在分詞，形成現在完成進行式，並不能接不定詞 to + V.。

(C) 為過去進行式，表示過去特定時間點正在進行的活動。

(D) had been 後方可接現在分詞形成過去完成進行式。

6. Most people in this part of the country rely ------- farming to support their families.
(A) for
(B) in
(C) on
(D) by

這個國家大多數的人仰賴農業來支撐家計。

正解 C

本題考慣用片語。rely 表示「依賴；仰賴」，後方大多固定使用介系詞 on，故正確答案為 (C)。

(A) 表示「為了」，不與 rely 連用。

(B) 表示「在……裡面」，也不與 rely 連用。

(D) 表示「憑藉；靠著」，不與 rely 連用。

Part 5 句子填空

Part 5 Incomplete Sentences

7. The World Cup ------- every four years but in a different four year cycle to the Olympics.
   (A) was hold
   (B) is held
   (C) was holding
   (D) being held

   世界盃足球賽每四年舉辦一次，但與奧運的四年期循環時間錯開。

正解 B

本題考被動式概念，空格中應填 be 動詞 + p.p. 表示「被舉辦」之意，而且世界盃每四年舉行一次是長時間的事實，故應使用單純的現在簡單式，故正確答案為 (B)。

(A) 為過去式 be 動詞接原形動詞 hold，為錯誤用法。通常 be 動詞後方可接過去分詞形成被動式。

(C) 為過去進行式。

(D) 為進行被動式，前面可接 be 動詞，表示某個特定時間，某個動作「正在被」進行，但帶回題目中不僅時態不符合，也欠缺 be 動詞，故非正確答案。

8. ------- it was first completed, the Channel Tunnel joining England and France was thought of as a marvel of engineering.
   (A) Who
   (B) When
   (C) That
   (D) Which

   當英法隧道最初完工時，英國和法國的連結被視為是工程上的一大奇蹟。

正解 B

本題考引導從屬子句的連接詞。從句意可以推斷工程最初完工時，被認為是奇觀、壯舉，因此空格中應填和時間相關的從屬連接詞 when，表示「當；該時」之意，正確答案為 (B)。

9. ------- to magazines are falling year on year because of the vast amount of information available on the Internet.
   (A) Subscriptions
   (B) Substitutions
   (C) Descriptions
   (D) Generations

   由於網路資訊的發達，雜誌的訂閱量逐年下滑。

正解 A

本題考單字，題目中提及由於大量的網路資訊，導致雜誌的某種東西逐年下滑，由各選項中的意思可以推斷適合答案為 (A)，指雜誌的訂閱量或銷量。

(B) 表示「取代物；替代品」。

(C) 表示「描述；敘述」。

(D) 表示「世代」。

10. During his presentation, Lionel ------- looked at his notes, which made him appear nervous.
  (A) frequency
  (B) frequent
  (C) frequently
  (D) frequencies

正解 **C**

本題考詞性。由空格後方 looked at 為動詞，可知空格處應填副詞來修飾動詞，故正確答案為 (C)，表示「頻繁地」做一件事。

(A) 為名詞，表示「頻繁程度；頻率」。

(B) 為形容詞，表示「頻繁的」。

(D) 為名詞複數形。

萊諾在做簡報時頻頻看著他的小紙條，這個動作讓他看起來很緊張。

---

11. People who bought homes they could not afford have only ------- to blame if they can no longer keep up with mortgage payments.
  (A) himself
  (B) themselves
  (C) herself
  (D) them

正解 **B**

本題考反身代名詞。由原文當中可推斷句意為如果屋主沒辦法按時付房貸，只能夠責怪「自己」，而主詞 people 為複數，故應該選擇 themselves，表示「他們自己」，正確答案為 (B)。

• mortgage (n.) 抵押貸款

(A) 表示男性的「他自己」。

(C) 表示女性的「她自己」。

(D) 表示受詞「他們」。

那些購買自己負擔不起的房子的人如果沒辦法再按時付房貸，只能責怪他們自己。

---

12. The city government is ------- that the summer fair will be a huge success, as many tickets have been sold.
  (A) expect
  (B) expectation
  (C) expected
  (D) expecting

正解 **D**

由空格前方 is 可以推測空格可能為動詞的變化形，故 (B) 名詞形式可以先刪去。(A) 為原形動詞，is 極少與原形動詞連用，也可暫時忽略。(C) expected 為過去分詞形式，與 be 動詞搭配形成被動式，表示「政府被預期」，但此題看後方句意沒有被動意涵，而是政府主動預期活動會成功，故應使用現在進行式，正確答案為 (D)。

(A) 為原形動詞。

(B) 為名詞，表示「期待；期望」。

(C) 為 expect 的過去式與過去分詞。

市政府預期這次的夏季園遊會將非常成功，因為多數的門票皆已售出。

Part 5 Incomplete Sentences

13. The ------- meal for the Jewish festival of Rosh Hashanah is apples dipped in honey to symbolize a sweet new year.
    (A) tradition
    (B) traditionalism
    (C) traditional
    (D) traditionally

猶太教新年的節慶傳統食物是蘋果沾蜂蜜，以象徵一個甜蜜的新年度。

正解 **C**

本題為詞性題。空格後的 meal「餐點」為名詞，可以推斷空格處應填形容詞，修飾餐點的味道或特性如何，故正確答案為 (C)，表示「傳統的」。
- symbolize (v.) 象徵
(A) 為名詞，表示「傳統」。
(B) 為名詞，表示「傳統主義」。-ism 結尾通常表示某種主義或學說，例如 Industrialism「工業主義」、Journalism「新聞學」等。
(D) 為副詞，表示「傳統地；傳統上來說」。

---

14. After some painstaking -------, we were able to bring back the seventeenth-century table to its former glory.
    (A) designing
    (B) decoration
    (C) renovation
    (D) redevelopment

在煞費苦心的整修之下，我們終於能夠將十七世紀的桌子恢復往日光彩。

正解 **C**

本題為單字題。題目後半段提到十七世紀的桌子能夠恢復昔日光彩，古董想必是歷經「整修；修復」，故正確答案為 (C)，表示「革新；修復」之意。
- painstaking (adj.) 煞費苦心的
(A) designing 指「設計」，通常房子或新發明才需要設計，後人不會「設計」古董，故非正確答案。
(B) decoration 為「裝飾」之意，也與物品有關，但多指額外添加裝飾物以改善外觀，而年久失修的古董是本身需要修復，而非外添裝飾物。
(D) redevelopment 則表示重新開發之意，也鮮少與古董連用。

---

15. We ------- all résumés by the 4th of this month and then offer an interview to all suitable candidates.
    (A) reviewed
    (B) will review
    (C) would have reviewed
    (D) reviewing

本月份四日之前我們將會審查所有的履歷，然後給予適當的應徵者面試機會。

正解 **B**

本題為時態題。由 by「在……之前」可推斷日期還沒有到來，是近期的未來可能發生的事，故使用未來式，正確答案為 (B)。
- review (v.) 審查
- candidate (n.) 應徵者
(A) 為過去式。
(C) 為與過去事實相反的假設語氣句型（would + have + p.p.）。
(D) 為 review 的現在分詞。

16. Our charity ------- to promote a sustainable future for people from all walks of life, not just those with large bank accounts.
    (A) targets
    (B) enjoys
    (C) aims
    (D) keeps

我們的慈善機構針對各行各業的人們推動永續發展的未來，而不只是針對那些有巨額存款的人。

正解 **C**

本題為單字片語題。由句意可以推測慈善機構的目的、目標是要如何，故慣用片語為 aim to 表示「目標為；針對」之意，正確答案為 (C)。

• sustainable *(adj.)* 能保持的；能維持的
• all walks of life 各行各業
(A) target 有「瞄準；把……作為目標」之意，但後方較少接 to。
(B) enjoy 後方常接名詞或動名詞，本題空格後方為不定詞 to promote，故 enjoy 並非正確答案。
(D) keep 為「保持；持續」之意，在此語意不符。

---

17. ------- our office has been underperforming, the president has decided to lay off 15 percent of the staff over the next six months.
    (A) By contrast
    (B) Only if
    (C) Yet
    (D) As

因為我們公司表現低於預期，總裁決定要在未來六個月裁掉 15% 的人力。

正解 **D**

本題考連接詞。由題目前半段「公司表現低於預期」，與後半段說「決定裁掉 15% 人力」可推斷兩者為「因果」關係，故正確答案為 (D)。as 在此用法類似 because，表示「由於；因為」之意。
(A) by contrast 表示「相對來說」，為連接副詞，通常後方須接逗點，再接子句。
(B) 表示「只要；倘若」，用法與 if 類似，但為加強語氣。
(C) 表示「但是」，用法與 but 接近，表示轉折關係。

---

18. The restaurant will be closed on Saturday and will ------- business again on Wednesday.
    (A) open
    (B) open up
    (C) open for
    (D) opening

這間餐廳將在星期六關閉，並且會在星期三再度營業。

正解 **C**

本題為單字片語題，店家「營業；開門做生意」的固定用法為 open for business，故正確答案為 (C)。
(A) 也可表示「營業」，但通常為單獨使用，後方不接 business。
(B) open up 表示抽象的「開放；敞開」，比方說 open up the market 表示「開放市場」，open up your mind 表示「敞開心胸」。
(D) 為現在分詞，但題目空格中 will 為助動詞，後方應接原形動詞，故 (D) 非正確答案。

Part 5 Incomplete Sentences

19. Sales of the new tablet are sure to ------- in the next six months because of a great advertising campaign.
    (A) evaluate
    (B) plummet
    (C) increase
    (D) purchase

    新型平板電腦的銷售量勢必會因很棒的廣告宣傳活動而在六個月內大幅增加。

正解 C

本題為單字題。原文當中提及由於一個很棒的廣告宣傳活動，讓新型平板電腦銷量必定出現變化，可以推斷成功的廣告宣傳可促進銷量，故空格處的字義應為「增加」，故正確答案為 (C)。
(A) 表示「評估；衡量」。
(B) 表示「暴跌；重挫」。
(D) 表示「購買」之意。

20. After his experiences in the business world, Steven Green wrote a(n) ------- of motivational books that were designed to help people realize their goals.
    (A) serial
    (B) series
    (C) episode
    (D) large

    經歷了許多的商場經驗後，史蒂芬‧格恩寫了一系列的勵志書籍來幫助人們更了解他們的目標。

正解 B

本題為單字題。空格前方 a 表示「一（個）」，但後方 books 為複數形，可以推測空格當中應為表示整體單位的名詞，故正確答案為 (B)，表示「連續；系列」之意。
• motivational (adj.) 激發積極性的
(A) 作名詞時指「連載作品的一部分」，如一個長篇故事分成多個小部分分集刊出或播出。而原文中指的是多本不同的書籍，並非連載作品，故 serial 不適用於此。
(C) episode 為「集」，通常用在電視影集集數。
(D) 為形容詞，表示「大的」。

21. Market forces dictate what products will continue to be ------- in the future.
    (A) popular
    (B) popularize
    (C) popularity
    (D) popularly

    市場力量主宰哪些產品可以在未來持續受到歡迎。

正解 A

本題為詞性題。空格前方為 be 動詞，故可以推測空格中應填形容詞，故正確答案為 (A)，表示「受歡迎的」。
• force (n.) 力量
• dictate (v.) 支配；命令
(B) 為動詞，表示「使受歡迎；普及」。
(C) 為名詞，表示「受歡迎程度；人氣」。
(D) 為副詞形式。

98

22. ------- Elite Tech. will invest $2.5 million; later it will invest another $5.5 million.
    (A) Belatedly
    (B) Previously
    (C) Initially
    (D) Obviously

一開始精英科技會投資兩百五十萬，之後會再投資五百五十萬。

正解 **C**

本題為單字題，由句子後半段 later「之後」可以推斷題目前半部應為表示「起初」之意，故正確答案為 (C)，表示「一開始」之意。
(A) 表示「遲地；落後地」。
(B) 表示「之前地」。使用 previously 通常暗示原本先前的狀態後來遭到更動或改變，例如 The company was previously named XXX. 表示「該公司原先取名為 XXX」，暗示後續更改過名字，與 initially「一開始」單純表示時間先後順序的概念略有不同。
(D) 表示「顯然地；明顯地」。

23. After spending several years devoting ------- to his studies, Harold received his PhD.
    (A) himself
    (B) herself
    (C) themselves
    (D) oneself

哈洛德在多年專注於他的研究之後終於拿到了博士學位。

正解 **A**

本題考反身代名詞。由句中 his studies、his PhD 及主詞 Harold「哈洛德」可知為主詞為一男子，故反身代名詞應選擇 himself，正確答案為 (A)。
(B) 為女生的「她自己」。
(C) 為不分性別的複數形「他們自己」。
(D) 為不分性別的單數形「自己」。

24. ------- it was designed as a way to access important information, the Internet is used mainly for social networking and playing games these days.
    (A) Due to
    (B) However
    (C) In contrast
    (D) Although

雖然網際網路原先的設計是用來獲取重要資訊，但現今主要被用於社群網站和遊戲。

正解 **D**

本題考連接詞。題意表示網路原本設計初衷是獲得資訊的管道，現在主要用途為社群網絡以及玩遊戲，可知設計原意與後來應用不同，故應選擇表示「讓步」的 although，表示「雖然……；但……」之意，正確答案為 (D)。
(A) 表示「由於」，後方須接名詞。
(B) 表示「然而」，作連接詞時後方須接逗點再接子句。
(C) 表示「相對來說」，後方須接逗點再接子句。

Part 5 Incomplete Sentences

25. In order to cut fuel costs, the new car we buy should be as ------- as possible.
    (A) active
    (B) efficient
    (C) capable
    (D) professional

為了減少燃料成本，我們買的新車應該要更具效能。

正解 B

本題為單字題。句意提及要節省燃料成本，新車應該更加「如何」，可以推測空格處應為與車輛表現相關且具正面意義的形容詞，故適當的答案為 (B)，表示（機器、車輛、人員工作等）「有效能；有效率的」。
(A) 表示「主動的；活躍的」。
(C) 表示「有能力的」。
(D) 表示「專業的」。

26. If you try many times and don't get it right, be sure to check the -------.
    (A) instructions
    (B) installments
    (C) interruption
    (D) institutions

如果你試了許多次還是不正確，請務必查看操作說明。

正解 A

本題為單字題。原文當中提及若使用上仍有不對的地方，應該要查看的東西，推測為類似說明書、手冊之類的東西，故正確答案為 (A)，指「用法說明；操作指南」。
(B) 指「分期付款」。
(C) 指「干擾；中斷」。
(D) 為「機構」之意。

27. ------- we've assumed for many years that Pluto was another planet, scientists now claim it is a moon.
    (A) Thus
    (B) Before
    (C) Since
    (D) Though

雖然我們多年來假定冥王星是另一個行星，但科學家現在聲稱它是一個衛星。

正解 D

本題測驗連接詞。題目前半段提及冥王星被認為是行星，後半段則說現在科學家聲稱它其實是衛星，故空格當中應選擇引導「讓步」的連接詞，故正確答案為 (D)，用法類似 although，表示「雖然」之意。
• assume (v.) 假定
(A) 為「因此」，表示因果關係。
(B) 表示「在……之前」。
(C) 表示「自從」或「因為；既然」，可與現在完成式連用或表示因果關係。

28. Surprisingly, the smartphone ------- has made many people less able to communicate face to face.

(A) theory
(B) combination
(C) commuter
(D) revolution

令人驚訝的是，智慧型手機革命讓許多人更無法與人面對面溝通。

正解 **D**

本題為單字題。題目中提及智慧型手機的一種……反倒讓人無法面對面溝通，可以知道空格當中應填入與智慧型手機現象相關的單字，故正確答案為 (D) revolution「革命」，用來表示手機等電子產品對人類生活造成極大的改變與影響。

(A) 指「理論」。
(B) 指「結合」。
(C) 指「通勤者」。

---

29. After several hours of -------, the government still hadn't arrived at a decision about energy prices.

(A) neglect
(B) negotiation
(C) negative
(D) production

歷經數個小時的協商之後，政府依然未能針對能源費用做出決策。

正解 **B**

本題為單字題。題目中提及「歷經數個小時的……，政府依然還沒做出決定」，可以推測是類似「思考；協商」之類的名詞，故正確答案為 (B)，表示「協調；談判」之意。

(A) 指「忽視」。
(C) 指「否定；拒絕」。
(D) 表示「生產；製造」。

---

30. In order to obtain your license, you need a completed application form, your passport, and a bill stating your ------- address.

(A) modern
(B) nowadays
(C) current
(D) contemporary

要取得駕照，你必須有完整的申請表、護照以及含現居地址的單據。

正解 **C**

本題為單字題。題目中提及取得駕照必須附上地址，空格應填入形容詞，且由常理判斷應該為「目前的」地址，故正確答案為 (C)。

• current *(adj.)* 當前的；現在的

(A) 表示「現代的；流行摩登的」，通常用來形容時尚或科技是最新的。
(B) 為副詞，表示「如今；現在」，用法類似 now。
(D) 表示「當代的」，通常用來形容文化時期的區隔。

Part 5 句子填空

Part 6 Text Completion 段落填空

P. 114

▶ 題目範例 中文翻譯

致全體住戶的通知

如同你們所知，上週的暴風雨對周圍環境的電線造成很大的損壞。市政府本週會請電工來修復損壞。不幸地，由於鄰近地區進行維修保養工作，總電源將從今晚八點起，關閉至明天清晨五點為止。所幸各位不必擔心自己是否必須摸黑上下樓梯，因為大樓的水電、燈光以及電梯都將使用一台備用發電機維持運作。至於您的家用電器將會沒電。目前的低溫代表您的食物和飲品在明天電力恢復之前應該都還能夠保存。然而，若您對這點有疑慮，我們在十二樓提供了一台公用冰箱，該台冰箱會藉由備用發電機持續供給電力。造成不便之處敬請見諒。若您有任何問題，請逕撥 944-7501 與我們聯絡。

謹致，

管理處

P. 117

▶ Exercise 中文翻譯 & 解析

Questions 1-4 refer to the following memo.

OFFICE MEMO

To: All employees   **From:** President
Subject: Promotion   **Date:** June 12

I am pleased to announce Craig Turner has been ---1--- to manager of the sales department. Beginning next Monday, all sales staff will report to Craig, who will be **instituting** new sales policies.

For those of you who don't know Craig, he has been with our sales department as a sales representative for five years. During that time, he has ---2--- had one of the best sales records.

---3--- joining our company, Craig was a sales representative for an electronics company. He graduated from Central College with a degree in **business administration**. Central College is known for producing dedicated and hard-working sales associates. ---4---

Yvonne Francis
President

辦公室公告

致：全體員工
寄件者：總裁
主旨：晉升
寄件日期：六月十二日

本人很高興向大家宣布克雷格‧透納已晉升為業務部門經理的消息。自下週一起，所有業務人員將直接向克雷格呈報，他將負責制定新的銷售策略。

如果有人對克雷格不熟，他在本公司業務部門擔任業務代表已經有五年的時間。在這段期間內，他持續擁有全公司最佳的銷售紀錄。

克雷格在加入本公司之前，曾在一家電子公司擔任業務代表。他畢業於中央大學，擁有企業管理學士學位。中央大學以出盡責投入且努力工作的業務人員聞名。克雷格多次展現他正是符合此類型的典範。

倚芳‧法蘭西斯
總裁

- institute (v.) 制定
- business administration 企業管理

102

1. (A) enhanced
   (B) supervised
   (C) promoted
   (D) evaluated

正解 **C**

本題為單字題。由原文中可知 Craig Turner 職務有所改變，部分員工要向他報告，可以知道他是獲得升遷，故正確答案為 (C)「晉升；升遷」。

(A) enhance (v.) 增強。

(B) supervise (v.) 監察；監督。

(D) evaluate (v.) 評估。

2. (A) consistent
   (B) consistency
   (C) consistently
   (D) more consistent

正解 **C**

本題為詞性題。本句的主要動詞為 has had，表示「已有」之意，修飾動詞需要副詞，故正確答案為 (C)，表示「持續擁有」銷售佳績。

• consistently (adv.) 持續地

(A) 為形容詞。

(B) 為名詞，表示「持續性；一致性」。

(D) 為形容詞比較級，表示「比較一致」。

3. (A) Yet
   (B) But
   (C) Although
   (D) Before

正解 **D**

由原文可知在此是介紹 Craig 到職「前」的工作經歷及學歷背景，故正確答案為 (D)，為引導「時間」的從屬連接詞。

(A) 為連接詞，表示「但是；然而」。

(B) 為連接詞，表示「但是」。

(C) 為連接詞，表示「雖然」。

4. (A) Because of this, please excuse anything Craig might say.
   (B) Don't let this intimidate you, though, Craig is a reformed person.
   (C) Craig's experience in biology has proved to be invaluable.
   (D) Craig has shown time and time again that he fits this mold.

正解 **D**

本題為句子插入題。空格的上兩句提到 Craig 畢業於中央大學，而中央大學以出盡責投入且努力工作的業務人員聞名，選項 (D) 提到「克雷格多次展現他正是符合此類型的典範」，與前文語意連貫，故為正確答案。

(B) intimidate (v.) 威嚇；脅迫。

Part **6** 段落填空

Part **6** Text Completion

Practice Test *PART 6*

P. 118~120

Questions 1-4 *refer to the following article.*

Moving to a foreign country might seem like a **daunting** thing to do, but thousands of people do it every day. For some, it's a lifestyle choice. Maybe the climate or working hours ---1--- them better. For others, it's a matter of **necessity**. If you have a family to support and there isn't any work in your home country, you have ---2--- choice but to look elsewhere. Three things that make the big move easier, according to experts, are research, family involvement, and an open mind. Your research should tell you what the job and housing markets are like, and hopefully lead to a little **preparatory** language learning. Family support is key to any move. ---3--- An open mind, of course, is necessary for when you arrive ---4--- you aren't **overwhelmed** by the new culture.

搬到一個陌生的國家可能會是一件讓人怯步的事，但每天都有數以千計的人這麼做。對某些人來說，這是種生活方式的選擇。可能氣候或工時更適合他們。對其他人來說，這是必要的事。如果你要供養一個家庭，而你的國家沒有任何工作機會，你沒有什麼選擇，只得往別處尋找。專家指出，能讓大動作搬遷更加簡單的三件事為研究調查、家庭參與，以及開放的心胸。你的研究會告訴你就業市場與房市的狀況，也可望促使你進行一些準備性的語言學習。家庭的支持是任何行動的關鍵；要確認你所愛的人在每個階段都知道所發生的事。開放的心態在你抵達的那刻當然是必需的，這麼一來你就不會被新文化壓得喘不過氣了。

- daunting *(adj.)* 令人怯步的
- necessity *(n.)* 必要
- preparatory *(adj.)* 準備的
- overwhelmed *(adj.)* 使不知所措；使喘不過氣

104

1. (A) appear
   (B) suit
   (C) seem
   (D) appeal

正解 B

本題為單字題。由原文當中可知有些人選擇到他國工作，可能是由於氣候或工時的原因，這兩個因素比較適合他們的生活方式，故正確答案為 (B)。suit 作動詞有「適合；適當」之意。

(A) 為動詞，表示「顯現；表面看來」。

(C) 為動詞，表示「似乎是」。

(D) 為動詞，表示「訴諸；有吸引力」之意，後常接 to。

---

2. (A) many
   (B) much
   (C) little
   (D) a few

正解 C

本題為文法題。空格後方提及 choice，由上下文研判這邊的 choice 指的是「選擇性；可供選擇的機會」，為不可數名詞，而且從前文判斷說到在本國沒有工作機會（isn't any work in your home country），故後面句意應是「選擇不多」或「別無選擇」只好往別處尋找，因此正確答案選 (C) little，表示「一點；極少」之意，為適用於不可數名詞的量詞。

(A) 表示「許多」，用於可數名詞前面。

(B) 表示「許多」，用於不可數名詞前面。

(D) 表示「一些」，用於可數名詞前面。

---

3. **(A) Make sure that your loved ones know what's happening at every step.**
   (B) They will tell you where to go next, so just follow their lead.
   (C) If they aren't giving you the support you need, you'll have to reconsider your vacation.
   (D) It wouldn't be wise to live in a house with unlocked doors.

正解 A

本題為句子插入題。空格的上一句提到家庭的支持是任何行動的關鍵，而選項 (A) 提到「要確認你所愛的人在每個階段都知道所發生的事」乃加以延伸說明家人可以如何支持或參與，符合上下文意及邏輯，故為正確答案。(B) 句子文意為「他們會告訴你接著要往哪裡去，所以只要跟著他們的引導」。本文主要講述需搬遷至異國時「研究調查、家庭參與，以及開放的心胸」這三方面能讓搬遷過程更加容易，並非要尋求方向或引導，故本句邏輯上並不符合全文脈絡。

(C) 不符合上下文意，文中內容未提到假期。

(D) 本句「住家不鎖門並非明智之舉」不符合文章脈絡。

---

4. (A) even though
   (B) so that
   (C) as though
   (D) now that

正解 B

原文當中提及心態要開放才不會被新文化壓得喘不過氣，兩者之間應為因果關係，故正確答案為 (B)，表示「因此；這樣一來」。

(A) even though 表示「雖然」。

(C) as though 表示「彷彿」。

(D) now that 表示「既然」。

Part 6 Text Completion

Questions 5-8 refer to the following notice.

Pemberwood County Career Fair

Pemberwood College will be holding a **career fair** that will be attended by a number of **prestigious** companies on Friday, November 18.

International companies will be attending to meet with our students, ---5--- a number of well-known local employers. The event is organized in collaboration with the town mayor and county council as part of a drive to help **combat** increasing youth unemployment.

Our college is a key player in these efforts and has earned a ---6--- for helping students make the right career decisions. In the last two years, we are proud to say that not one of our graduates ---7--- to find employment.

Please help us make this another successful event. We hope to continue to increase the opportunities available to our county's youngsters and allow them to showcase their talents and personal achievements. ---8---

潘柏伍德郡就業博覽會

潘柏伍德大學將在十一月十八日星期五舉辦一場就業博覽會，會中將有數家知名公司參與。

數家國際公司以及本地的幾家知名企業雇主都將參與其中，並與本校學生見面。本次就業博覽會係與本鎮鎮長以及郡議會共同籌辦，同時也是協助對抗逐漸升高的青年失業率之其中一項活動。

本校在促進就業的活動中扮演了關鍵性的角色，並且在協助學生做出正確的就業決定上聲譽卓著。過去兩年來，我們要很驕傲地說，本校的畢業生沒有一位找不到工作。

請協助我們再次成功舉辦這項活動。我們希望能繼續增加本郡青年的就業機會，讓他們能展現天賦以及個人成就。請記得，青年的成就會反映在整個郡上。

- career fair 就業博覽會
- prestigious *(adj.)* 有名望的
- combat *(v.)* 與……戰鬥

5. (A) in order that
   (B) in brief
   (C) as long as
   (D) along with

正解 D

原文中表示國際性的公司以及當地業者都會前來共襄盛舉，故依句意適當的選項為 (D) along with，表示「隨其；與其一起」之意。

(A) in order that 表示「為了」。

(B) in brief 表示「簡短來說」。

(C) as long as 表示「只要」。

---

6. (A) repute
   (B) reputable
   (C) reputation
   (D) reputed

正解 C

本題為詞性題。空格前方為 a，表示「一個」，可以推測後方應接名詞，故正確答案為 (C) reputation「聲譽；名聲」。

(A) 為動詞，表示「將……視為；認為」，或者是不可數名詞，指「聲望；美名」。

(B) 為形容詞，表示「聲譽卓著的」。

(D) 為形容詞，表示「馳名的；享有聲望的」。

---

7. (A) will fail
   (B) has failed
   (C) to fail
   (D) failing

正解 B

空格所在句子表示過去兩年來畢業學生都沒有找不到工作的情形發生，即從以前到目前為止學生都能順利就業，故應使用現在完成式，正確答案為 (B)。

(A) 為未來式。

(C) 為不定詞。

(D) 為現在分詞。

---

8. (A) By building this showcase we will be able to hold nightly auditions.
   (B) The most talented child will win.
   (C) With support from the kids we will have the money in no time.
   (D) Remember, the achievements of the youth reflect on the county as a whole.

正解 D

本題為句子插入題，空格的上一句提到希望能增加青年的就業機會，讓他們能展現天賦以及個人成就，而選項 (D)「請記得，青年的成就會反映在整個郡上。」進一步說明青年發展的重要性，前後語意連貫，故為正確答案。

Part 6 Text Completion

Questions 9-12 *refer to the following e-mail.*

To:	mikekeller@bestmail.com
From:	jc-magritte@atheetours.com
Subject:	Tour Package to France

Dear Mr. Keller,

Thank you for your interest in our tours. The tour package to France ---9--- you mentioned in your e-mail to us begins on the twelfth of each month, is led by an excellent tour guide, and comes with **accommodation**, meals, and transportation within France.

To answer your questions:

a. ---10--- However, we can arrange for you to be ---11--- at the airport and brought to your hotel if you send us your flight details.

b. You'll be staying at a five-star hotel in the center of Paris. The **amenities** ---12--- a swimming pool, **sauna**, gym, and a restaurant with three Michelin stars.

c. The tour includes four days in the city and six days exploring the north of France (Mont Saint Michel, Le Mans, and many more). Please check the **itinerary** on our website for more details.

If you have any further questions, please contact me.

Sincerely,

Jean-Claude Magritte
Athée Tours

收件人：mikekeller@bestmail.com
寄件人：jc-magritte@atheetours.com
主旨：法國旅遊套裝行程

親愛的凱勒先生：

謝謝您對我們旅遊團感到有興趣。您在電子郵件中所提及的法國套裝行程，是於每個月十二號出團，由一名絕佳的導遊帶團，內容包括食宿及法國境內交通。

以下回答您的問題：

a. 很抱歉，團費並未包括從美國起飛的機票費用。不過，若您將航班細節寄給我們的話，我們可以安排人員在機場接您，並帶您到旅館。

b. 您將下榻於巴黎市中心的一間五星級旅館。旅館設施包括一座游泳池、蒸汽浴、健身房和一間米其林三星級餐廳。

c. 這套旅遊行程包括四天市區旅遊及六天法國北部的探索之旅（聖米歇爾山、勒芒和許多其他景點）。欲知更多細節，請到我們的網站查看行程內容。

若您有任何問題，請與我聯繫。

謹致，

尚克勞‧馬格利特
愛蝶旅遊

- accomodation *(n.)* 住宿
- amenity *(n.)* 便利設施
- sauna *(n.)* 蒸汽浴
- itinerary *(n.)* 旅行計畫；旅遊行程

108

9. (A) who
   (B) where
   (C) that
   (D) what

正解 **C**

本題為文法題。由空格前後方的文意推測為「你曾經提及的法國旅遊行程」，故應使用關係代名詞。可以用來代替事物（在此先行詞為 the tour package to France）的關係代名詞為 which 或者是 that，故正確答案為 (C)。

(A) 為代替人的關係代名詞。

(B) 為代替地點的關係副詞。

(D) 作疑問代名詞指「什麼」，或作複合關係代名詞指「所……的事物（或人）」。what 作複合關係代名詞時兼具先行詞與關代的作用，故前面無需先行詞，等同於 the thing(s) which/that，如：This is the thing which/that I want. = This is what I want. 這就是我要的東西。

---

10. (A) The difference in price is related to the time of the year.
    (B) There are several souvenir shops in the airport.
    (C) We are not affiliated with any restaurants.
    (D) I'm afraid that the price doesn't include airfare from the United States.

正解 **D**

本題為句子插入題，空格的上一段最後提到此法國套裝行程內容包括食宿及法國境內交通，而空格的後一句馬上接 however「不過」，表示空格的句子內容和後方說明可以安排人員到機場接機服務是相對之事，即應是不包含在套裝內容裡的事項，故正確答案為 (D)。

(C) be affiliated with 與……有配合或聯繫

---

11. (A) found
    (B) greeted
    (C) discovered
    (D) saluted

正解 **B**

本題為單字題。由原文當中可以推測旅行社會派人來機場接機，故符合語意的答案為 (B)，表示「迎接；招呼」之意。

(A) found 為 find 的過去式，「尋找；找到」之意。

(C) discover 表示「發現」。

(D) salute 指「行禮；致敬」。

---

12. **(A) include**
    (B) including
    (C) inclusion
    (D) inclusive

正解 **A**

本題為詞性題。由於空格前後列舉飯店設施如游泳池、健身房等，而該句當中仍舊欠缺動詞，故應選動詞 (A) 表示「包含；包括」之意。

(B) 為介系詞，「包括；包含」之意。

(C) 為名詞。

(D) 為形容詞，表示「包含的；包括的」。

Part
6
段落填空

109

Part 7 Reading Comprehension 閱讀測驗

P. 124

▶ 廣告範例　中文翻譯

盧米電子商店

第一大道 85 號

聖荷西，加州

電話：408-214-9233

***

快到盧米電子商店加入我們的結束營業大特賣！一件不留！

***

- 相機降價 20%
- 電腦降價 15%
- 家電最高降價達 40%

....

商店營業時間：週日至週四上午九點至晚上十點

週五及週六上午十點至晚上十一點

....

特賣會至十月二十日星期六結束

要有面對排隊人潮的心理準備，因為這次的活動不容錯過。

P. 125

▶ Exercise　中文翻譯＆解析

Grand Opening

Jim's Sports Center will open for business on the 1st of next month. To celebrate, we are offering some great deals!

If you buy a membership during opening week, you'll get:

- 20% off a yearly membership
  OR
- 15% off a monthly membership

In addition, we are pleased to announce that on opening day, local **champion** runner Roy Gent will be at our store to give some training tips to all **enthusiasts**, young and old.

盛大開幕

吉姆運動中心即將於下個月一日開始營運。為了慶祝開幕，我們要提供一些很棒的方案！

若您於開幕週購買會員，您將獲得：

- 年費會員打八折
  或
- 月費會員打八五折

除此之外，我們很高興地宣布，開幕當天本地的賽跑冠軍洛伊・甘特將來到現場，為所有熱愛跑步運動的年輕人及年長者傳授一些訓練上的技巧。

Also, come and try our heated indoor Olympic-sized swimming pool. Free for members, non-members $4.

Other facilities:
• Sauna
• Massage room
• Café
• Reading area

For more information, call 740-858-1111

Or visit us on the Web at www.jimssportscenter.com

另外，來試試我們的室內溫水奧林匹克標準泳池。會員免費，非會員四美元。

其他設施：
• 蒸汽浴
• 按摩室
• 咖啡館
• 閱讀區

如需更多資訊，請來電：740-858-1111

或上我們的網站：www.jimssportscenter.com

• champion (adj.) 冠軍的
• enthusiast (n.) 對……熱衷的人

---

1. How long will discounts be offered on membership purchases?
   (A) **One week**
   (B) Two weeks
   (C) All year
   (D) One month

正解 **A**

本題為細節題，詢問提供購買會員優惠的期間有多久。解題關鍵在第二段首句 If you buy a membership during opening week . . . ，表示在開幕當週購買可以享有優惠，故正確答案為 (A)。

---

2. What is NOT true about Jim's Sports Center?
   (A) There is a café in the store.
   (B) A local athlete will be there opening day.
   (C) It will have its grand opening next month.
   (D) **The pool will cost four dollars for everyone.**

正解 **D**

本題為除外題，詢問四項敘述何者不對。解題關鍵在於文中提到游泳池的收費方式為為 Free for members, non-members $4.「會員免費，非會員四美元」。選項 (D) 表示「所有人」都要付四美元明顯不符合內文，故為正確答案。選項 (A)、(B)、(C) 皆與文中所述相符。

(B) athlete (n.) 運動員。

Part **7**

閱讀測驗

111

Part 7 Reading Comprehension

P. 126

▶ 書信範例　中文翻譯

收件人：robertson@hopmail.net

寄件人：kfisher@eisley.com

主旨：需要更多資訊

親愛的羅伯森先生：

我在您的網站上看到了代號 KRS-1 的徵才廣告，希望能得到更多資訊。以下是有關我的一點背景介紹：我在餐旅服務產業擁有超過三年的經驗，會說兩種外語。我覺得自己是這份職務的最佳人選。但是，我認為網站上的一些訊息有些模糊。這份職務是否只有晚班呢？薪資為何？飯店員工是否享有任何住房優惠呢？若能方便時盡早回覆，我會很感激。謝謝。

謹啟，

卡瑞·費雪

P. 127

▶ **Exercise**　中文翻譯＆解析

Evergreen Apartment Management Committee

155 Park Avenue
Orlando, FL 33429
Telephone: 407-551-4826

Dear Evergreen Apartment Residents:

I'm sure that you have noticed recently that there have been a few problems with the water and, to a lesser extent, the gas supply. We assure you that we are doing our **utmost** to get these issues **sorted out**.

We first noticed the water problem when Mr. Cash of Apartment 72 complained that his water bill had increased by a significant amount. As he had been surfing in Maui, he realized that he could not have used so much.

常青公寓管理委員會

公園街 155 號
奧蘭多市，佛羅里達州 33429
電話：407-551-4826

親愛的常青公寓住戶：

我相信各位最近已經注意到水的供應出了一些問題，瓦斯供應也有些小狀況。我們要向各位保證，我們正在盡一切努力解決這些問題。

我們最早注意到水的問題，是因為 72 號公寓的凱許先生抱怨他家的水費帳單金額暴增。由於當時他人在茂伊島衝浪，因此他意識到他不可能用掉那麼多的水。

After talking with Mr. Cash, we discovered the problem was not localized to his apartment, and we have decided to change the **plumbing** throughout the whole building. This will be a major renovation, so we ask that you **bear with** us, and we apologize in advance. If any other residents have noticed irregular bills, please contact Carla Tangoh at the Russell Water Company by phone at (212)-543-9023 or e-mail ctangoh@russellwater.com to organize a **refund** on your bill.

Thank you,

Trent Blues

在和凱許先生談過後，我們發現問題不僅止於他的公寓，我們已經決定要更換整棟建築的水管管線。這將會是一項大型的翻修工程，所以我們要請各位耐心忍受，在此我們要先向各位致歉。如果有任何其他住戶發現帳單異常狀況，請撥 (212)-543-9023 找羅素自來水公司的卡拉‧譚戈，或寄電子郵件至 ctangoh@russelwater.com 以便辦理帳單退費事宜。

謝謝您，

特蘭特‧布魯斯

- utmost *(adj.)* 最大的；極度的
- sort out 解決
- plumbing *(n.)* 水管
- bear with 耐心忍受某人／某事物
- refund *(n.)* 退款

1. What is the main purpose of the letter?
   (A) To explain where Mr. Cash has been recently
   (B) To give information about issues in the building
   (C) To tell people how to get a discount on their utilities
   (D) To introduce the new management team

正解 **B**

本題為主旨題。解題關鍵在第一段首句 . . . there have been a few problems with the water and, to a lesser extent, the gas supply. 表示建築物當中的水與瓦斯供應出問題，故正確答案為 (B)「提供關於大樓議題的資訊」。

2. In what situation should the residents contact Carla Tangoh?
   (A) If they want their plumbing changed
   (B) If they'll be on vacation during the renovations
   (C) If the water or gas isn't working in their apartments
   (D) If their water bill seems unusually high

正解 **D**

本題詢問何種狀況下居民應和 Carla Tangoh 聯繫。解題關鍵在於原文最後一段的後半部 If any other residents have noticed irregular bills, please contact Carla Tangoh . . . 表示帳單出現「異常」狀況時可與其聯絡。而由常理推斷帳單異常通常是金額過高，故正確答案為 (D)。

Part 7 閱讀測驗

113

Part **7** Reading Comprehension

P. 128

▶ 即時訊息對話範例　中文翻譯

艾利斯‧克力斯裘　4:45 p.m.
傑米，你離開辦公室了嗎？

傑米‧屋德　5:15 p.m.
對啊，怎麼了？

艾利斯‧克力斯裘　5:16 p.m.
喔，我需要儲物櫃的鑰匙。我還在趕一些要給股東的總結報告，但我們的影印紙沒了。

傑米‧屋德　5:19 p.m.
喔，我座位最上層的抽屜有備用鑰匙。你想你大概還需要做多久？

艾利斯‧克力斯裘　5:26 p.m.
一個小時。或許兩個小時。

傑米‧屋德　5:30 p.m.
你不必擔心要今晚完成。你可以明天早上做。

艾利斯‧克力斯裘　5:32 p.m.
我沒關係。明天見！

P. 129

▶ **Exercise**　中文翻譯 & 解析

Alex Shulgin　7:36 p.m.
Hey, what time do you want to meet at the lab?

Cesar Ospina　7:40 p.m.
Let's meet at nine. I got a late start today, and there is a ton of traffic.

Alex Shulgin　7:45 p.m.
All right, sounds good. Don't forget to bring the chemicals.

Cesar Ospina　7:51 p.m.
I thought they were already there?

Cesar Ospina　8:00 p.m.
Oh, never mind. I just remembered they were shipped to my house this month. I completely forgot!

Alex Shulgin　8:10 p.m.
Ha ha, as long as you have them, were fine. You had me worried for a second.

Cesar Ospina　8:12 p.m.
Yeah, no worries. I'm good to go.

Alex Shulgin　8:15 p.m.
Great. Don't be late! Unless you're getting us coffee—then it's OK.

Aa　　　Send

艾利斯‧尚齊　7:36 p.m.
嘿，你要幾點在實驗室碰面？

西薩‧歐斯皮那　7:40 p.m.
我們九點見。我今天太晚起床了，路上車很多。

艾利斯‧尚齊　7:45 p.m.
好，可以。不要忘記帶化學藥品。

西薩‧歐斯皮那　7:51 p.m.
我以為已經在那裡了？

西薩‧歐斯皮那　8:00 p.m.
喔，沒事了。我剛想起來它們這個月已經被寄到我家了。我完全忘記了！

艾利斯‧尚齊　8:10 p.m.
哈哈，既然在你那裡，那就好。你害我擔心了一下。

西薩‧歐斯皮那　8:12 p.m.
是，不用擔心。我準備好要出發了。

艾利斯‧尚齊　8:15 p.m.
太棒了。不要遲到！除非你要幫我們買咖啡——那樣的話就可以。

1. What is the most likely profession of the two men?
   (A) Scientists
   (B) Athletes
   (C) Chefs
   (D) Mechanics

正解 **A**

本題為推論題，詢問兩位男士的職業。由對話中他們討論要去 lab「實驗室」以及要攜帶 chemicals「化學藥品」，推測兩位應為選項 (A) 科學家。

2. At 8:12, what does Mr. Ospina most likely mean when he writes "good to go"?
   (A) He has already picked up the coffee.
   (B) He is adequately prepared to leave.
   (C) He is happy he is leaving.
   (D) He wants Mr. Shulgin to leave.

正解 **B**

本題問八點十二分時，歐斯皮那先生寫 good to go 的意思。此為口語用法指「準備好要去……；準備好去做……」，從簡訊上下文得知在此是指他「準備好要出發」之意，故正確答案為 (B)。

P. 130

▶ 雙篇文章範例 中文翻譯

麥肯斯國際地產公司

本公司於一九七五年成立，是一家在全球都有辦事處的成功房產發展公司。我們此刻正在尋找合夥人接收我們的房屋維護及花園部門。

我們有一些非常重要的客戶，包括名流、高級飯店以及大型企業，他們期待得到麥肯斯廣為人知的高品質服務。如果貴公司希望成為我們大家庭的一份子，申請時需要以下資料：

i. 房屋維護領域相關經驗及能力的證明
ii. 清楚的公司內部組織系統
iii. 對服務的全心投入，包括如何與客戶接觸的詳細說明

如果我們覺得貴公司的提案夠好，將在之後的電子郵件詳細說明更多的要求。我們只希望收到認真的申請。

參考編號：E-40
電子郵件：jeffwilliams@mackems.net

Part 7 閱讀測驗

收件者：jeffwilliams@mackems.net

寄件者：royfrancis@baggies.com

主旨：關於您的提案

親愛的威廉斯先生：

我希望您能考慮讓艾司房屋維護服務公司來領導您的房屋維護及花園部門。本公司在房屋維護上有超過十五年的經驗且足跡遍布澳洲。我們以豐富的房屋維護經驗及提供顧客頂級服務聞名。我們有顧客的推薦證明。附件中是我們的組織架構、詳細的公司介紹以及一些來自客戶的信件。

我們自信擁有成為麥肯斯完美夥伴的一切條件，希望能收到您的迅速回應。

謹致，

洛依・法蘭西絲
艾司房屋維護服務公司副總裁

P. 132-133

▶ **多篇文章範例　中文翻譯**

親愛的哈汀小姐，

您收到此信是因為我們的記錄上顯示您購買的貨品現在被檢驗出可能有瑕疵。您的購買可能符合可以全額退費或是換貨的資格。請閱讀以下文字來了解如何申請您的退費或是換貨。

品項：
• 家暖 7500 陶瓷直立式電暖器

若您在十月一日到四月三十日之間購買了以上品項，並且流水編號小於 HH75005000，請攜帶以下認證號碼、購買證明以及有問題的產品到您當地的零售商尋求退費或是換貨。

認證號碼：1810141536SRSPN
瑕疵狀況：產品安全上的機械故障；品項會過熱，可能會有引燃的危險。
一旦確認您的品項為瑕疵品，您就可以退費或是換貨。

祝一切安好，
家暖顧客服務部

收據 000459685

威爾森電器行
15214 賓州匹茲堡市上米德蘭茲路 2401 號
電話：412-775-9003
購買日期：十月十四日，下午三點三十六分
付款方式：信用卡（-XX97, 二〇二五年到期）

品項	單價	數量	總金額
家暖 7500 陶瓷直立式電暖器（流水編號 # HH75008015）	55.99 美元	1	55.99 美元
LED 手電筒	45.98 美元	2	91.96 美元
小計			151.95 美元
營業稅（百分之七）			10.63 美元
總計			162.58 美元

收件者：家暖顧客服務部 (service@homeheat.ca)

寄件者：珍·哈汀 (j.harding@weblink.com)

主旨：瑕疵貨品

先生／女士您好：

我寄這封電子郵件是要詢問關於我十月十四日購買的產品。我了解使用這產品可能會有一些危險，但這是我目前唯一的電熱器，目前為止使用上都沒有問題。我試著打電話到客戶服務專線但不是等太久就是被轉接中。我想知道換貨的流程需要多久，我很擔心店內沒有這個品項的庫存。這裡漸漸變冷，如果需要更換產品，我希望可以盡快，但是我無法沒有電熱器。請盡快告知我。我有附上我的收據。

謝謝。

珍·哈汀

Part 7 Reading Comprehension

Practice Test PART 7

`P. 135~158`

Questions 1-2 refer to the following advertisement.

Coming Soon

Paul Brown's Café

The newest location of Paul Brown's Café will open at this spot on February 21, bringing to the area the best in fine dining. Paul Brown's offers an array of international flavors ranging from Italian to Spanish to French.

Of course, Paul Brown's is best known for its excellent steaks. All steaks are grilled to perfection over a charcoal fire and flavored with spices from Spain and Italy or wine sauces from France.

Our all-you-can-eat buffet offers:

• roast beef   • turkey
• fruit and salad bar   • dessert and drinks

Be sure to come for our Grand Opening weekend February 21-22, during which time all customers will receive a complimentary dessert with their meals.

即將開幕

保羅・布朗咖啡屋

保羅・布朗咖啡屋的最新一家店面將於二月二十一日在此開幕,為本區帶來頂級的精緻餐點。保羅・布朗提供包括義大利、西班牙,到法國的各式各樣異國料理。

當然,保羅・布朗最有名的就是店裡的上等牛排了。所有牛排都先用碳火烤至完美,再用來自西班牙和義大利的香料,或來自法國的紅酒醬汁調味。

我們的吃到飽自助式餐點提供:

● 烤牛肉   ● 火雞
● 水果和沙拉吧   ● 甜點和飲料

二月二十一、二十二日的那個週末請務必來參加我們餐廳的盛大開幕會,屆時點餐的顧客都會得到一份免費甜點。

---

1. What do most people know about the Paul Brown's Café?

   (A) It has Italian food.

   (B) It has Spanish food.

   (C) It serves fine steaks.

   (D) It has a salad bar.

正解 C

本題詢問該餐廳最為人所知的餐點為何。解題關鍵在第二段第一句 Paul Brown's is best known for its excellent steaks.「保羅・布朗最有名的就是店裡的上等牛排了」,故正確答案選 (C)。

---

2. Which of the following foods might you get for free at the restaurant during its opening week?

   (A) Steak

   (B) Salad

   (C) Roast beef

   (D) Dessert

正解 D

本題詢問開幕當週哪一項食物可能免費。解題關鍵在原文最後一句當中的 complimentary dessert,complimentary 表示「免費的;招待的」,故點心是免費的,正確答案為 (D)。

Questions 3-4 *refer to the following text message chain.*

Sam Hall	10:14 a.m.
Hey Craig, bad news. Client flying in early. Will have to dip out of the mtg. Could you lead the second half?	
Craig Smith	10:16 am.
Can you send me the presentation? I need to look over it.	
Sam Hall	10:41 a.m.
I'll send it your way now. Let me know if you have any questions about it.	
Craig Smith	11:02 a.m.
Well, for one, anything I SHOULDNT say? I'm not familiar with the new manager yet.	
Sam Hall	11:35 a.m.
Sure, but you're an old pro. Just keep your cool. Fred might get excited or seem a little impatient, but he's never angry.	
Craig Smith	11:48 a.m.
OK. I should be able to handle that. And you'll do most of the work in the first half, hopefully.	

山姆・候爾	10:14 a.m.
嘿，克雷格，壞消息。客戶的班機提早到達。我需要提早離開會議。你可以主導後半部嗎？	
克雷格・史密斯	10:16 a.m.
你可以寄簡報內容給我嗎？我需要先看一下。	
山姆・候爾	10:41 a.m.
我現在寄過去給你。有任何問題請讓我知道。	
克雷格・史密斯	11:02 a.m.
嗯，比如說，有什麼是我不該說的嗎？我和新上任的經理還不太熟。	
山姆・候爾	11:35 a.m.
是沒錯，不過你很資深了。只要保持冷靜。佛瑞德可能會激動或看來有點沒耐性，但他絕不會生氣。	
克雷格・史密斯	11:48 a.m.
好，我應該能處理。希望你會在前半部完成大部分的工作。	

3. Why is Sam Hall sending this message?
   (A) He won't be able to make it to the meeting.
   (B) He will arrive late to the meeting.
   (C) He hasn't finished the presentation.
   (D) He will need to leave the meeting early.

正解 D

本題詢問為何山姆要傳此訊息。解題關鍵為 Client flying in early. Will have to dip out of the mtg.「客戶的班機提早到達。我需要提早離開會議。」得知山姆要提早離開會議去接待客戶，故正確答案為 (D)。dip out 指「（在未告知任何人的情況下）離開」，mtg 在此為 meeting 的縮略語。

4. At 11:35 a.m., what does Sam Hall imply when he writes, "keep your cool"?
   (A) Craig shouldn't let anyone know he is angry.
   (B) There's no reason for Craig to be nervous.
   (C) Craig is sometimes impatient.
   (D) He doesn't think Craig is capable of conducting the meeting.

正解 B

本題詢問山姆寫 keep your cool 暗指何意。由上一句 Sure, but you're an old pro.「是沒錯，不過你很資深了。」得知山姆認為以克雷格的資歷他應該足以應付這個狀況，不需要緊張，故正確答案為 (B)。pro 為 professional「專業人士」的縮略語。

Part 7
閱讀測驗

Part 7 Reading Comprehension

Questions 5-7 refer to the following e-mail.

From:	Margaret Schumacher
To:	All employees
Subject:	New **attendance** rules

Hello everyone,

This is Schumacher from Human Resources with a message about a change of company policy concerning attendance and **clocking in/out**.

As our business has grown, our employee pool has expanded considerably. We started out with a staff of 25, including one person who was in control of all human-resource and accounting issues. We now have over 2,000 employees and 20 full-time administrative staff. In order to reduce waste and improve efficiency, we have decided to switch to an entirely electronic system for clocking in and out, applying for **sick leave**, and making **personal leave** requests.

Your new electronic swipe cards should have already been given to you, and you should begin using them on Monday morning. Each manager will be responsible for using the reporting system accessible on the internal network when approving sick days after his or her employees have returned to work and recorded their **absences**. **Vacation leave** and **casual leave** will be booked in advance by the employee with the relevant manager, who will use the same system to register it.

Thank you for your cooperation,

Margaret Schumacher
Human Resources

寄件者：馬格麗特‧舒馬克
收件者：全體員工
主旨：新的上班規定

大家好：

我是人力資源部的馬格麗特‧舒馬克，我這裡有個關於出缺勤和打卡上下班政策變更的訊息。

隨著我們業務的成長，員工總數也跟著大幅增加。公司剛成立時有二十五名員工，且由其中一人掌管全部的人力資源和會計作業。我們現在有超過兩千名的員工，以及二十名全職行政人員。為了減少浪費並提升效率，我們決定將打卡上下班、申請病假和事假改為採用一套全面電子化的系統。

新的電子磁卡應該都已經發給各位了，請大家星期一上午就開始使用。每位主管須在員工返回工作崗位並記錄缺席情況後，透過內部網路的通報系統核准其病假。給薪例假和臨時事假將由員工本人事先向相關主管登記，該主管將使用同一套系統登記請假情形。

感謝您的配合，

馬格麗特‧舒馬克
人力資源

- attendance *(n.)* 出席
- clocking in/out 打卡上班／下班
- sick leave 病假
- personal leave 事假
- absence *(n.)* 缺席
- vacation leave（有給薪的）例假
- casual leave 臨時事假

5. What is the main point of this e-mail?
   (A) The company's vacation allowance has changed.
   (B) The company is expanding quickly.
   (C) The company is implementing a new system.
   (D) The company is hiring extra managers.

正解 C

本題為主旨題，解題關鍵在於原文中首段 . . . a change of company policy concerning attendance and clocking in/out.，提到公司員工出席與打卡上下班的制度將有所改變。故正確答案為 (C)，表示公司要施行新系統。

• implement (v.) 實施；施行

6. What is the purpose of moving to an electronic system?
   (A) To make the computer system more user-friendly
   (B) To save company resources
   (C) To give more vacation time
   (D) To give more responsibility to managers

正解 B

本題詢問改換電子系統的原因為何。解題關鍵在於第二段中間 In order to reduce waste and improve efficiency . . . 「為了減少浪費並提升效率」，故正確答案為 (B)，表示「節省公司資源」之意。

7. Which of these is true of the new cards?
   (A) They will be distributed on Monday.
   (B) They have been distributed already.
   (C) They can be found on the internal system.
   (D) They must be turned in to HR.

正解 B

本題詢問關於新卡片何項敘述是正確的。解題關鍵在於第三段首行 Your new electronic swipe cards should have already been given to you . . . 「新的電子磁卡應該都已經發給各位了」，故正確答案選 (B)「它們已分發出去」。

• distribute (v.) 發送；發放

Part 7 閱讀測驗

121

Part 7 Reading Comprehension

Questions 8-11 refer to the following employee notice.

The first annual **staff training** session for Perseus Inc. will take place on the 15th of next month. The training will focus on the new office management software and the new quality control guidelines for production. All office employees, members of management, and quality control officers are required to attend. Attendance is **optional** for workers on the factory floor. —[1]—

The details are as follows:

Title: "Office Management and Quality Control"

Date: August 15th

Times: 10 a.m. – 5 p.m.

Location: Conference Room A

The training will consist of a **briefing** on each topic, a question and answer session, and a practical exercise. Lunch and refreshments will be provided. All attendees will be paid at their regular daily rate.

—[2]— As you may have heard, we'll be **switching over** to the new office management software in September and implementing the new quality control guidelines in October. —[3]—

If for any reason you will be unable to attend, or if you have any questions about the training session, please contact the personnel department at extension 187. —[4]—

柏修斯公司的首次年度員工訓練課程將在下個月十五號舉行。本次訓練的重點將會是新的辦公室管理軟體,以及新的生產品管準則。所有公司員工、管理階層以及品管主管都必須參加此次訓練。工廠工人可自由選擇是否參加。

細節如下:
名稱:辦公室管理及品質管制
日期:八月十五日
時間:上午十時至下午五時
地點:會議室 A 室

訓練課程將包括:針對每項主題進行簡報、問答,以及實務練習。會場提供午餐及點心。所有參訓員工將依平時日薪支薪。

各位或許已經聽說了,我們將在九月換裝新的辦公室管理軟體,並在十月採用新的品管準則。有關這兩項改變的進一步細節將會透過電子郵件方式公告周知。

若您基於任何原因無法參加,或有任何關於訓練課程的問題,請撥分機 187 與人事部門聯繫。

- staff training 員工訓練
- optional *(adj.)* 選擇性的;非必要的
- briefing *(n.)* 簡報
- switch over 轉換

8. What is the purpose of the notice?
   (A) To explain what each department's training program entails
   (B) To give information about an upcoming training session
   (C) To request that people attend an optional training session
   (D) To outline the training schedule for the rest of the year

正解 B

本題為主旨題，解題關鍵在於原文首段頭兩句：The first annual staff training session for Perseus Inc. will take place . . .、The training will focus on . . . 及中間段落中提到 The training will consist of . . .，表示此公告提供關於訓練課程舉辦的時間、地點及主要訓練內容等資訊，故正確答案為 (B)。
• upcoming (adj.) 即將來臨的
(A) entail (v.) 意謂著。由文中可知員工訓練是針對整個公司，而非個別部門。
(C) 文中提到除了工廠工人，每位員工都必須參加此訓練，可知此非選擇性課程。
(D) 文中提供員工訓練當日之時間資訊，而非年度計畫表。

9. Which group of people must attend the training?
   (A) Factory floor workers
   (B) Managers
   (C) Cafeteria workers
   (D) Outside contractors

正解 B

本題詢問選項當中何者必須參加訓練課程。解題關鍵在於首段第三句 All office employees, members of management, and quality control officers are required to attend.「所有公司員工、管理階層以及品管主管都必須參加此次訓練。」，故正確答案為 (B)。
(C) cafeteria (n.) 自助餐館；自助食堂。
(D) contractor (n.) 承包商。

10. What should an employee who will be on vacation on August 15th do?
    (A) Cancel the trip
    (B) Tell personnel 187 days in advance
    (C) Submit their training questions in writing
    (D) Contact personnel by phone

正解 D

本題詢問在八月十五日當天將休假的員工該如何。該日為員工訓練日，解題關鍵在於最後一段 If for any reason you will be unable to attend . . . please contact the personnel department on extension 187.，表示若無法參加訓練，要撥打分機 187 與人事部聯繫，故正確答案為 (D)。
• extension (n.) 分機

11. In which of the following positions marked [1], [2], [3], and [4] does the following sentence best belong?
    "Further details on both changes will be circulated by e-mail."
    (A) [1]　(B) [2]　**(C) [3]**　(D) [4]

正解 C

本題詢問「下列句子『有關這兩項改變的進一步細節將會透過電子郵件方式公告周知。』最適合插入在文中標示為 [1]、[2]、[3]、[4] 的哪一個位置？」。由句子中提到 both changes「兩項改變」，可推測前方的句子應在敘述改變的事項，根據上下文意，只有位置 [3] 的前方有提及兩項改變，即：switching over to the new office management software「換裝新的辦公室管理軟體」和 implementing the new quality control guidelines「採用新的品管準則」，故答案選 (C)。
• circulate (v.) 傳播；傳達

Part 7 閱讀測驗

123

Part 7 Reading Comprehension

Questions 12-15 refer to the following survey results.

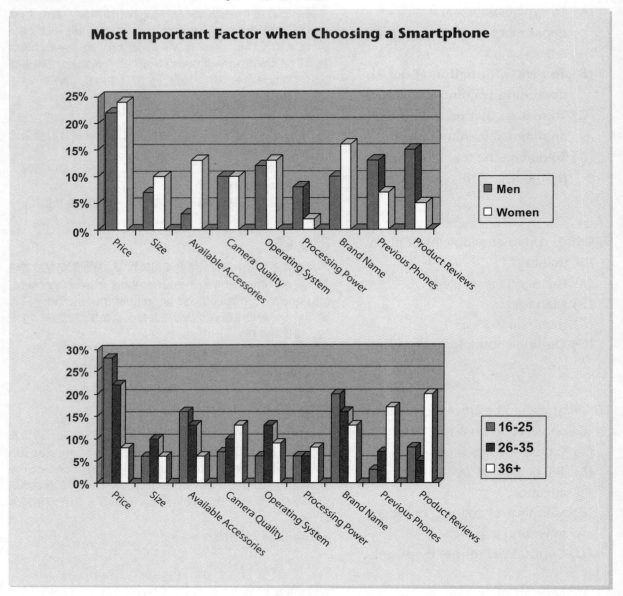

Source: Everyday Tech, a technology news site. Consumers were questioned about their main considerations before purchasing their next smartphone. Each person's top answer was recorded. The survey was conducted inside an electronics store among men and women over the age of 16 who were there to purchase a new smartphone. Participants received no discount or compensation.

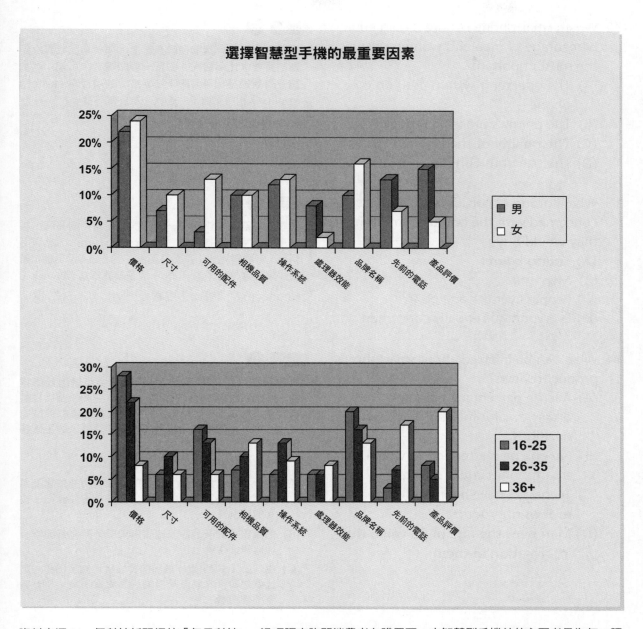

資料來源：一個科技新聞網站「每日科技」。這項調查詢問消費者在購買下一支智慧型手機前的主要考量為何。調查中記錄了每個人的首要答案。此調查是在一家電子產品販賣店執行，對象為年齡在十六歲以上，在該店購買新智慧型手機的男女。參與人員並無享有任何的折扣或報酬。

Part 7 Reading Comprehension

12. Which smartphone feature did an equal percentage of men and women say was the most important?
    (A) The operating system used on the phone
    (B) The phone's processing power
    (C) The quality of the phone's camera
    (D) The size of the phone

正解 C

本題為細節題，詢問在調查當中，哪一項因素男女認為的重要性比例相同。由第一個圖表當中可知，男女調查結果數據相等（長條柱等高）的項目為 camera quality「相機品質」，故 (C) 為正確答案。

• equal *(adj.)* 相等的

---

13. Which group of consumers was most concerned with the brand of smartphone they would buy?
    (A) Young adults
    (B) Men
    (C) People over the age of 36
    (D) Everyone was equally concerned

正解 A

本題為細節題，詢問哪一個族群最在意手機品牌。調查項目當中和品牌相關的為 brand name「品牌名稱」，當中最在意（長條柱最高）的為 16-25 歲年齡層的消費者，占了約 20%，故正確答案為 (A)。

• concern *(v.)* 使關心、在意

---

14. What can be inferred about smartphone product reviews?
    (A) A large percentage of women rely on reviews for making purchasing decisions.
    (B) No one pays attention to which smartphones critics prefer.
    (C) Teenagers have no interest in reading reviews of products.
    (D) Men over the age of 36 value the information in them.

正解 D

本題為推論題，詢問由產品評價當中可做出什麼推論。解題關鍵在於 product review 這項，長條柱最高的年齡層為 36 歲以上，且男女占比較高的性別為男性，可以推測他們相當重視產品的評價，故正確答案為 (D)。

• value *(v.)* 重視

(A) rely on 依靠。由上圖中的長條柱可知依靠產品評價作為購買考量的女性僅占少數，並非占了很大的比例。

(B) 由圖表可知產品評價確實為消費者的考量因素，並非無人在意。

(C) 由代表 16-25 歲年齡層的長條柱可知，仍有一定比例之青少年將產品評價視為考量因素，並非完全不感興趣。

---

15. Based on the information from the survey, what smartphone feature should be highlighted in advertisements to attract the most consumers?
    (A) Size
    (B) Price
    (C) Accessories
    (D) Processing Power

正解 B

本題詢問從調查結果的資訊研判，哪項特色應該在廣告當中被強調，以吸引最多消費者。調查結果當中可知「價格」是不分男女，且在 16-25 及 26-35 的年齡層當中，都占了比其他各項更高的比例，因此要吸引消費者購買當然必須大肆強調，故正確答案為 (B)。

Questions 16-18 refer to the minutes of a meeting.

Meeting Minutes

Present: **Colonel** Henry Waff, **Councilor** Cliff Bass, Norma Weiss, Gladys Ong, and Jamal Iqbal
Subject: Plans for New Children's Fun Center

9 a.m.	Meeting called to order and those present sign **register**.
9:15 a.m.	Cliff Bass outlines rough **draft** of proposals for the Newbridge site, which Norma Weiss claims to be too ambitious.
9:20 a.m.	Cliff agrees that the inclusion of a swimming pool may be costly, but Jamal Iqbal points out that this could have benefits for the fitness levels of local people of all ages. All agree.
9:30 a.m.	Henry Waff agrees that in order to be **cost effective**, it should be inclusive of all and not just focus on children. He says he would prefer it to be a community center which also offers night time classes.
9:45 a.m.	Cliff agrees to **amend** proposals and create another plan for the next meeting which is due to be held on December 5.
9:50 a.m.	Meeting ends with all present at the meeting reaching a **consensus**.

會議記錄

出席者：亨利·瓦夫上校、克里夫·巴斯議員、諾馬·懷斯、葛雷迪·翁以及賈默·伊克波
主旨：新兒童趣味中心計畫

上午 9:00　宣布會議開始，出席者於簽到簿簽名

上午 9:15　克里夫·巴斯簡介初步的新橋工地草案提案，而諾馬·懷斯認為本案野心太大。

上午 9:20　克里夫同意增建游泳池費用可能太過昂貴，但賈默·伊克波指出本案可能會對本區各年齡層居民的健身水準有益。全體出席人員均表同意。

上午 9:30　亨利·瓦夫同意為了達到成本效益，本案應將所有人包括在內，而非僅限於兒童。他說他寧願蓋的是一座同時能提供夜間課程的社區中心。

上午 9:45　克里夫同意修改提案，並訂定另一套計畫供下次會議討論，會議預定於十二月五日舉行。

上午 9:50　所有出席者達成共識，散會。

- colonel (n.) 陸軍上校
- councilor (n.) 議會議員
- register (n.) 登記簿；簽到簿
- draft (n.) 草案
- cost effective 具成本效益的
- amend (v.) 修改
- consensus (n.) 共識

Part 7 Reading Comprehension

16. How long was the meeting?
    (A) 30 minutes
    (B) Nearly one hour
    (C) About two hours
    (D) Several hours

正解 **B**

本題為細節題，詢問開會開了多久。解題關鍵在會議記錄中的時間，由九點持續至九點五十分，大約不到一小時，故正確答案為 (B)。

17. Which of the following people did NOT make any comments during the meeting?
    (A) Cliff Bass
    (B) Henry Waff
    (C) Jamal Iqbal
    (D) Gladys Ong

正解 **D**

本題為除外題，詢問誰沒有在會議中做出評論。由原文看得出來 Gladys Ong 的名字只有在出席人員當中被提及，會議記錄並無提及他的發言記錄，故正確答案為 (D)。

18. What will happen at the next meeting?
    (A) The council will look over a new plan.
    (B) They will pick classes for the community center.
    (C) The original plan will be discussed more.
    (D) A new head councilor will be chosen.

正解 **A**

本題詢問下次開會將會發生什麼事情。解題關鍵在 9:45 中 . . . agrees to amend proposals and create another plan for the next meeting . . . 「同意修改提案，並訂定另一套計畫供下次會議討論」，故正確答案為 (A)「議會將查閱一個新計畫」。

128

Questions 19-21 *refer to the following letter.*

DetSoft Systems

150 Court Street
Newark, NJ 14513
Telephone: 1-212-555-8111

Dear Mr. Adams,

Thanks for taking the time to meet with me while I was in Seattle. I had a great time while I was there, and I even got to play a few rounds of golf, which I don't usually have time for when I'm here in Milan. Thanks also for introducing me to your technical manager, Mr. Kent.

After speaking with you and Mr. Kent at our meeting, I feel that my company has a lot to offer Advanced Tech. The problem that you mentioned having with maintaining your **databases** is interesting. One of our strengths here at DetSoft is building user-maintainable systems so that you never need to hire in **external talent** again. We would both design the maintenance systems and train your staff to use them, which means that you could do everything **in-house**. We'd also include a support and **troubleshooting** package that would **extend** for six months after the initial **installation**. We have found in the past that clients rarely feel the need to use it, but it's nice to have for peace of mind.

When I spoke to Mr. Kent again later, we went over some of the technical details, but to get a more accurate estimate of the work involved, we'll need to gather more information on your existing system. Let me know if you're interested, then we could start putting it all together and get a **quote** to you in a week or so.

Sincerely,

Bob Frankston

Bob Frankston
DetSoft Systems

DetSoft 系統公司

夸特街 150 號
紐華克市，新澤西州 14513
電話：1-212-555-8111

親愛的亞當斯先生：

感謝您於我在西雅圖期間撥冗與我見面。我在西雅圖待得很開心，甚至還打了幾場高爾夫，通常我在米蘭這裡的時候是沒時間打球的。我還要感謝您把我介紹給貴公司的技術經理肯特先生。

與你和肯特先生於開會中交談後，我認為本公司可為進階科技公司提供許多服務。您提到有關在維護貴公司資料庫方面所遇到的問題頗有意思。我們 DetSoft 公司的強項之一就是建構使用者即可自行維護的系統，這樣你們就再也不必雇用外部人才。我們既會設計維護系統，也會訓練貴公司的員工去使用該套系統，這表示貴公司內部即可處理所有事情。在首次安裝後的六個月，我們還提供支援及疑難排除套裝服務。我們從過去的經驗中發現客戶幾乎不需要該項服務，但為了安心起見，有這項服務也不錯。

我後來再和肯特先生交談時，也討論到一些技術細節問題，但若要更精確地評估出工作量，我們必須取得更多關於貴公司現有系統的資訊。請讓我知道您是否有興趣，接著我們就能開始整合資訊，並在大約一週之內向您報價。

謹致，

鮑伯·法藍斯頓
DetSoft 系統公司

- database *(n.)* 資料庫
- external *(adj.)* 外部的
- talent *(n.)* 人才；天才
- in-house *(adv.)* 內部地
- troubleshooting *(n.)* 疑難排解
- installation *(n.)* 安裝
- quote *(n.)* 報價

Part **7** 閱讀測驗

Part 7 Reading Comprehension

19. How would DetSoft's solution be helpful to Advanced Tech?
    (A) Advanced Tech would no longer have to use databases.
    (B) The staff at Advanced Tech could maintain the company's systems.
    (C) Advanced Tech would get free support for a year.
    (D) The internal database managers at Advanced Tech could be fired.

正解 B

本題詢問 DetSoft 的解決方案將如何協助 Advanced Tech。解題關鍵在於第二段 One of our strengths here at DetSoft is building user-maintainable systems so that you never need to hire in external talent again.，表示該公司架構的系統可讓使用者自行維護，不須另外雇人，故正確答案為 (B)。

20. The word "extend" in paragraph 2, line 7 is closest in meaning to
    (A) strain
    (B) increase
    (C) continue
    (D) include

正解 C

本題考同義字，解題關鍵在於原文的上下文 We'd also include a support and troubleshooting package that would extend for six months after the initial installation.，本句中的 extend 有「延續；延伸」之意，表示在首次安裝後的六個月，支援與疑難排除服務仍將持續，故意思最相近的選項為 (C) continue「繼續；持續；延伸」。

(A) strain *(v.)* 緊拉。

(B) increase *(v.)* 增加。

(D) include *(v.)* 包含。

21. What can be inferred from the letter?
    (A) DetSoft has already been hired by Advanced Tech.
    (B) Bob Frankston has all the information he needs.
    (C) The system will take a long time to perfect.
    (D) The companies have not yet reached a deal.

正解 D

本題為推論題，解題關鍵在於最後一句 Let me know if you're interested, then we could start putting it all together and get a quote to you in a week or so.，表示有興趣的話可開始進行下一步，並會在一週左右提出報價，顯示雙方尚未正式成交，故 (D) 為正確答案。

• reach a deal 成交

Questions 22-23 *refer to the following book review.*

Book review: "Chandra's Wish" by Ake Umfolosi
Reviewed by Peter Canasta, **literary critic**

Two words: a revelation! There are times in your life when you see or read somebody's **debut**, and you just know that person is going to go far. The **premise** of this book is very simple. Chandra is an energetic young orphan growing up in a **landlocked** African country, and her only dream is to waltz on the deck of a **schooner** she saw in a picture in a library book. There are two problems, though. One, her country is **ravaged** by war. And two, she doesn't know how to dance. Enter Mr. Calypso, an intriguing dance teacher with a mysterious past.

Ake draws on his own experiences growing up in an **impoverished** environment, and his characters often seem a little too real. This is a truly amazing debut with very memorable **twists and turns**. Although written for the teen market, it is highly recommended for young and old alike. More please, Ake!

書評：阿克‧昂佛西的「錢卓拉的願望」
文學評論家彼得‧卡那斯塔的評論

兩個字：天啟！人生中有時候你會看到或讀到某個人的處女作，你就知道此人即將成就非凡。這本書的前提設定非常簡單。錢卓拉是個精力旺盛的年輕孤兒，成長於非洲內陸國家，她唯一的夢想是在一艘她在圖書館一本書上看到的雙桅帆船的甲板上跳華爾滋。但是有兩個問題：她的國家飽受戰火蹂躪，而且她不懂得如何跳舞。這時候卡利普索先生出現了，他是名有著神秘過去的迷人舞蹈老師。

阿克汲取他本身在一貧如洗環境下的成長經驗，他筆下的角色經常讓人覺得有點太真實。這本書確實是本令人驚嘆的處女作，內容充滿令人難忘的轉折。本書雖然是為青少年族群所撰寫的，但仍高度推薦給年輕人和老年人。請再多寫幾本吧，阿克！

- literary critic 文學評論家
- debut *(n.)* 首部作品；初次登場
- premise *(n.)* 前提；假設
- landlocked *(adj.)* 內陸的
- schooner *(n.)* 雙桅帆船
- ravage *(v.)* 蹂躪；毀滅
- impoverished *(adj.)* 窮困的
- twists and turns 轉折

Part 7 Reading Comprehension

22. What is true about Ake Umfolosi?
    (A) This is the second book he has written.
    (B) He works as a literary critic.
    (C) He is planning a series about Chandra.
    (D) He comes from a poor background.

正解 **D**

本題為是非題。解題關鍵在第二段第一句 Ake draws on his own experiences growing up in an impoverished environment . . .「阿克汲取他本身在一貧如洗環境下的成長經驗」，可知作者的成長背景相當貧窮，故正確答案為 (D)。

23. What word best describes Peter Canasta's opinion of the book?
    (A) Predictable
    (B) Impressive
    (C) Humorous
    (D) Confusing

正解 **B**

本題詢問評論家 Peter Canasta 對該作品的意見為何。由最前面的 A revelation! 及第二段 This is a truly amazing debut with very memorable twists and turns.「這本書確實是本令人驚嘆的處女作，內容充滿令人難忘的轉折。」，顯示評論家高度讚賞該作品且印象深刻，故正確答案為 (B)。

• impressive *(adj.)* 令人印象深刻的

(A) predictable *(adj.)* 可預測的。

(C) humorous *(adj.)* 幽默的。

(D) confusing *(adj.)* 令人困惑的。

132

Questions 24-26 *refer to the following article.*

In Britain, sales of **bottled water** have been on the increase for decades. This **prompted** an investigation by the government to see whether bottled water was a worthwhile purchase. —[1]—

It is estimated that in some parts of London a bottle of water may cost £4, whereas the same amount of water (some 250ml) from a **tap** would cost less than a penny. —[2]— According to the government's report, over 95% of the money earned by bottled water companies is spent on things other than the water that is being drunk, such as advertising.

Companies that sell bottled water claim their products have a number of benefits, such as containing fewer dangerous metals as their water does not run through areas exposed to metal **corrosion**. —[3]— However, environmental groups say these benefits **pale** in significance to the impact that plastic bottles have on the environment.

The full findings of the report are due to be published in September, and water companies are waiting with interest as to what those findings are. —[4]—

在英國，瓶裝水的銷售量數十年來不斷攀升。這個現象促使政府展開一項調查，要看看瓶裝水是否值得購買。

據估計，在倫敦的某些地方，一罐瓶裝水可能要價四英鎊，但是源自水龍頭等量的水（約 250 毫升）要價卻不到一分錢。一罐瓶裝水比源自水龍頭的一杯水高出四百倍的價格。根據政府的報告，瓶裝水公司所賺得的 95% 以上的錢，都被用在飲用水以外的地方，諸如廣告費用。

瓶裝水公司宣稱他們的產品有許多好處，例如危險金屬含量較低，因為瓶裝水不會流經暴露在金屬腐蝕的區域。然而，環保團體指出，瓶裝水的好處與其塑膠瓶對環境的衝擊一比相形失色。

該份報告的完整結果預計將在九月份公布，水公司也很有興趣知道該份報告的調查結果。

- bottled water 瓶裝水
- prompt *(v.)* 促使
- tap *(n.)* 水龍頭
- corrosion *(n.)* 腐蝕
- pale *(v.)* 顯得遜色

Part 7 Reading Comprehension

24. What would be a good title for this article?
    (A) Rain, Rain Go Away
    (B) Sales of Water Reach Record High
    (C) Bottled vs. Tap Water
    (D) The Benefits of Drinking More Water

正解 **C**

本題詢問文章最佳的標題為何，即須了解全文主旨。由文章第二及第三段比較瓶裝水與自來水之價格及利弊等，可知適合的答案為 (C)。

25. In which of the following positions marked [1], [2], [3], and [4] does the following sentence best belong?
    "That's 400 times more for a bottle than a glass from the faucet."
    (A) [1]
    (B) [2]
    (C) [3]
    (D) [4]

正解 **B**

本題詢問「下列句子『一罐瓶裝水比源自水龍頭的一杯水高出四百倍的價格。』最適合插入在文中標示為 [1]、[2]、[3]、[4] 的哪一個位置？」。根據上下文意，只有位置 [2] 的前方有提及價格的問題，即：a bottle of water may cost £4, whereas the same amount of water from a tap would cost less than a penny.「一罐瓶裝水可能要價四英鎊，但是源自水龍頭等量的水要價卻不到一分錢。」正好符合插入句中說的四百倍價格，故答案選 (B)。

26. What do environmental groups think about plastic bottles?
    (A) They keep water away from dangerous substances.
    (B) They are more expensive than glass ones.
    (C) They are an environmentally-friendly option.
    (D) They have negative impacts on the environment.

正解 **D**

本題詢問環保團體對塑膠瓶的看法。解題關鍵在第三段最後一句 . . . environmental groups say these benefits pale in significance to the impact that plastic bottles have on the environment.，意指瓶裝水的好處與其塑膠瓶對環境的衝擊一比相形失色，表示環保團體認為塑膠瓶對環境有負面影響，故正確答案為 (D)。

Questions 27-29 *refer to the following online chat discussion.*

Libby [22:01]:
Does anyone else have a bad feeling about the vendor Hapley that Arnold decided on? I'm a little nervous about their assertions.

Jose [22:03]:
What do you mean? Their website says they've been in operation for like fifteen years, and they've won some superior business awards. They look pretty solid. Arnold used to work for them, actually.

Libby [22:04]:
I know all that, but I called some of their former clients. Didn't tell them where I was from.

Jose [22:07]:
Did you call the Anders place? They're huge.

Tetsu [22:08]:
Yeah, probably the biggest Hapley ever worked with. We can only dream of getting that big.

Libby [22:09]:
I did. We need 750k units/mo. Who remembers what the Hapley reps said in their first meeting with us? What did they say they could do?

Jose [22:13]:
Something like 1.5 mil processors/mo for six months straight. We don't need anything like that kind of volume though.

Libby [22:14]:
Well, Anders & Co. says their contract last year was for only 600k units per month for four months, and Hapley delivered late for all but one of those months. We can't operate that way. Do you guys think I should bring it up with him?

Tetsu [22:17]:
Well, you'll have to make that call, and soon. But Arnold might not be so pleased you went behind his back about it.

Jose [22:20]:
If Arnold says to trust them, I take them at their word. But in the end, you'll be taking the fall if our production runs behind schedule. Think about it, Lib.

麗比　　　　　　　　　　22：01
有其他人對於阿諾決定的供應商哈波利有不好的觀感嗎？我有點擔心他們的決定。

荷西　　　　　　　　　　22：03
妳的意思是？他們網站上說他們已經經營大概十五年了，而且他們還得過一些卓越的商業獎項。他們看起來很穩定。事實上阿諾之前曾在那裡工作過……

麗比　　　　　　　　　　22：04
那我全都知道，但我和他們之前的客戶通過電話。我沒告訴他們我的身份。

荷西　　　　　　　　　　22：07
妳有打電話給安德斯嗎？他們公司很大間。

泰舒　　　　　　　　　　22：08
對，可能是哈波利合作過最大的客戶。我們只能夢想可以成為那樣的大公司。

麗比　　　　　　　　　　22：09
我有。我們每月需要七十五萬個零件。有人記得哈波利的業務代表在第一次會議中跟我們說的嗎？他們怎麼說他們可以做到的？

荷西　　　　　　　　　　22：13
好像是說可以連續六個月提供一百五十萬個處理器。即使我們並不需要那樣大的量。

麗比　　　　　　　　　　22：14
嗯，安德斯公司說他們去年的合約上只需在四個月裡每月提供六十萬個零件，然而哈波利只有一個月做到，其他月份都延遲交貨。那樣我們會無法運作下去。你們認為我應該要和他提出這個問題嗎？

泰舒　　　　　　　　　　22：17
嗯，妳必須打那通電話，而且要盡快。但是阿諾可能對於妳私下調查這些會不太高興。

荷西　　　　　　　　　　22：20
若是阿諾說要相信他們，我就相信他們。但是最後，若是生產線延遲妳要負起責任。麗比，妳得好好考慮。

Part 7 Reading Comprehension

27. Why is Libby worried about the new vendor?
    (A) She doesn't like Arnold.
    (B) She doesn't want to hire a vendor with such high volume.
    (C) She's heard they have a reputation of poor quality products.
    (D) She doesn't think they're capable of meeting production demands.

正解 D

本題詢問 Libby 為何會對於新的供應商感到擔憂。解題關鍵句為 Well, Anders & Co. says their contract last year was for only 600k units . . . delivered late for all but one of those months.「嗯，安德斯公司說他們去年的合約上只需在四個月裡每月提供六十萬個零件……只有一個月做到，其他月份都延遲交貨。」得知她正擔心新供應商無法應付生產需求，故正確答案為 (D)。

28. How does Jose feel about the vendor?
    (A) He thinks they are lucky that Arnold works for them.
    (B) He thinks they are capable of delivering the needed parts.
    (C) He likes them because he used to work there.
    (D) He thinks they are lying about their operations.

正解 B

本題詢問 Jose 對於供應商的看法。當麗比提出擔憂供應商出貨延遲時，由對話最後荷西說 If Arnold says to trust them, I take them at their word.「若是阿諾說要相信他們，我就相信他們。」由此得知荷西相信供應商可以準時提供需求零件，故正確答案為 (B)。選項 (A) 對話中並無提及、(C) 為供應商工作過的是阿諾、(D) 對話中並無提及。

29. At [22:17], what does Tetsu imply when he writes, "make that call"?
    (A) Libby is ultimately responsible for the vendor's affect on the project.
    (B) Libby should consider speaking to Arnold about the choice of vendors.
    (C) Tetsu thinks Libby should confront the vendor about their claims.
    (D) Tetsu thinks the vendor is a good choice.

正解 B

本題詢問 Tetsu 寫 make that call 暗指何意。由前面麗比提到安德斯公司有延遲交貨的不良記錄，而那將會影響他們公司的運作，並詢問是否應向阿諾提出此問題，可知泰舒接著回應 make that call 是要她考慮該向決定選擇此供應商的阿諾提出此疑慮。故答案選 (B)。

Questions 30-34 refer to the following job advertisement and e-mail response.

Job Ref: JC001

Your task will be to change our **underperforming** team into a group of real **high-fliers**. This is an exciting opportunity for anyone who wishes to form key relationships with debt relief organizations and big businesses at the **grassroots** level.

Everybody who is affected by the sudden loss of income requires understanding and motivation. The ideal candidate for this position will have a proven track record as a team leader as well as excellent listening and counseling skills and over three years' experience in a similar role. You will need to develop new strategies to improve our client **repayment** rates and also recruit new people to work as **mediators** between those who are having difficulties with their debt and their **creditors**.

We offer a range of benefits including:

• gym membership
• free child care
• travel allowance

Are you ready to join us? Please quote the job ref when applying.

E-mail: recruitment@debtphree.org

職務編號：JC001

你的工作是負責將我們績效表現不佳的小組，轉變成為一群有抱負、有野心的團隊。對於想要和債務減免機構及民間大型企業建立重要關係的人而言，這是一次令人感到振奮的機會。

每個因為頓失收入而受到影響的人，都需要獲得理解和鼓勵。適合這項工作的理想人選必須有可靠的小組領導者紀錄，同時具備絕佳的傾聽及諮詢技巧，並有三年的相關經驗。你必須發展出新策略以提升客戶的還款率，並且招募新人來擔任有債務困難者與其貸方之間的調停者角色。

我們提供多項福利如下：

• 健身房會員
• 免費兒童照顧
• 旅遊津貼

準備好要加入我們了嗎？申請應徵時請註明職務編號。

電子郵件：recruitment@debtphree.org

• underperforming *(adj.)* 表現不佳的
• high-flier *(n.)* 有抱負、有野心的人
• grassroots *(adj.)* 民間的；基層的
• repayment *(n.)* 還款
• mediator *(n.)* 調停者
• creditor *(n.)* 貸方

Part 7 Reading Comprehension

To:	recruitment@debtphree.org
From:	ASnow@Tydfil.com
Subject:	Re: Job Ref JC001

Dear Sir or Madam,

I am incredibly interested in this position. I have over five years' experience in a similar role and feel this challenge is just what I am looking for. I have **enclosed** a copy of my résumé in the hope that you will consider me for this position.

Thank you for your time.

Sincerely,

Adam Snow

收件人：recruitment@debtphree.org
寄件人：ASnow@Tydfil.com
主旨：關於：職務編號 JC001

親愛的先生或女士：

我對於這份工作有高度興趣。我有超過五年以上的類似工作經驗，並且認為這正是我想要追尋的挑戰。附上一份履歷表，希望您會考慮讓我來擔任這個職位。

謝謝您撥冗讀信。

謹致，

亞當‧史諾

• enclose (v.) 附上

---

30. Which field is this job opening in?

(A) IT
(B) Arts
(C) Finance
(D) Housing

正解 **C**

本題詢問此工作職缺屬於何種領域。由廣告中描述工作內容的關鍵字 repayment rate「還款率」、debt「債務」、creditor「債權人」等可研判該公司與金融財務相關，故正確答案為 (C)。

• finance (n.) 金融

(A) IT (= information technology) 資訊科技。

(D) housing (n.) （總稱）房屋。

---

31. According to the advertisement, what is the problem with the team at the moment?

(A) They are all new employees.
(B) They are not performing well.
(C) They are not paying their debts.
(D) They are collecting too much money.

正解 **B**

本題詢問該團隊目前面臨何種問題。解題關鍵在首句 Your task will be to change our underperforming team . . . ,'表示應徵者的工作任務是要改善表現不佳的團隊，故正確答案為 (B)。

32. Which of the following skills is NOT mentioned as a requirement for the position?
    (A) **Sales**
    (B) Counseling
    (C) Listening
    (D) Leadership

正解 **A**

本題為除外題，詢問哪項特質並不在徵人廣告的內容中。解題關鍵在第二段第二句 The ideal candidate for this position will have a proven track record as a team leader as well as excellent listening and counseling skills . . .，唯一沒有提及的特質為選項 (A) 的 sales「銷售」。

33. How much experience does Adam have?
    (A) Three years
    (B) Four years
    (C) **Five years**
    (D) Ten years

正解 **C**

本題為細節題，解題關鍵在回覆信件首段的第二句 I have over five years' experience . . .「我有超過五年以上的經驗」，故正確答案為 (C)。

34. What has Adam sent with his e-mail?
    (A) **Information about his job history**
    (B) Photos of himself
    (C) His college transcripts
    (D) A letter of reference

正解 **A**

本題為細節題，解題關鍵在回覆信件首段的最後一句 I have enclosed a copy of my résumé . . .，表示他附上了履歷表，也就是工作經歷的相關資料，故正確答案為 (A)。

(C) transcript (n.) 成績單。

(D) letter of reference 推薦信。

Part 7 閱讀測驗

Part 7 Reading Comprehension

Questions 35-39 refer to the following events calendar listing and e-mail inquiry.

Casey Advertising: Advertising for Small Businesses

This **workshop** will teach small-business owners and marketers how to use the Internet and social media to **promote** their businesses. These days, the Internet offers not only opportunities but also **pitfalls**, as unhappy customers are quick to post bad reviews when something goes wrong. So learn how to use and how to **monitor** websites such as Facebook, Yelp, and Google Local to make sure your business is getting the most out of the Internet.

Location: Kramer Hotel, 202 Fourth St., Oakland
Time and Date: Feb. 22, noon to 2 p.m.
Keynote Speaker: Mr. Steven Turner, entrepreneur and owner of France's Finest Coffee and Tea Story House
Admission Fee: $45

E-mail Janet at janet@caseyadagency.com or call 510-555-9931 to register.

凱西廣告：小型企業廣告

本次專題討論會要教導小型企業主和行銷人員，如何利用網際網路和社群媒體來宣傳其事業。現在網際網路不僅提供機會，同時也暗藏陷阱，因為如果出了些差錯，不愉快的顧客很快就會張貼負面評論。所以要學習如何使用和監控諸如臉書、Yelp 和 Google Local 這類網站，以確保您的事業能從網路上獲得最大效益。

地點：克雷瑪飯店，奧克蘭市第四街 202 號
時間與日期：二月二十二日，中午十二點到下午兩點
主講人：史蒂芬・透納先生，法蘭西斯極品咖啡以及茶的故事屋之創始者及業主
入場費用：四十五美元

請將電子郵件寄給珍娜：janet@caseyadagency.com，或撥 510-555-9931 報名。

- workshop *(n.)* 專題討論會
- promote *(v.)* 宣傳
- pitfall *(n.)* 陷阱
- monitor *(v.)* 監控
- keynote speaker 主講人

From:	Dan Cole
To:	janet@caseyadagency.com
Subject:	Workshop

Dear Janet,

I am interested in attending your workshop on how to use the Internet to promote my business. I recently opened an Italian restaurant, and I see a great need to improve my business's presence online. As a restaurant owner, I am particularly concerned about receiving **negative** reviews on popular websites. I am also wondering if I might be able to speak personally with the speaker after the workshop to ask a few questions specifically about promoting restaurants.

Thanks,

Dan Cole

寄件人：丹恩・科爾
收件人：janet@caseyadagency.com
主旨：專題討論會

親愛的珍娜：

我有興趣參加你們關於如何利用網際網路宣傳個人事業的專題討論會。我最近開了一家義大利餐廳，我覺得很需要增加在網路上的曝光度。身為餐廳業主，我尤其擔心在大眾網站上收到負面評論一事。我也在想不知是否能在研討會結束後與主講者本人說上話，以便詢問幾個關於餐廳宣傳的問題。

謝謝，

丹恩・科爾

• negative (adj.) 負面的

35. Which of the following businesses would the workshop probably be good for?
(A) An auto manufacturer
(B) A gift shop
(C) An oil company
(D) An airline

正解 **B**

本題為推論題，詢問該專題討論會可能對哪種經營領域有益。解題關鍵在廣告內文第一句 This workshop will teach small-business owners and marketers how to use the Internet and social media to promote their businesses.，選項中屬於 small-business「小型企業」的為 (B) A gift shop「禮品店」。

(A) auto (n.)【口】汽車。

Part 7 Reading Comprehension

36. What is something people will learn from the workshop?
    (A) How to post reviews
    (B) How to monitor websites
    (C) How to open a business
    (D) How to teach marketing

正解 **B**

本題詢問學員可從專題討論會中學到什麼。解題關鍵在廣告第一段最後一句中提到的 . . . learn how to use and how to monitor websites . . . ，表示將學習如何使用並且監測網站，故正確答案為 (B)。

37. What does Dan Cole mention he is worried about?
    (A) The expense of advertising
    (B) Opening a new business
    (C) People writing bad reviews
    (D) Competition in the area

正解 **C**

本題詢問 Dan Cole 提到他有何擔憂之處。解題關鍵在他所寫的電子郵件當中提到 I am particularly concerned about receiving negative reviews on popular websites. ，顯示他對於網路負評特別憂慮，故正確答案為 (C)。

38. Why does Dan Cole want to meet with the speaker alone?
    (A) To talk about issues related to his business
    (B) To get tips on how to post better reviews
    (C) To better understand the costs of opening a coffee shop
    (D) To learn how to create a website

正解 **A**

本題詢問 Dan Cole 為何想和主講者單獨見面。解題關鍵在電子郵件最後一句 . . . if I might be able to speak personally with the speaker after the workshop to ask a few questions specifically promoting restaurants. ，表示他希望得知關於推廣餐廳業務的相關訊息，故正確答案為 (A)。

39. What do Steven Turner and Dan Cole have in common?
    (A) They write reviews on the same websites.
    (B) They both run coffee shops.
    (C) They are both business owners.
    (D) They are going to be guest speakers.

正解 **C**

本題為整合題，詢問兩者之間有何共同點。解題關鍵在廣告當中的主講者簡介：Mr. Steven Turner, entrepreneur and owner of . . . ，表示他是創業家及（餐飲店）老闆，而 Dan Cole 在信件中第二句提到他最近開了義大利餐廳，故正確答案為 (C)「兩人皆為業主」。

Questions 40-44 *refer to the following memo, note, and profile.*

Memorandum to Staff at Roman Industries

Please make our new sales manager, Omar Khan, feel at home. We have been looking for someone with Omar's skills for quite some time, and after a lot of false starts, we have finally found the best man for the job. Omar has a background in **shipping** in his native Dubai, which, as I'm sure you all know, is the new crossroads between East and West. As we are trying to increase our **market share** in the Middle East region in general, we can see that Mr. Khan's **expertise** will be a great **asset**.

He would like it to be known that he speaks English, Arabic, and French at a native level, as well as a little German. He was educated at Harvard and also spent time in Switzerland and Canada. If you have anything you would like to discuss with Omar, please feel free to knock on his door. He will be happy to answer any questions you may have.

Thanks,

Bruce Sionis

致羅馬實業公司員工備忘錄

請讓我們新的業務經理歐馬‧可汗感到輕鬆自在。我們尋找擁有歐馬這般才能的人有好一陣子了，在一開始犯了許多錯誤後，我們終於找到這份工作的最佳人選。歐馬在他的家鄉杜拜有從事運輸業的經驗背景，我相信大家都知道，杜拜是東方和西方的新交會點。由於我們正在設法提高中東地區的市占率，我們知道可汗先生的專長絕對會是我們的一項寶貴資產。

他想要讓大家知道他會說母語等級的英語、阿拉伯語和法語，並且略通德語。他在哈佛大學受過教育，也在瑞士及加拿大待過。如果各位有任何事要和歐馬討論，請直接敲他的門，他將很樂意回答任何問題。

感謝，

布魯斯‧希歐尼斯

- shipping (n.) 運輸業
- market share 市占率
- expertise (n.) 專門知識

Part 7 Reading Comprehension

Note from Omar Khan

Thank you for the introduction, Bruce. I would like to add a bit to it and make a few things clear from the **get-go**, just so that we can make the transition as smooth as possible. In my previous company, I had the reputation of being great at troubleshooting. I am well **versed** in areas such as sales, cross-cultural communication, and so on, so I am happy to aid anyone who needs help solving a problem. But I must add that I am not afraid of letting people go if I don't feel they are **pulling their** own **weight**.

I am pleased to be taking on this new challenge and hope to make Roman Industries the top **freight** distribution company in the Middle East. I am very happy to be a part of the Roman family.

Best Regards,

Omar Khan

歐馬‧可汗的說明

布魯斯,謝謝你的簡介。我想稍微補充說明,並在一開始就把幾件事說清楚,好讓我們能更順利地度過這段轉換期。我在前公司向來以擅於解決問題著稱。我對於銷售、跨文化溝通等領域都十分精通,所以我將非常樂意幫助任何人解決問題。但我必須要補充,如果我覺得某些人不盡力工作,我並不害怕請他們捲鋪蓋走路。

我很高興能接下這份新的挑戰,並希望能帶領羅馬實業成為中東地區貨運配送業的龍頭。我非常開心能成為羅馬實業大家庭的一份子。

謹致,

歐馬‧可汗

- get-go (n.) 【口】開端;開始
- versed (adj.) 精通的;熟練的
- pull one's weight 盡本分;盡力
- freight (n.) 貨運

Omar Khan's Professional Networking Profile

Education
Harvard University, Bachelor of Liberal Art, Class of 2009

Experience
- Old Castle LLC, sales consultant, 2014-2017, Bern, Switzerland
- Damsal Hendi Enterprises, shipping manager, 2011-2014, Dubai, UAE
- Crane Expositions, sales representative, 2009–2011, Prague, Czech Republic

歐馬‧可汗的線上簡歷

教育程度
二〇〇九年完成哈佛大學人文教育學系學士學位

經歷
二〇一四年到二〇一七年，於瑞士伯恩的古城堡有限公司，擔任銷售顧問。

二〇一一年到二〇一四年，於阿拉伯杜拜的丹沙哈帝企業，擔任船務經理。

二〇〇九年到二〇一一年，於捷克布拉格的可瑞顧問公司，擔任業務代表。

40. Why was the memo written?
    (A) To ask for applications for a positions
    (B) To announce the start of a new employee
    (C) To explain why it took a long time to fill a position
    (D) To introduce the new owner of a company

正解 **B**

本題為主旨題，詢問備忘錄撰寫的目的為何。解題關鍵在第一段首句 Please make our new sales manager, Omar Khan, feel at home.，表示有新的業務經理到職，要同仁好好歡迎他，故正確答案為 (B)。

Part 7 Reading Comprehension

41. In the memo, the word "asset" in the last line of first paragraph, is closest in meaning to
   (A) burden
   (B) property
   (C) benefit
   (D) kindness

正解 **C**

本題考同義字，解題關鍵在原文 asset 出現的上下文 . . . we can see that Mr. Khan's expertise will be a great asset.，這裡的 asset 意指「寶貴資產；有利條件」，表示他的專長對公司來說是寶貴的資產，也就是會帶來幫助之意，故選項當中意思相近的字為 (C)。
(A) burden (n.) 負擔。

42. According to the memo, which of the following is NOT true about Mr. Khan?
   (A) He went to college in the U.S.
   (B) He has worked in the Middle East before.
   (C) He can speak several languages.
   (D) He worked as a salesman in Canada.

正解 **D**

本題為除外題，選出哪項敘述不正確。由備忘錄第二段中 He was educated at Harvard . . . 可知選項 (A)「他在美國念大學」正確；由備忘錄第一段中 Omar has a background in shipping in his native Dubai . . . 可知選項 (B)「他曾在中東工作過」亦正確；備忘錄第二段一開頭提到他會說多國語言，故選項 (C) 也正確；而備忘錄第二段提到他在瑞士及加拿大待過，但並未明確說明曾在加拿大擔任業務員，故答案應選 (D)。

43. What can be inferred about Omar Khan from his note?
   (A) He is nervous about taking on a lot of responsibility.
   (B) He thinks people who aren't capable should lose their jobs.
   (C) He prefers communicating in languages other than English.
   (D) He doesn't think the company will do well in the Middle East.

正解 **B**

本題為推論題，詢問從 Omar 的說明可以推斷出什麼結論。解題關鍵在第二篇首段最後一句 . . . I am not afraid of letting people go . . . ，表示如果員工不盡力工作，會請他走路，也就是會解雇表現不佳的員工，故正確答案選 (B)。

44. Which part of Omar Khan's profile is not referenced by Bruce?
   (A) The place Mr. Khan lived while working at Old Castle LLC
   (B) The school Mr. Khan graduated from in 2009
   (C) The experience Mr. Khan gained from working at Damsal Hendi
   (D) The experience Mr. Khan gained from working at Crane Expositions

正解 **D**

本題為整合題，詢問 Omar 的哪個簡歷是布魯斯沒提到的，須對照第一篇備忘錄與 Omar 簡歷上的經歷作答。在備忘錄有提到 Omar 在瑞士待過（即簡歷中的古城堡有限公司）、在哈佛受過教育（即簡歷中於二○○九年畢業）、在家鄉杜拜工作過（即簡歷中的丹沙哈帝企業），符合答案中的 (A)、(B)、(C) 選項說明，唯獨 (D) 沒有提到，故答案選 (D)。

146

Questions 45-49 *refer to the following advertisement, e-mail, and response.*

For Rent

A tidy workspace in a contemporary business center in bustling Trenton is available for rent. The property is surrounded by a vast **assortment** of **magnificent** shops, bars, and restaurants to enjoy and explore. The famous Pallister Theater and McClair Gallery are both only five minutes away on foot.

The **interior** has been renovated to the highest standard, and many of the rooms have kept their original features. All rooms benefit from lots of natural light.

Conveniently located just 10 minutes walk from the train station, with easy access to Marley and Barett.

Reference #: 57738
Call 0800-482-6464
Or e-mail Mike Pheelan:
mpheelan@trenchtonproperties.com

招租

位於繁華特頓市中一個當代商務中心裡的整潔辦公空間現正招租中。其四周有各式各樣的華麗店鋪、酒吧以及餐廳供享受及探索。著名的派利斯特劇院以及麥克萊兒畫廊均徒步五分鐘即可抵達。

室內裝潢已經以最高標準進行翻修，其中許多房間均維持原始格局。所有房間均受惠於大量的自然採光。

座落於距離火車站徒步僅十分鐘的便利地點，輕鬆便能抵達 Marley 及 Barett。

參考號碼：57738
請撥免付費電話：0800-482-6464
或寄電郵給麥克‧費蘭：
mpheelan@trenchtonproperties.com

• assortment *(n.)* 分類
• magnificent *(adj.)* 豪華的；華麗的
• interior *(n.)* 內部

To:	mpheelan@trenchtonproperties.com
From:	kdickson@quickmail.com
Subject:	Ref number 57738

Dear Mr. Pheelan,

I am e-mailing to ask about the possibility of viewing the property at the above reference number, as it seems to be just what I am looking for. I have a number of **enquiries** which I will raise with you when we meet, but for now I'd like to know what the monthly **rental fee** is. I'm also interested in what other companies operate from the same building.

I'd like to see the place either on the 27th or as soon as possible after that date.

Regards,

Kerry Dickson

收件者：mpheelan@trenchtonproperties.com
寄件者：kdickson@quickmail.com
主旨：參考號碼 57738

親愛的費蘭先生：

我今天寫電郵給您，是要詢問是否有可能去看看該參考編號的房產，因為該辦公空間似乎正好是我要找的。我有一些疑問在會面時會提出，但現在我想知道該辦公空間的月租費用為何。我同時也想知道還有哪些公司在同一棟大樓營運。

我想要在二十七號或是那天之後盡快去看此辦公空間。

謹致，

凱瑞・迪克森

- enquiry (n.) 詢問
- rental fee 租金

To:	kdickson@quickmail.com
From:	mpheelan@trenchtonproperties.com
Subject:	Re: Ref number 57738

Dear Kerry Dickson,

The space you are asking about has already been claimed. However there are two spaces in the same building matching the same description—just on different floors. Space A (5th floor) will have an invitation-only preview on the 26th, then open up for public viewing on the 28th. Space B (12th floor) will have an invitation-only preview on the 29th, then open up for public viewing on the 30th. I'd be delighted to extend you an invitation to either one of the previews. The space rents for $3000–$4000, depending on the floor.

Regards,

Mike Pheelan

收件者：kdickson@quickmail.com
寄件者：mpheelan@trenchtonproperties.com
主旨：回覆：參考號碼 57738

凱瑞・迪克森您好，

你所詢問的辦公空間已經出租了。然而在這同樣的大樓裡還有兩間相似的辦公空間——只是在不同的樓層。辦公空間 A（在五樓）在二十六號只給受邀請者預先參觀，二十八號後才會對外開放參觀。辦公空間 B（在十二樓）則是二十九號提供給受邀請者預先參觀，三十號才對外開放參觀。我很樂意提供你其中一間的預先參觀邀請。這些辦公空間租金為三千到四千美元，視樓層會有所不同。

謹致，

麥克・費蘭

45. What is the advertisement for?

(A) A home

(B) A restaurant

(C) A school

(D) An office

正解 **D**

本題詢問廣告的項目為何。解題關鍵在 A tidy workspace . . . is available for rent . . . ，表示整齊的辦公空間招租，故正確答案為 (D)。

46. How far way is the theater from the property for rent?

(A) 10 minutes from the train station

(B) A five-minute walk

(C) 15 minutes by car

(D) Next to the gallery

正解 **B**

本題為細節題，詢問劇院距離多遠。解題關鍵在廣告第一段末句 The famous Pallister Theater and McClair Gallery are both only five minutes away on foot.，顯示劇院與辦公室步行僅五分鐘，故正確答案為 (B)。

47. What is NOT mentioned about the rooms in the advertisement?

(A) They've been renovated.

(B) They are air conditioned.

(C) They still have some original features.

(D) They are very bright.

正解 **B**

本題為除外題，廣告中僅提到辦公空間內部裝潢翻修、許多房間保留原始風貌，以及採光良好，並未提及空調，故正確答案為 (B)。

48. What can be assumed about Marley and Barett?

(A) They are the owners of the property.

(B) They are products sold at the nearby shops.

(C) They are applicants interested in the property.

(D) They are neighboring towns.

正解 **D**

此為推論題，解題關鍵在廣告第三段 Conveniently located just 10 minutes walk from the train station, with easy access to Marley and Barett.，表示從辦公室到火車站只要十分鐘，很容易就能前往 Marley 和 Barett，故可以推測上述兩個名稱應該是位於鄰近地區的城鎮，正確答案為 (D)。

49. Based on the e-mails, on which date will Kerry Dickson likely visit the property?

(A) 26th

(B) 27th

(C) 28th

(D) 29th

正解 **C**

本題為整合題，詢問根據這兩封電子郵件，凱瑞可能會想在哪一天看房產。由凱瑞寫的郵件中提到 I'd like to see the place either on the 27th or as soon as possible after that date. 而對照費蘭先生所回覆郵件中提到的時間，在二十七號之後最快就是二十八號辦公空間 A 對外開放參觀，故正確答案為 (C)。

Part 7 閱讀測驗

Part 7 Reading Comprehension

Questions 50-54 *refer to the following advertisement, online ticketing website, and e-mail.*

Serendipity Travel Agency is much more than a website to book airline tickets. Our agency handles your vacation experience from start to finish. Once you decide where you would like to travel to, simply select the days/times that work for you to travel and we will book the tickets for you. After this has been completed, one of our service representatives will contact you via e-mail to discuss possible ideas for your vacation.

Would you like to relax on a beach and enjoy the stars, or are you possibly more interested in getting out and **trekking** through a new part of the world? Our service representatives are standing by ready to help **tailor** a personalized vacation experience unlike any other.

Welcome to Serendipity Travel Agency. Your journey starts here.

(Please note that because we are not an airline company, no alterations can be made.)

驚奇旅行社不只是一個訂購機票的網站。我們旅行社處理您從出發到結束的度假體驗。一旦您決定要去哪裡旅行，只要點選你要去旅行的日期／時間，我們就會幫您訂票。完成之後，我們的服務代辦人員將會發電子郵件和您溝通您度假的預想計畫。

您想要在沙灘上放鬆看星星，或是您比較喜歡出門徒步探索新的世界？我們的服務代辦人員已準備好要幫您打造專屬的個人度假體驗。

歡迎來到驚奇旅行社。您的旅程從這裡開始。

（請注意因為我們並非航空公司，因此不能變更訂票。）

- serendipity *(n.)* 發現驚奇事物的好運
- tailor *(v.)* 量身訂做

Airline	Flight Details	Duration	Price
Airflow Airlines	**Taipei → Tokyo** Dec. 15th 8:00 a.m.	3h20m	$200.00
Airflow Airlines	**Tokyo → Buenos Aires** Jan. 7th 11:55 p.m.	26h10m	$1,355.00
Western United Air/ Kesey Airlines	**Buenos Aires → Hong Kong** Jan. 31st 12:00 a.m.	27h05m	$1,000.00
	***Hong Kong → Taipei** Feb. 2nd 3:00 p.m.	18h07m	$400.00
Important: Asterisk * indicates a layover			Total: $2,955.00
BOOK THIS PRICE WITH SERENDIPITY NOW!			

航空公司	航班資訊	飛行時間	價格
艾爾芙琉航空公司	台北到東京 十二月十五日早上八點	三小時二十分	200.00 美元
艾爾芙琉航空公司	東京到布宜諾斯艾利斯 一月七日晚上十一點五十五分	二十六小時十分	1,355.00 美元
西方聯合航空／肯西航空	布宜諾斯艾利斯到香港 一月三十一日凌晨十二點	二十七小時五分	1,000.00 美元
	* 香港到台北 二月二日下午三點	十八小時七分	400.00 美元
注意事項：加上星號 * 代表中途短暫的停留			總計：2,955.00 美元
現在就洽驚奇旅行社以此售價訂購！			

Part 7 Reading Comprehension

From:	Kamil Ahearn <kamil.acorn@thebasis.com>
To:	Serendipity Travel Agency <support@serendipityta.com>
Date:	June 17
Subject:	Change in Plans

Greetings,

I just booked a flight through your company a few minutes ago and I believe I made a bit of a mistake. I booked a return flight home to Taipei that has a connection from Hong Kong to Tokyo and the entire travel time is over forty-five hours! I don't have time for this and would really like to change flight routes if possible. I still want to keep the rest of my itinerary the same; it is only the return flights that I wish to change. If it makes things easier, I would be happy to return home on any day within a week of my original booking date.

Thanks so much and I hope to hear from you soon.

Kamil

寄件者：卡密爾·艾爾
　　　　<kamil.acorn@thebasis.com>
收件者：驚奇旅行社
　　　　<support@serendipityta.com>
時間：六月十七日
主旨：變更計畫

您好，

我幾分鐘前透過你們公司訂購機票，我想我犯了個小錯誤。我訂了需要經過香港到東京轉機回台北的機票，整個航程需花費超過四十五個小時！我沒有時間這樣搭機，若可以的話想要更換航班路線。我仍然想要保留其他的路線不變；我只想變更回程的班次。如果這樣可以讓事情簡單點，我很樂意在我原先訂票日期的那週任何一天回程。

非常感謝並希望能盡快得到您的回覆。

卡密爾

---

50. In the advertisement, the word "trekking" in paragraph 2, line 2, is closest in meaning to
(A) skiing
(B) diving
(C) hiking
(D) dancing

正解 **C**

本題考同義字，根據上下文意 . . . or are you possibly more interested in getting out and trekking through a new part of the world?，這裡的 trek 意指「跋涉；長距離步行」，表示要徒步探索世界之意，故選項當中意思相近的字為 (C)「健行」。

51. When is Mr. Ahearn willing to fly to Taipei?
    (A) In mid-December only
    (B) In early or late January
    (C) In late January or early February
    (D) In early February only

正解 **C**

本題為細節題，詢問艾爾先生願意在哪個時間飛回台北。解題關鍵在他寄出的電子郵件上寫著 I would be happy to return home on any day within a week of my original booking date.「我很樂意在我原先訂票日期的那週任何一天回程。」及訂票明細中顯示艾爾先生原先從布宜諾斯艾利斯出發的回程時間為一月三十一日，因此在那前後幾天艾爾先生都可以接受，故正確答案為 (C)「一月底或二月初」。

---

52. What is most likely true about the original itinerary from Hong Kong to Taipei?
    (A) It is going to be delayed.
    (B) It requires flying on two planes.
    (C) It will be cancelled by the airline.
    (D) It is fully booked.

正解 **B**

本題問關於原先從香港到台北的行程何者最可能為真。解題關鍵在電子郵件上寫著 I booked a return flight home to Taipei that has a connection from Hong Kong to Tokyo . . .「我訂了需要經過香港到東京轉機回台北的機票⋯⋯」得知此路線會先從香港到東京後，再轉機從東京飛回台北，因此需搭兩班的飛機，故正確答案為 (B)。

---

53. What does Mr. Ahearn request from the travel agency?
    (A) He would like to change his return itinerary.
    (B) He would like to cancel his travel plans.
    (C) He would like to change the date that he leaves for vacation.
    (D) He would like a discount on his return tickets.

正解 **A**

本題詢問艾爾先生向旅行社提出何種要求。在電子郵件中艾爾寫到 . . . and would really like to change flight routes if possible.「⋯⋯若可以的話想要更換航班路線。」以及 . . . it is only the return flights that I wish to change.「我只想變更回程的班次。」得知正確答案為 (A)。

---

54. How much money should we expect Mr. Ahearn to pay in total to the travel agency to get the flights that he wants?
    (A) Exactly $400
    (B) Exactly $1,355
    (C) Exactly $2,995
    (D) Over $2,995

正解 **D**

本題為整合題，詢問艾爾先生若要訂到他想要的機票，預估應會付多少錢給旅行社。根據旅行社的廣告中最後一句附註 Please note that because we are not an airline company, no alterations can be made「請注意因為我們並非航空公司，因此不能變更訂票」得知艾爾先生原先錯誤的訂票並不能更換或退費，而他現在請旅行社重新訂購回程機票的費用須額外支付，因此推測費用會超出原先的 2,955 美元，故正確答案為 (D)。

Part **7** 閱讀測驗

NEW TOEIC MODEL TEST
多益全真模擬試題

P. 162~179 **Listening Test** 🎧 Track 99

Part 1 Photographs

1

(A) The tourists are on board an airplane.
(B) The couple is checking in at a hotel.
(C) The man and woman are at work.
(D) Two tourists are looking for their hotel.

(A) 觀光客們在登機。
(B) 這對夫妻在飯店辦理入住手續。
(C) 男子與女子在工作。
(D) 二位觀光客在找尋他們的飯店。

正解 **B**

本圖須觀察照片人物所在環境與相關行為。圖中兩人正在櫃台與女子接洽，可看出是在旅館辦理登記入住，故正確答案為 (B)。

• check in（在旅館、機場）辦理登記
(A) on board 搭乘（飛機、船等）交通工具。
(C) at work 處在工作崗位上。
(D) look for 尋找；找尋。圖中兩人已在旅館櫃台，並非在尋找旅館。

2

(A) The man and woman are traveling by car.
(B) The couple is waiting for a flight.
(C) The man is driving on a highway.
(D) The man and woman are riding a scooter.

(A) 男子與女子在搭車旅行。
(B) 這對情侶正在等候搭機。
(C) 男子在高速公路上開車。
(D) 男子和女子正騎著一部摩托車。

正解 **D**

本題關鍵在於判斷圖中主角行為。由照片可知兩人是在騎摩托車，因此答案為 (D)「男子和女子正騎著一部摩托車。」

• scooter (n.) 速可達；（輕型）摩托車
(A) travel (v.) 旅遊；移動。
(B) flight (n.) 航班；班機。
(C) highway (n.) 高速公路。照片人物並非在高速公路上，而是在巷弄間。

3

(A) The man and woman are shopping for clothes.
(B) The man and woman are picking up their groceries.
(C) Two people are looking for their car.
(D) Two businesspeople are meeting.

(A) 男子與女子在選購衣物。
(B) 男子與女子在挑選他們的食品雜貨。
(C) 兩人在找尋他們的車子。
(D) 兩位商務人士在會面。

正解 **A**

本圖須觀察照片人物所在環境與相關行為。圖中很明顯是消費者在百貨商場逛街購物，故答案為 (A)。
(B) groceries *(n.)* 食品雜貨（常用複數形）。圖中兩人並非在選購食品雜貨。
(C) 圖中兩人並非在找車。
(D) meet *(v.)* 遇見；會面。圖中兩人並非商務人士在進行正式會面。

4

(A) Everyone in the room is sitting in a chair.
(B) One of the women is receiving an award.
(C) The women are explaining a PowerPoint slide.
(D) The women are taking a lunch break.

(A) 在房間裡的每一個人都坐在椅子上。
(B) 當中一位女子在接受獎項。
(C) 女子在說明一張簡報檔案。
(D) 女子正在午休。

正解 **B**

本圖須觀察照片所在環境與相關行為。圖中顯示為工作場合，女職員正在接受表揚，故答案為 (B)「當中一位女子正在接受獎項。」
- award *(n.)* 獎項
(A) 照片當中有人站著，並非通通都坐著。
(C) slide *(n.)* 投影片。照片當中女子並非在做簡報。
(D) break *(n.)* 暫停；休息時間。

5

(A) **The menu has been written on the blackboard.**
(B) The woman is following the man to a table.
(C) The man and woman are being served their meals.
(D) The restaurant is completely empty.

(A) 菜單寫在黑板上。
(B) 女子跟著男子前往她的餐桌。
(C) 有人在上餐點給男子和女子。
(D) 餐廳是完全淨空的。

正解 A

本題須觀察照片場景與人物相關行為。圖中場景顯示為一家餐廳，後方背景為菜單寫在黑板上，故答案為 (A)。

- blackboard *(n.)* 黑板
(B) follow *(v.)* 跟隨。女子正在結帳台前，並非跟在男子後方入座。
(C) serve *(v.)* 上菜；供應。圖中並無服務生為兩人上菜。此句以現在進行式的被動語態表某事物正在進行的狀態。
(D) empty *(adj.)* 空的；沒人的。圖中餐廳並非空無一人。

6

(A) **The receptionist isn't at his desk.**
(B) There are many people waiting in the office.
(C) Several desks have been placed in a row.
(D) The door to the office is open.

(A) 接待員並不在櫃台。
(B) 有許多人在辦公室裡等待。
(C) 有幾張書桌被擺放成一排。
(D) 通往辦公室的門是開著的。

正解 A

本題須觀察圖片中場景作答。照片顯示為公司接待處或辦公室入口處，而且照片裡空無一人，故答案為 (A)。

- receptionist *(n.)* 接待員
(B) 照片裡並沒有人在辦公室裡等待。
(C) row *(n.)* 排；列。照片中並沒有辦公桌排成一列。
(D) open *(adj.)* 開著的；營業的。照片中門為緊閉，並非開啟狀態。

Part 2 ▶ Question and Response

7

Will you go to a New Year's Party next week?
(A) Yes, it was a lot of fun.
(B) Sure, I'll help you with it.
(C) No, I won't have time.

你下星期會去參加新年派對嗎？
(A) 對呀，它真的很好玩。
(B) 當然，我會提供協助。
(C) 不會，我沒有時間。

正解 C

本題 will you . . . 開頭乃在詢問對方於未來某時是否會去做某事，回答可能使用 yes/no 回覆，或者不能確定。故 (C)「不，我沒有時間。」是正確答案。
(A) 回答用過去式，時態與問句的未來式不一致。
(B) 雖然使用肯定回答，但後面回答「我會提供協助」與題目語意不合，答非所問。

8

Where do you want to eat lunch?
(A) No, I don't like greasy food.
(B) Let's go to a noodle shop.
(C) OK, I'm ready now.

你午餐想去哪裡吃？
(A) 不，我不喜歡油膩的食物。
(B) 我們去麵店吃吧。
(C) 好了，我已經準備好了。

正解 B

Where . . . 開頭問句乃在詢問「哪裡」，回答應包含地點，故 (B)「我們去麵店吃吧。」為正確答案。
• noodle (n.) 麵條
(A) greasy (adj.) 油膩的。where 開頭問句不會用 yes/no 回答。
(C)「我已經準備好了。」答非所問。

9

How did you get here this morning?
(A) Sure, I'll call a taxi.
(B) I came by train.
(C) No, it's tomorrow.

你今天上午怎麼來這裡的？
(A) 當然，我會叫計程車。
(B) 我搭火車來的。
(C) 不是，那是明天。

正解 B

How . . . 開頭問句詢問「如何」，回答應包括方式或途徑，同時時態為過去式，詢問「今天早上你是如何抵達此處的？」，故正確答案為 (B)「我搭火車來的」。
(A) 回答為未來式，與問句的過去式時態不符。
(C) 回應「明天」答非所問。

10

Which of those cars in the parking lot is yours?
(A) I'd like three to go, please.
(B) They're both red, so I can't decide which one I want.
(C) The blue one over there by the wall.

停車場裡的哪一台車子是你的？
(A) 我要三份外帶。
(B) 它們兩個都是紅色的，所以我無法決定要哪一個。
(C) 那邊靠牆的藍色那台。

正解 C

問句 Which . . . is yours? 乃在詢問「哪一個……是你的？」，回答當中應包含明確的描述特徵或特質，足供辨別。故 (C)「那邊靠牆的藍色那台」為正確答案。
(A) to go 外帶。回答說要「三份外帶」，為餐廳中可能聽見的對話，在此答非所問。
(B) 回應「我無法決定要哪一個」，與問題不符，只是重複 which 企圖混淆考生。

11

When did you come back?
(A) I hurt my back.
(B) Tomorrow afternoon.
(C) Yesterday morning.

你何時回來的？
(A) 我的背受傷了。
(B) 明天下午。
(C) 昨天上午。

正解 C

When . . . 開頭問句乃在詢問「何時」，回答應包含時間、日期或星期幾等，同時問句使用過去式，故 (C)「昨天早上」為正確答案。
(A) hurt (v.) 傷害。「我的背受傷了。」答非所問，只是重複 back 企圖混淆考生。
(B) 回答為時間，但 tomorrow 是未來式，與題目時態不符合。

12

How much is the gray sweater?
(A) Yeah, I like the white one better, too.
(B) It's $55 plus tax.
(C) No, it's not on sale.

那件灰色的毛衣多少錢？
(A) 對呀，我也比較喜歡那件白色的。
(B) 它要五十五元再加稅。
(C) 沒有，它並沒有做優惠。

正解 B

How much . . . 問句乃在詢問價格，故 (B)「它要五十五元再加稅。」為正確答案。
• tax (n.) 稅
(A) how much 問句用「是啊，我也喜歡……」回應，回答喜好與價格無關。
(C) on sale (phr.) 折扣促銷。how much 問句不會用 yes/no 回應，答非所問。

13

Who are you talking to?
(A) My sister. I need her help with something.
(B) She wants you to pick up some apples.
(C) I'll be there as soon as I finish this test.

你在跟誰說話？
(A) 我的姐妹。我有事需要她幫忙。
(B) 她想要你順道購買一些蘋果。
(C) 我考完試之後就盡快過去那裡。

正解 A

Who . . . 開頭問句詢問「誰」，回答應有名字、稱謂、職級等指稱人的回答。故 (A)「我的姐妹」為正確答案。

(B) 回答中的 she 並無指出對象為何，且回答「順道買一些蘋果」答非所問。

(C) as soon as 一……就……。回應答非所問。

14

That is a nice park to take a walk in.
(A) I agree. It's full of trees and birds, and there's a pond, too.
(B) Sorry, I have no idea where the exit is.
(C) Thanks for asking. I start my new job downtown on Monday.

那真是個適合散步的公園。
(A) 我同意。那裡充滿樹木和鳥兒，還有一個池塘。
(B) 抱歉，我不知道出口在哪裡。
(C) 感謝你的問候。我星期一會在市中心開始我的新工作。

正解 A

本題為直述句，通常為尋求對方的附和、肯定或意見。故 (A)「那裡充滿樹木和鳥兒，還有一個池塘」符合講者 nice park「美好公園」的敘述，為正確答案。

(B) exit (n.) 出口。回應「不知道出口在哪裡」答非所問。

(C) downtown (adv.) 在市中心。本句關鍵字 new job「新工作」與講者所提之 nice park 無關，答非所問。

15

What is Jim doing these days?
(A) He can meet you on Friday at 4 o'clock.
(B) He's working at a bank now. He loves it.
(C) I have to get going. I'll call you next week.

吉姆最近在做些什麼？
(A) 他星期五下午四點可以跟你碰面。
(B) 他現在在一家銀行工作。他很喜歡。
(C) 我必須要走了。我下星期打給你。

正解 B

本題詢問某人最近這段時間（these days）在做什麼，故 (B)「在銀行工作」為正確答案。

(A) 回應可碰面的時間與問句當中「在做什麼」無關，答非所問。

(C) 本句 get going 為口語當中「要走、要出發」之意，答非所問。

16

You just got back from Tokyo, didn't you?
(A) Yes, I'd be happy to do that for you.
(B) Yes, I got in late last night.
(C) No, I can't meet until tomorrow.

你才剛從東京回來，不是嗎？
(A) 是的，我很高興替你代勞。
(B) 是的，我昨晚很晚才回來。
(C) 不行，我直到明天才能與你碰面。

正解 B

本題為附加問句題型，通常是在尋求對方的附和、肯定或確認。選項 (B)「是的，我昨晚很晚才回來。」為適當回應。

(A) 雖用 yes 開頭，但後半句「很高興替你代勞」與問句「從東京回來」無關，答非所問。

(C) 以 no 開頭，但後半句「直到明天才能碰面」與問句無關，答非所問。

17

Whose bike is the blue one?
(A) I think it's Michael's, but I'm not positive.
(B) Yes, it fell off, and I must get it fixed.
(C) You should hurry. There are only four left.

那輛藍色的腳踏車是誰的？
(A) 我想是麥可的，但是我不確定。
(B) 對，它摔壞了，我必須要去修理它。
(C) 你要趕快。那裡只剩下四輛。

正解 A

Whose「誰的」開頭的問句詢問物品的所有權，回答應包含名字、稱謂等足供辨別屬於何人所有的字眼，或回答「不清楚；不確定」，故 (A) 選項包含所有格 Michael's「麥可的」為正確答案。

• positive (adj.) 確定的；確實的

(B) whose 問句不以 yes/no 回答。

(C) left（leave 的過去分詞）遺留；剩下。回應「你要趕快；只剩四輛」與題目問「誰的」無關。

18

Can you tell me what he wants?
(A) That will cost $35 per day.
(B) Yes, he'll be here at noon.
(C) He wants a pencil sharpener.

你能告訴我他想要什麼嗎？
(A) 那個每天要三十五元。
(B) 是的，他中午將抵達。
(C) 他想要一個削鉛筆機。

正解 C

本句為間接問句，句意重點為後半部「他想要什麼？」，故選項 (C)「他想要一個削鉛筆機。」為正確答案。

• sharpener (n.) 磨削工具

(A) cost (v.) 要價。回答費用與問句不相關。

(B) 回應抵達的時間與問句無關。

19

They just got back from the hospital, didn't they?
(A) No, they went by ambulance.
(B) Yes, a taxi dropped them off.
(C) Sure, I'll take you to a clinic.

他們才剛從醫院回來是嗎？
(A) 不是，他們是搭救護車去的。
(B) 對，一部計程車載他們回來的。
(C) 當然，我會帶你去診所。

正解 B

本題為附加問句題型，一般是尋求對方的附和或確認。故選項 (B)「對，一部計程車載他們回來的。」為正確答案。

• drop off 讓……下車
(A) ambulance (n.) 救護車。以 no 開頭，但後半句「他們是搭救護車去的」與原句詢問「是否剛從醫院回來」答非所問。
(C) clinic (n.) 診所。雖用 sure 開頭，但後半句「我會帶你去診所」與問句答非所問，時態亦不符。

20

Will you buy a ticket for first class?
(A) Maybe. I have to check the price.
(B) No, I'll leave tomorrow instead.
(C) No, I don't care for them.

你會購買頭等艙的票嗎？
(A) 或許吧，我得先查價錢。
(B) 不，我將於明天離開。
(C) 不，我不喜歡他們。

正解 A

本題 will you . . . 開頭乃在詢問對方於未來某時是否會去做某事，回答可能使用 yes/no 回覆，或者不能確定。題目問「你會購買頭等艙的票嗎？」，故 (A)「或許吧，我得先查價錢」為適當回應。

• first class 頭等艙
(B) 雖然用 no 回答，但後半句「我將於明天離開」與問題語意不合，答非所問。
(C) 關鍵字句 care for「喜歡；照料」與購買機票無關，答非所問。

21

Where have you been for the last four hours?
(A) I had a sandwich already, so I'm really full.
(B) I had to see the doctor because I broke my toe.
(C) I'll go in a minute after I finish my dessert.

你前面這四個小時到哪裡去了？
(A) 我已經吃了一個三明治，所以我很飽。
(B) 我必須去看醫生，因為我的腳趾頭斷了。
(C) 我吃完甜點之後馬上就要走了。

正解 B

Where . . . 開頭問句詢問地點，故 (B)「去看醫生」符合文意，為正確答案。

• toe (n.) 腳趾頭
(A) full (adj.) 充滿、吃飽的。回答「已吃三明治吃飽了」與題目語意不符，答非所問。
(C) dessert (n.) 甜點。回答使用未來式，與題目現在完成式的時態不符。

161

22

Have you seen my keys anywhere?
(A) Sorry, I don't have a key.
(B) New locks cost $100.
(C) No, I haven't seen them recently.

你有看到我的鑰匙嗎？
(A) 抱歉，我沒有鑰匙。
(B) 新的鎖要價一百元。
(C) 沒有，我最近都沒看到。

正解 **C**

本題用現在完成式，表示近期到目前為止的行為或狀態。題目問「你有看到我的鑰匙嗎？」，故 (C)「沒有，我最近都沒看到。」為正確回應。
(A) 回應「我沒有鑰匙」與題目問「是否有看到」答非所問，僅重複 key 一字混淆考生。
(B) 回答價格與題目答非所問。

23

Why did you throw this bag away?
(A) Yes, I can't believe it.
(B) It's old and ugly.
(C) Let's eat soon.

你為何要把這個袋子丟掉？
(A) 是的，我不敢相信。
(B) 它又舊又醜。
(C) 我們快點開動吧。

正解 **B**

Why . . . 開頭的問句詢問某件事情的原因，題目問為何「丟掉包包」，適當的回應為 (B)「又舊又醜」。
• throw away 丟棄
(A) why 開頭問句不會以 yes/no 回答。
(C) 關鍵字 eat「食用」與包包無關。

24

Are you going to rent a new apartment?
(A) Yes, I'm buying a new house in September.
(B) Yes, I will start looking at places soon.
(C) No, I'll be finished in September.

你打算要租新的公寓嗎？
(A) 對，我九月會買一個新房子。
(B) 對，我即將開始找地方了。
(C) 不，我九月就會結束。

正解 **B**

這裡詢問「是否要租新公寓」，故選項 (B)「對，我即將開始找地方了。」為適當的回應。
(A) 雖為 yes 開頭，但後半句 buy「購買」與題目 rent 不符。
(C) 雖為 no 開頭，但後半句「九月就會結束」與租房子無關。

25

Your flight was just delayed, wasn't it?
(A) Yes, the train will leave on time.
(B) Yes, it was. Now I have to wait around.
(C) Yes, I've flown here twice before.

你的班機剛延誤了，不是嗎？
(A) 是的，火車將會準時發車。
(B) 是的，它延誤了。我現在只能等待。
(C) 是的，我之前曾搭乘班機來此兩次。

正解 B

本題為附加問句題型，問題關鍵字句為「飛機延誤」，故選項 (B)「是的，它延誤了。我現在只能等待。」為正確答案。

• delay (v.) 耽擱；延遲
(A) 雖為 yes 開頭，但後半句 train「火車」與題目中 flight「班機」不符，且題目問是否延誤卻回應會準時離開，句意與時態皆不符。
(C) flown（fly 的過去分詞）飛行；搭乘。雖為 yes 開頭，但後半句 flown here twice「曾搭乘班機來此兩次」與班機誤點無關，答非所問。

26

Did you hear which number was called?
(A) Yes, at two o'clock p.m.
(B) No, I didn't. Sorry.
(C) Yes, I had a lovely time.

你有聽到剛才是叫到哪個號碼嗎？
(A) 是的，是下午二點鐘。
(B) 沒有，我沒聽到。抱歉。
(C) 是的，我度過了一個美好時光。

正解 B

本句為間接問句，句意重點為後半部「叫到哪個號碼？」，回答可能為提供答案，或表示不知道，故選項 (B)「沒有，我沒聽到。抱歉。」為正確答案。
(A) 句中雖有數字 two，但上下文意思為「兩點鐘」，並非叫號的數字。
(C) 雖回答 yes，但後半句並未提供確切數字做為答案，反倒回答「我度過了一個美好時光」，答非所問。

27

Would you like to pick up the car in the morning or afternoon?
(A) Thank you. That's very nice of you.
(B) Yes, I was late. Sorry about that.
(C) Late afternoon works best for me.

您想要上午或下午來取車呢？
(A) 謝謝你。你人真好。
(B) 是的，我遲到了。真不好意思。
(C) 傍晚對我來說最方便。

正解 C

本題有關鍵字 or，可知為「選擇疑問句」的題型，答案可能為二選一、兩者皆選或皆不選。(C) 回答「傍晚對我來說最方便。」符合題意故為正確答案。

• pick up (v.) 提取
(A) 與題意不符。
(B) 向對方道歉但並無做出選擇，且「遲到」與題意無關。

28

Do you want to get some coffee before work?
(A) Yes, thank you. I need four copies.
(B) No, thanks. I don't have time.
(C) I can show you. It's over there.

你想在上班前來一點咖啡嗎？
(A) 好，謝謝你。我需要四份文件。
(B) 不了，謝謝。我沒時間了。
(C) 我可以秀給你看。就在那一邊。

正解 B

本題為一般是非問句，詢問對方意願、意向或狀態，對方可能接受或拒絕，故 (B)「不了，謝謝。我沒時間了。」符合題意，為正確答案。

(A) 雖以 yes 開頭，但後半句提到 copies「拷貝；備份」與題意不符。

(C) 回應並未表示接受或拒絕，且其中提到「我可以秀給你看」與題意不符。

29

Don't you need to eat soon?
(A) Yes, I got it yesterday.
(B) No, none for me.
(C) Yes, I'm really hungry.

你不是應該要盡快吃東西嗎？
(A) 是的，我昨天拿到了。
(B) 不用，我一個都不要。
(C) 是啊，我真的好餓。

正解 C

本題為否定疑問句，代表說話者尋求對方的附和或回應。題目問「你不是應該要盡快吃東西嗎？」的合理回應為 (C)「是啊，我真的好餓。」

(A) 關鍵字詞「拿到了」與問題當中吃東西無關，答非所問，且時態不符。

(B)「不用，我一個都不要」亦答非所問。

30

The weather is so nice today.
(A) Isn't it? Let's take a walk.
(B) Isn't he? I think he's so cute.
(C) Isn't it? I thought it was far.

今天的天氣真的好棒。
(A) 可不是嗎？我們去散步吧。
(B) 他不是嗎？我覺得他好可愛。
(C) 可不是嗎？我以為很遠。

正解 A

本題為直述句，在此乃陳述天氣很好的狀態，故選項 (A)「可不是嗎？我們去散步吧。」為適當回應。

(B) 回應的敘述為「他」，與天氣無關。

(C) 原文中 far 為「遠」的意思，距離遠近與題目所陳述的天氣無關。

31

Do you prefer comedies or dramas?
(A) I like comedies.
(B) Anytime is fine with me.
(C) You should be at the theater by 7 o'clock.

你喜歡喜劇片或是劇情片？
(A) 我喜歡喜劇片。
(B) 任何時候均可。
(C) 你應該在七點前抵達戲院。

正解 A

本題關鍵字為 or「或者」，代表兩個之中可能會選擇一個，或兩者都選，或都不選。因此選項 (A)「我喜歡喜劇片。」為正確答案。

(B)「任何時候均可。」並未回答喜好的電影類型。

(C)「你應該在七點前抵達電影院。」亦未就喜歡的電影類型做出選擇。

Part 3 Short Conversations

Questions 32-34 *refer to the following conversation.*

W: Hello. I'd like to **make a reservation** for Friday night at eight o'clock for four people.

M: Let me take a look in the computer. Sorry, ma'am. We're full at that time. But we do have tables available at seven o'clock or nine o'clock p.m.

W: Nine o'clock is too late for us to eat dinner. I'll take the seven o'clock time and tell my friends about the change.

M: Absolutely. Let me get your last name.

• make a reservation 預約

女：你好。我想預約星期五晚上八點，共四位。

男：讓我看一下電腦。很抱歉，女士。那段時間我們都客滿了。但是我們在晚上七點或九點有位子。

女：九點鐘吃晚餐對我們來說太晚了。我就預約七點鐘的時段並告知我朋友時間有更動。

男：當然。請容我登記您的姓氏。

32

What most likely is the man's occupation?

(A) He is a food reviewer.

(B) He is a host at a restaurant.

(C) He is the woman's personal assistant.

(D) He is computer repairman.

正解 B

本題為推論題，由對話當中推測男子的職業。由對話關鍵字 reservation「預約訂位」、We're full . . .「我們客滿了」可以推測男子在餐廳工作，故正確答案為 (B)。

• host (n.)（餐廳）領台

(A) reviewer (n.) 評論家。

(C) personal assistant 個人助理。

33

Which options does the man offer the woman?

(A) She can dine at seven or nine o'clock.

(B) She can cancel or keep her nine o'clock booking.

(C) She can make a reservation for Friday or Saturday.

(D) She can have a table by the door or window.

正解 A

本題意思為「男子提供給女子什麼選項？」。對話當中得知 . . . we do have tables available at seven o'clock or nine o'clock p.m.「我們七點鐘或九點鐘有位子。」，可以得知男子提供給女子兩個用餐時段做選擇，故答案為 (A)。

• dine (v.) 用餐

(B) booking (n.) 預訂。

34

What does the woman plan to do?

(A) She'll tell her friends they'll have lunch instead.

(B) She'll tell her friends dinner is canceled.

(C) She'll go to dinner at seven o'clock on Friday.

(D) She'll go to dinner at nine o'clock on Friday.

正解 C

本題詢問「女子計畫採取什麼行動？」，由對話當中 I'll take the seven o'clock time and tell my friends about the change.「我就預約七點鐘的時段並告知我朋友時間有更動。」可以得知正確答案為 (C)。

Questions 35-37 *refer to the following conversation.*

M: Hi, Jill. Can I help you with that? It looks pretty heavy.

W: Sure, Peter. Thank you. It's full of my client's receipts for last year.

M: This whole thing? What a **mess**! He's not very **organized**, is he?

W: No, he's not. I'm worried I won't be able to **file** his **taxes** by the April **deadline**. He still has to get me copies of all his investments, too! There's only a week left before everything is **due**.

- mess *(n.)* 混亂；凌亂的狀態
- organized *(adj.)* 有組織的；有系統的
- file tax 報稅
- deadline *(n.)* 截止期限
- due *(adj.)* 到期的

男：嗨，吉兒。我能幫妳拿那個嗎？它看起來挺重的。

女：當然好，彼得。謝謝你。這裡頭裝滿我客戶去年一整年的收據。

男：這整箱東西？真是凌亂呀！他不是個很有條理的人，對吧？

女：不，他不是。我擔心恐怕無法在四月期限之前幫他報完稅。他還需要把他的投資資料給我！現在離所有事情的截止日期只剩下一個星期了。

35

Where does the woman most likely work?

(A) At an accountant's office

(B) At a high school

(C) At a marketing firm

(D) At a publisher's office

正解 A

本題為推論題，須由上下文當中推測女子的職業。由關鍵字 receipt「收據」、file his taxes「替他報稅」等可以推知，女子應該在會計師事務所工作，故答案為 (A)。

- accountant *(n.)* 會計師
- (C) marketing firm 行銷公司。
- (D) publisher *(n.)* 出版社。

36

What is the woman most likely carrying?

(A) A small envelope

(B) A bunch of posters

(C) A cup of coffee

(D) A big box

正解 D

本題為推論題，詢問女子可能拿著什麼物品。從對話當中男子表示 It looks pretty heavy.「看起來很重。」，而且 It's full of my client's receipts for last year.「這裡頭裝滿我客戶去年一整年的收據。」顯示應該為大型的容器，故合理選項為 (D)。

- (A) envelope *(n.)* 信封。
- (B) poster *(n.)* 海報。

37

What might the woman not be able to do?

(A) Finish making copies

(B) File her client's taxes on time

(C) Find the missing receipt

(D) Get her tax refund this year

正解 B

本題詢問女子可能「無法」做什麼。由對話當中 I'm worried I won't be able to file his taxes by the April deadline.「我擔心恐怕無法在四月期限之前幫他報完稅」，故正確答案為 (B)。

- (C) missing *(adj.)* 遺失的。
- (D) tax refund 退稅。

模擬測驗

Questions 38-40 *refer to the following conversation.*

M: I'm worried about Tim. He sent an e-mail to our boss instead of me. It was an **accident.**

W: So? What's the problem?

M: It was a joke meant for me. Now our boss thinks Tim is lazy and might fire him. I had asked Tim to send it to me after he had mentioned it was really funny. I feel **guilty.**

W: You shouldn't feel guilty. Tim knows he shouldn't send personal e-mails at work. If he gets fired, it's not your **fault.**

• accident *(n.)* 意外事件
• guilty *(adj.)* 內疚的
• fault *(n.)* 錯誤；(過失的) 責任

男：我很擔心提姆。他把一封要寄給我的電子郵件寄給了我們的老闆。那真的是個意外。

女：所以？有什麼問題嗎？

男：那原本是一個要給我的笑話。現在我們的上司覺得提姆很懶惰，而且可能會開除他。是提姆跟我說那個笑話很好笑之後，我請他寄給我的。我覺得很愧疚。

女：你不應該覺得愧疚。提姆知道他不應該在工作時寄私人郵件。如果他被開除了，那也不是你的錯。

38

What are the speakers mainly talking about?
(A) An upcoming staff meeting
(B) How to send e-mails at work
(C) How to find a new job
(D) Why Tim might be in trouble

正解 **D**

本題為主旨題，詢問說話者在討論什麼話題。從對話當中 I'm worried about Tim.「我很擔心提姆。」以及 Now our boss thinks Tim is lazy and might fire him.「現在我們的上司覺得提姆很懶惰，而且可能會開除他。」，可以得知正確答案為 (D)。

(A) upcoming *(adj.)* 即將到來的。

39

What does the woman say about the man's feelings?
(A) He should be more worried about being fired.
(B) He shouldn't feel responsible for what happened.
(C) He shouldn't be pleased that Tim is in trouble.
(D) He should act more upset when he talks to Tim.

正解 **B**

本題問「關於男子的感受，女子如何回應？」。由對話當中 You shouldn't feel guilty.「你不應該覺得愧疚。」以及 If he gets fired, it's not your fault.「如果他被開除了，那也不是你的錯。」可以得知女子認為男子不應為所發生的事情負責任，答案為 (B)。

(C) pleased *(adj.)* 愉悅；開心。
(D) upset *(adj.)* 生氣；不滿。

40

What does the woman imply about the company?
(A) Most people arrive late to work.
(B) The staff can't send personal e-mails at work.
(C) No one is allowed to eat at their desks.
(D) Their boss checks everyone's e-mail account daily.

正解 **B**

本題為推論題，詢問女子暗示該公司立場為何。由對話當中 Tim knows he shouldn't send personal e-mails at work.「提姆知道他不應該在工作時寄私人郵件。」可以推測這應該為公司規範，故正確答案為 (B)。

167

Questions 41-43 *refer to the following conversation.*

M: Hey, Jen. Would you like to go to the art museum with me? There's a new **exhibition** on modern painters that I really want to see. It's free.

W: Well, Sam. I don't like modern paintings very much. Is there anything else there I might be interested in?

M: Sure! There are lots of other things to enjoy at the museum. There are lots of other types of art, like **sculptures**, and there are **historical displays** you might enjoy seeing and learning about.

W: All right. Why not? Maybe I'll learn to appreciate something new.

男：嘿，珍。你想和我一起去美術館嗎？那裡有一個我很想去看的現代畫家的新展覽。是免費的。

女：嗯，山姆。我不是很喜歡現代畫作。那裡還有任何其他我可能有興趣的展覽嗎？

男：當然！美術館裡還有很多其他可以欣賞的東西。有許多其他種類的藝術，像是雕塑，還有你可能喜歡看和了解的歷史陳列品。

女：好吧。有何不可呢？也許我會學習欣賞新事物。

- exhibition (n.) 展覽；展示會
- sculpture (n.) 雕塑品；雕像
- historical (adj.) 有關歷史的
- display (n.) 陳列品；展覽品

41

What is the main point of the man and woman's discussion?

(A) Who should pay for museum tickets

(B) If he'll go to art school

(C) If she'll go with him to the art museum

(D) When they should leave the museum

正解 C

本題為主旨題。由男子所問 Would you like to go to the art museum with me? 到女子回答的 I don't like modern paintings very much. 可以得知他們在討論是否要去美術館，故正確選項為 (C)。

(A) 「誰要付門票費用」與對話中「展覽免費」互相衝突。

(B) 提到 art school「美術學校」，與美術館無關。

(D) 提及「何時離開展覽館」並非對話主旨。

42

How does the woman feel about modern art?

(A) She's not interested in it.

(B) She's a big fan of it.

(C) She has no opinion about it.

(D) She doesn't know what it is.

正解 A

本題詢問女子對現代藝術的看法。由女子回答的 I don't like modern paintings very much.「我不是很喜歡現代畫作。」可以得知她並不感興趣，正確答案為 (A)。

(B)「她是大粉絲」、(C)「她沒有意見」、(D)「她不知道那是什麼」均不符合文意。

43

How much will Jen pay to enter the museum?

(A) She will have to pay $5.

(B) If Sam buys a ticket, hers will be half price.

(C) She doesn't know how much she will have to pay yet.

(D) It doesn't cost anything to go.

正解 D

本題為細節題，how much 詢問「多少錢」，對話中男子提到 It's free.「是免費的。」，因此 (D)「不需花一毛錢就可以去。」為正確答案。

(B) half price 半價。

模擬測驗

Questions 44-46 *refer to the following conversation.*

M: Will you take a look at my hand? I cut it two days ago when I was preparing vegetables.

W: Oh, that looks bad! I think you should go to the doctor and let him take a look.

M: But I don't have **medical insurance**. I'm worried it will be really expensive.

W: Don't worry about that. Just go **right away**! Your health is more important than money. I'll lend you some money if you need it.

• medical insurance 醫療保險
• right away 馬上；立刻

男：你要不要看一下我的手？我兩天前在我預備菜的時候切到了。

女：哇，那看起來很糟！我想你需要去找醫生請他幫你看一下。

男：但是我沒有醫療保險。我擔心那會非常的貴。

女：不要擔心那個了。立刻去吧！你的健康比金錢來的重要。你若有需要的話，我可以借你一點錢。

44

Why does the man not want to go to the doctor?

(A) He doesn't have time.

(B) It might cost a lot of money.

(C) He can't leave work to go.

(D) He doesn't have the doctor's phone number.

正解 **B**

本題問「為什麼男子不想去看醫生？」。由對話當中 I don't have a medical insurance. 可知「沒有醫療保險」，因此看病可能要花不少錢，是他不想看醫生的主因，故答案為 (B)。

(A) 提及「沒時間」、(C) 提及「無法離開工作崗位」、(D) 提及「沒有醫生的電話」均與文意不符。

45

What does the woman suggest the man do?

(A) Go to medical school

(B) Call the doctor's office

(C) Wait a few more days

(D) Go to the doctor as soon as possible

正解 **D**

本題詢問女子建議男子採取什麼行動。由對話當中 Just go right away! 可知女子要他即刻就醫，故答案為 (D)。

• as soon as possible 盡快

(A) medical school 醫學院。

46

What can be inferred about the man?

(A) He is a good cook.

(B) He has medical insurance.

(C) He doesn't have much money.

(D) He goes to the doctor often.

正解 **C**

本題為推論題，表示從對話中可對男子做何推斷。從整篇對話中，男子表示自己沒有保險，猶豫要不要去看醫生，女子表示必要時可以借錢給對方，可以推知男子經濟狀況不是很理想，故答案為 (C)。

(A) cook *(n.)* 廚師。

169

Questions 47-49 *refer to the following conversation.*

W: Hi, I'd like to make an appointment to open up a new account. I'd prefer to come in the morning if possible.

M: Let me see when my manager is available. He handles all new accounts. Hmm . . . How about Thursday at 10 a.m.?

W: I work at 11, so it would be difficult to get to work on time if I had an appointment at that time.

M: OK, there's an **opening** at 9:30 a.m. on Friday morning. I'll reserve it for you.

• opening (n.) 空檔

女：嗨，我想要預約時段開設新帳戶。若可能的話我希望能在上午過來。

男：讓我看一下我的主管何時方便。他負責所有的新帳戶。嗯……星期四上午十點鐘如何？

女：我十一點要上班，所以若我預約那個時間可能沒辦法準時去上班。

男：好的，星期五上午九點半有空檔。我幫您預約。

47

What does the woman want to do?

(A) Go to a job interview at the bank

(B) Open a new bank account

(C) Get money from the bank

(D) Pay her credit card bill

正解 **B**

本題問「女子想要做什麼？」。從對話當中 I'd like to make an appointment to open up a new account.「我想要預約時段開設新帳戶。」可知正確答案為 (B)

(A) job interview 工作面試。

(D) bill (n.) 帳單。

48

When does the woman want to make the appointment?

(A) In the afternoon

(B) At lunchtime

(C) In the morning

(D) On the weekend

正解 **C**

本題用 when 開頭詢問女子想要預約什麼時間，從對話當中的 I'd prefer to come in the morning if possible.「若可能的話我希望能在上午過來。」可得知她偏好早上的時段，故答案為 (C)。

49

Why can't the woman come to the bank at ten?

(A) She needs to be at work by eleven.

(B) She has another appointment.

(C) Her car is not working.

(D) She doesn't know which train to take.

正解 **A**

本題為 why 開頭詢問為何女子十點鐘不能前往銀行。由對話當中 I work at 11, so it would be difficult to get to work on time . . . 可以得知正確答案為 (A)「她需要在十一點之前上班」。

(C) work (v.) 運轉；運作。

170

模擬測驗

Questions 50-52 *refer to the following conversation.*

W: I'd like to get my phone fixed. It's been broken for two weeks. I think it's still under **warranty**.

M: Let me see your **receipt** . . . Sorry, it looks like your warranty ended a month ago.

W: That's too bad. How much will it cost to repair it?

M: The repair charge is $25, but you'll also have to pay for any parts that need to be replaced. I'll call you with a total price within five days.

• warranty *(n.)* 保固；保證　　　• receipt *(n.)* 收據

女：我想要修理我的電話。它已經壞了兩星期了。我想它還在保固期。

男：讓我看一下您的收據……抱歉，看起來您的保固一個月前就到期了。

女：那真是太糟了。修理要花多少錢呢？

男：修理費用是二十五美元，但是您會需要額外負擔任何需要替換的零件。我會在五天內打電話告知您全部的金額。

50

What does the woman want to do?
(A) Pick up her phone
(B) Fix her friend's phone
(C) Buy a used phone
(D) **Have her phone fixed**

正解 **D**

本題詢問女子想要做什麼。由對話當中 I'd like to get my phone fixed.「我想要修理我的電話。」可以得知她的電話壞了需要修理，故答案為 (D)。

(A)「接電話」、(B)「修理朋友的電話」、(C)「買一支二手電話」雖都提到 phone，但皆為誘導選項，並非正解。

51

When did the phone's warranty end?
(A) There never was a warranty.
(B) It will never end.
(C) **It ended one month ago.**
(D) It will end in five days.

正解 **C**

本題為 when 開頭的細節題，詢問保固何時到期。對話當中 . . . it looks like your warranty ended a month ago.「看起來您的保固一個月前就到期了。」，可以得知正確答案為 (C)。

52

How much will the repair cost?
(A) $25 for each day it's worked on
(B) **$25, plus the cost of parts if needed**
(C) Nothing, because the phone can't be repaired
(D) Nothing, because it's under warranty

正解 **B**

本題為 how much 開頭的細節題，欲得知修理費用。由對話當中 The repair charge is $25, but you'll also have to pay for any parts that need to be replaced.「修理費用是二十五美元，但是您會需要額外負擔任何需要替換的零件。」，可以得知總費用是二十五美元外加零件費，故正確答案為 (B)。

171

Questions 53-55 *refer to the following conversation.*

W: Oh, hello, Jim. I haven't seen you in ages! How have you been?

M: Great. How about you? I haven't seen you since I **quit**.

W: I've been doing well. Everything at the office is almost the same. We still haven't hired anyone to replace you. We can't find anyone good enough.

M: That's a big **compliment**! Well, I'm still working in **purchasing**, but now I just handle **invoices**. I don't have to order **supplies** for three-hundred busy people anymore! Say, why don't we get coffee one of these days?

女：喔，哈囉，吉姆。我有好長一段時間沒有見你了！你過得如何？

男：很好。你過得如何？自從我離職後就沒見過你了。

女：我過得不錯。辦公室幾乎什麼都維持原狀。我們仍然還沒找到任何可以替代你的人。我們找不到任何夠優秀的人。

男：這真是個很大的讚美！嗯，我還是在採購領域工作，但是我現在只處理發票。我不需要再去幫三百位忙碌的人訂購物品。嗯，我們找一天出來喝咖啡吧！

- quit *(v.)*【口】辭職
- compliment *(n.)* 讚美的話；恭維
- purchasing *(n.)* 購買；採購
- invoice *(n.)* 發票；發貨單
- supply *(n.)* 補給品；用品

53

What is the man and woman's relationship?

(A) They used to be classmates.

(B) They used to work together.

(C) They are business partners.

(D) The man is the woman's boss.

正解 **B**

本題需由雙方對話推測他們的關係。由對話當中關鍵字詞 quit「辭職」、office「辦公室」及 haven't hired anyone to replace you「尚未找到代替人選」等，可以推測兩人曾經在同一個地方工作，故答案為 (B)。

(C) partner *(n.)* 合夥人、(D) boss *(n.)* 老闆；上司。上述兩個選項均過於引申，無法從對話當中推斷，因此選項 (B)「他們曾一起工作過」是比較理想的選項。

54

What line of work is the man in?

(A) He's in recruiting.

(B) He is retired.

(C) He's in purchasing.

(D) He doesn't have a job.

正解 **C**

本題問「男子從事什麼行業？」。由對話當中 I'm still working in purchasing.「我還是在採購領域工作。」，可以得知正確答案為 (C)。

(A) recruiting *(n.)* 招募培訓。

(B) retired *(adj.)* 退休的。

55

What does the man say they should do?

(A) Go to the office

(B) Order supplies

(C) Work together

(D) Meet and have coffee

正解 **D**

本題詢問男子說他們應該做什麼。從對話當中最後一句 Why don't we get coffee one of these days?「我們找一天出來喝咖啡吧！」可以得知男子希望兩人可以碰面聚聚，故答案為 (D)。

Questions 56-58 *refer to the following conversation with three speakers.*

W: All right, we got the results back from our first test audience. It seems like **Fahygo is a big hit**.

MA: Really? That's fantastic news. Based off of last quarter's forecast, I thought we were going to see a lack of interest.

MB: It's probably because the research and development department changed the formula and added more organic ingredients.

MA: Good point. I'm sure that had something to do with it.

W: I'm going to phone Mrs. Lima and tell her the good news.

MA: Do you mind putting the phone on conference mode?

MB: Good idea. I'd like to hear her response as well.

W: Sure, no problem. Let me find her number real quick.

女子：好了，我們從我們第一批測試群眾那得到回覆結果。看起來「菲果」會造成轟動。

男 A：真的嗎？這真是個超棒的消息。根據上一季的預測，我還以為人們會興趣缺缺。

男 B：這可能是因為研發部門更換了配方，並且加入更多有機的成份。

男 A：說得對。我確信就是跟那個有關。

女子：我要來打電話給麗瑪女士告訴她這個好消息。

男 A：你介意把電話轉為會議模式嗎？

男 B：那是個好主意。我也想聽到她的回應。

女子：當然，沒問題。讓我很快地找一下她的電話號碼。

56

What is the conversation mainly about?

(A) The results of an election

(B) Product test results

(C) A phone conference

(D) A disagreement between two workers

正解 B

本題為主旨題，詢問本篇對話的主題。由開頭女子說 . . . we got the results back from our first test audience.「……我們從我們第一批測試群眾那得到回覆結果。」以及後面提到 research and development department、formula 及 ingredients 等關鍵字，得知本篇對話主要是在討論產品的測試結果，故正確答案為 (B)。

(A)「選舉的結果」在對話中並未提及。

(C)「電話會議」是他們要告知麗瑪女士測試結果，並非對話主旨。

(D)「兩位工作者的意見分歧」在對話中並未出現。

57

Why does the woman say "Fahygo is a big hit"?

(A) She thinks Fahygo is going to hurt the company.

(B) She thinks Fahygo is going to hurt consumers.

(C) She thinks Fahygo is going to be popular with consumers.

(D) She thinks Fahygo is going to be too expensive.

正解 C

本題詢問女子為何會說 Fahygo is a big hit。hit 作名詞可指「成功而風行一時的事物」，big hit 在此是「造成轟動、熱潮」之意，由男子聽到後回覆 That's fantastic news.「這真是個超棒的消息。」可得知女子說 big hit 是指測試收到好的回覆，產品必定能大受歡迎，故答案選 (C)。其餘選項皆是對產品負面的評價，故不可選。

173

58

What type of product is Fahygo most likely?

(A) A food or beverage product
(B) An entertainment device
(C) A children's toy
(D) An exercise machine

正解 **A**

本題為推論題，詢問「菲果」最有可能是哪種類型的產品。由關鍵句 . . . research and development department changed the formula and added more organic ingredients.「研發部門更換了配方，並且加入更多有機的成份。」故可得知正確答案為 (A)「食物或是飲料的產品」。

Questions 59-61 *refer to the following conversation with three speakers.*

W: Sherrod, how many meetings do we have scheduled for today?

MA: It's a busy day for us, ma'am. We have six appointments.

MB: Well, at least after today we should have a space picked out. We need to get moving so that we are set up in time for the busy season.

MA: I agree. After today we should have enough options to make a decision.

W: Well, uh, I would like to agree with you, but I'm not going to commit to anything unless it makes sense.

MA: Absolutely. That is understandable.

W: OK. Should we get some breakfast before we start?

MB: Our first appointment is actually in Towson—we had better get moving.

W: OK. Well, **I need a coffee for sure.**

女子：施洛，我們今天預計有幾個會面？

男 A：女士，我們今天非常忙。我們有六個約定會面。

男 B：嗯，至少今天過後我們應該可以挑選出一個空間。我們需要快點開始如此一來才能及時安置好來因應旺季。

男 A：我同意。今天之後我們應該會有足夠的選擇讓我們能做出決定。

女子：嗯，我很想同意你的說法，不過除非我們有合理的選擇不然我也不會做任何決定。

男 A：當然。那可以理解。

女子：好。我們開始前要來吃一下早餐嗎？

男 B：事實上我們第一個會議是在陶森──我們最好快點出發。

女子：好。嗯，我確定需要來杯咖啡。

174

59

What time of day is the conversation?

(A) **Early morning**

(B) Midafternoon

(C) Early evening

(D) Late at night

正解 A

本題為細節題，詢問此對話的時間點，由對話中女子說 Should we get some breakfast before we start? 「我們開始前要來吃一下早餐嗎？」得知這篇對話是出現在一天的早上，故正確答案為 (A)。

60

What is most likely implied when the woman says "I need a coffee for sure"?

(A) She needs a coffee to decide.

(B) She needs a coffee to be confident.

(C) **She absolutely needs a coffee.**

(D) She wants a coffee if possible.

正解 C

本題為句意題。口語說法 for sure 意近 without a doubt、definitely，即是「無疑地；明確地」之意，因此女子說 I need a coffee for sure. 是表達她絕對需要咖啡，故正確答案為 (C)。

61

What type of appointments are the workers going to attend?

(A) Appointments with lawyers regarding a legal case

(B) **Appointments with realtors regarding an office space**

(C) Appointments with salespeople to discuss profits

(D) Appointments with investors regarding a loan

正解 B

本題為推論題，詢問對話中的人員是要去參加哪種會面。由男子 B 說的關鍵句 . . . after today we should have a space picked out. We need to get moving so that we are set up in time for the busy season. 得知對話者們正在尋找空間，故最有可能是要去跟房仲談論辦公室的使用空間，正確答案為 (B)。realtor 即指「房地產經紀人」。

(C) profit (n.) 利潤

(D) investor (n.) 投資者

Questions 62-64 *rrefer to the following conversation and receipt.*

W: Here you go. One ticket for the 7:30 showing of "Garden of Eden". And here's your receipt.

M: Thank you. Quick question. Does this purchase count towards my Frequent Movies Points Card?

W: Yes, it does. You've gotten 18 points for your ticket. And today you'll get double points on any soda, candy, or popcorn purchase.

M: Oh, that's great. Maybe I'll treat myself to something. I'm only 50 points away from a free ticket!

女：這個給您，一張七點三十分開演的「伊甸園」的票。這是您的收據。

男：謝謝妳。一個小問題，這次消費有加計在我的電影熟客集點卡中嗎？

女：有。您的票可以累積十八個點數，而且今天購買任何汽水、糖果或爆米花都將累積雙倍的積點。

男：哇，那真是太棒了。或許我該犒賞一下自己。我只差五十點就有一張免費票了。

```
                    RECEIPT
.................................................
Room B              Row M  Seat 10
General Admission  X 1        $9.25
Total Sale                   $9.25
points earned today             18
total points balance          1950
```

```
                    收據
.................................................
B 廳           M 排              10 號
一般票          X1             $9.25
總計                          $9.25
今日點數                          18
總累積點數                       1950
```

62

What does the man ask a question about?
(A) His gym membership card
(B) His rewards at a movie theater
(C) The location of the restrooms
(D) The time the movie starts

正解 **B**

本題詢問男子的問題是關於何事。由對話當中 Does this purchase count towards my Frequent Movies Points Card?「這次消費有加計在我的電影熟客集點卡中嗎？」可以得知他想知道看電影消費可以獲得什麼報酬，故正確答案為 (B)。

(A) gym membership card 健身房會員卡。

63

Look at the graphic. How many points are needed to earn a free ticket?
(A) 925
(B) 1000
(C) 1950
(D) 2000

正解 **D**

本題需對照圖表作答。詢問要獲得一張免費的票需要多少的點數。由對話中男子說 I'm only 50 points away from a free ticket!「我只差五十點就有一張免費票了」，對照收據上目前已有 1950 點數，故得知正確答案為 (D)。

64

正解 C

Where does this conversation take place?

(A) On a movie set

(B) At a musical performance

(C) At a movie theater

(D) At a café

本題詢問對話發生的場合。由關鍵字 movie「電影」、popcorn「爆米花」等可以推斷對話場合應在電影院，故答案為 (C)。

(A) movie set 電影場景。

(B) musical performance 音樂表演。

(D) café *(n.)* 咖啡廳。

Questions 65-67 *refer to the following conversation and doctor's chart.*

M: How do things look, Dr. Leary?

W: You appear to be in excellent condition. Your blood pressure is down to a more reasonable rate. Did you work hard to achieve this?

M: Yes, I did! I have been on a very strict diet since you brought the issue to my attention.

W: That's great to hear. Your diet seems to be working well for you—I would keep it up.

M: I certainly plan on it. I don't want my blood pressure jumping back to that horrible rate I had last quarter.

W: No, you definitely do not want that. If you stick to your diet and exercise regularly, I'm sure that within the next year you'll match your personal record for lowest blood pressure.

男：萊瑞醫生，看起來如何呢？

女：你看起來狀況非常良好。你的血壓降低到較適當的指數了。你很努力才達到這樣的嗎？

男：是的，我是。自從你告訴我這個狀況後我一直都在嚴格的節食。

女：很高興聽到你這麼說。你的節食似乎對你來說奏效──請繼續保持。

男：我當然會持續進行。我不想要我的血壓又飆高到像上一季那可怕的指數。

女：不，你絕對不會想要。若你持續節食並且規律運動，我確信明年你將會達到你個人記錄上的最低血壓。

Quarter	Blood Pressure
Q1	120/80
Q2	130/85
Q3	160/95
Q4	130/85

季度	血壓
第一季	120/80
第二季	130/85
第三季	160/95
第四季	130/85

65

What part of the patient's health does Dr. Leary discuss?

(A) The patient's mental state
(B) The patient's metabolic rate
(C) The patient's cardiovascular system
(D) The patient's nervous system

正解 C

本題詢問萊瑞醫生談論的是病人哪方面的健康。由對話中 Your blood pressure is down to a more reasonable rate.「你的血壓降低到較適當的指數了。」可得知答案為 (C)「病人的心血管系統」。cardiovascular (*adj.*) 心血管的。

(A) mental rate 心理狀態。
(B) metabolic rate 新陳代謝指數。
(D) nervous system 神經系統。

66

What did the man do to improve his blood pressure?

(A) Changed his exercise routine
(B) Changed his eating habits
(C) Changed his profession
(D) Changed his marital status

正解 B

本題詢問男子是如何改善他的血壓,由對話中男子說 I have been on a very strict diet . . .「我一直都在嚴格的節食……」得知男子是靠改變飲食習慣,故正確答案為 (B)。

(D) marital status 婚姻狀態。

67

Look at the graphic. What rate does the doctor think the man can achieve in the next year?

(A) 120/80
(B) 130/85
(C) 160/95
(D) 110/70

正解 A

本題為圖表題,詢問醫生認為男子明年血壓會到多少。由對話中醫生說 I'm sure that within the next year you'll match your personal record for lowest blood pressure.「我確信明年你將會達到你個人記錄上最低血壓。」對照圖表顯示 Q1 的數值 120/80 為男子血壓最低紀錄,故正確答案為 (A)。

Questions 68-70 *refer to the following conversation and map.*

W: Hello, sir. I'm sorry, could you help me? I'm terrible with maps. I've got to run to this store to get some things for my child's craft project.

M: Let me see. We're right . . . we're here, and what's the name of the store?

W: Carol's Kindergarten Crafts. I thought it was on the second floor, next to the food court. We get a discount there as parents. Otherwise I'd have to shop all over town to get what we need, but I can't even find this one place!

M: Well, those are just coffee shops. The food court is that way. Your craft store should be . . . Just south of the food court, near the furniture shops.

W: Oh my goodness. I was so turned around. At least the teachers get some of the **proceeds** from purchases here. That makes it worth it. Thank you so much!

M: No worries. Hope you get what you need!

• proceeds *(n.)* 收益；收入

女：這位先生，不好意思，可以請你幫個忙嗎？我很不會看地圖。我想要到這個店去幫我小孩買手工藝課要用的東西。

男：讓我看看。我們就在……這裡，店名是什麼呢？

女：凱若爾的幼兒園手工藝店。我想它是在二樓，在美食廣場的隔壁。我們家長在那裡購物可以享有折扣。不然，我就得逛遍整個市區去買需要的東西，但我就是找不到這個地方！

男：嗯，那些只是咖啡店。美食廣場在那個方向。你要的手工藝店應該……就是在美食廣場的南方，家具店附近。

女：喔我的天啊。我走錯方向了。不過至少我在這裡購買能讓老師獲得一些報酬。那還是值得的。非常感謝你！

男：這沒什麼。希望你可以找到你要的！

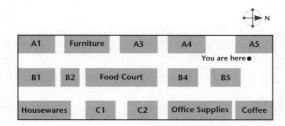

68

What does the woman need to buy?
(A) Science equipment
(B) Art supplies
(C) School books
(D) Clothes

正解 **B**

本題詢問這位女士需要購買的東西。由對話當中 I've got to run to this store to get some things for my child's craft project.「我想要到這個店去幫我小孩買手工藝課要用的東西」可以得知正確答案為 (B)。

69

Which is NOT a reason the woman is going to this specific store?
(A) She gets a discount there.
(B) She won't need to go anywhere else.
(C) It is the only store that sells what she needs.
(D) The school gets a portion of the sale.

正解 **C**

本題為除外題，詢問以下何者非這位女士到這特定的店面的原因。由對話中女士提到家長可以在此店得到折扣，並且她不需要到市區跑好幾間店，以及最後提到在這裡購買能讓老師獲得一些報酬，故得知正確答案為 (C)。

70

Look at the graphic. Where is the store most likely located?
(A) A3
(B) C1
(C) B4
(D) B2

正解 **D**

本題須對照圖表作答，詢問這間店最可能位在圖片中那個地點。由對話當中 Your craft store should be . . . Just south of the food court, near the furniture stores.「你要的手工藝店應該……就是在美食廣場的南方，家具店附近。」得知正確答案為 (D)。

Part 4 **Short Talks**

Questions 71-73 *refer to the following talk.*

This brings us to our last stop on the tour: the factory production floor. You can see our more than 80 employees hard at work on the **assembly line** finishing up the **cases** for our latest cell phone. They are currently working six days a week to fulfill our customers' high **demand**. They wear gloves and protective suits to keep out any dust so our phones will look and work great for years to come. Now, for those who would like to join me, let's go in and **put together** a few phones ourselves. Please follow me to the **locker rooms** where we can all put on protective suits. It'll be fun!

- assembly line（工廠）組裝線；生產線
- case (n.) 殼；盒
- demand (n.) 需求
- put together 組合
- locker room 有置物櫃的更衣間

這裡將是到我們導覽的最後一站：工廠製造樓層。你們可以看到我們超過八十位員工正在組裝線上，努力地完成我們最新型手機的外殼組裝。他們目前一週工作六天，以應付顧客的高需求。為了避免有任何的灰塵，他們穿戴手套和防護衣，以便讓我們的手機在使用多年之後於外觀及使用上仍維持優良品質。現在，想要加入我的人，我們一起去組裝幾支行動電話吧。請跟著我一起到更衣間穿上防護衣。一定會很有趣的！

71

What is the talk mainly about?
(A) How to increase the number of customers
(B) Why the company was started
(C) What is happening on the factory floor
(D) How new employees are chosen

正解 **C**

本題為主旨題，詢問本篇獨白的主題。從關鍵字詞 factory production floor「工廠製造樓層」、assembly line「組裝線」可以得知說話者在解釋工廠的作業情形，故答案為 (C)。

72

What does the factory produce?
(A) Computer cases   **(B) Cell phones**
(C) Gloves   (D) Protective suits

正解 **B**

本題為細節題，詢問工廠製造的產品為何。由關鍵字 latest cell phone「最新型手機」可以得知正確答案為 (B)。
(A) 為電腦機殼、(C) 為手套、(D) 為防護衣，文中有提到相關字詞，但皆非工廠製造的產品。

73

What does the speaker say about the employees?
(A) They work six days a week.
(B) They aren't very busy now.
(C) They all enjoy their jobs.
(D) They must wear hats.

正解 **A**

本題詢問關於員工的正確敘述，由談話當中 They are currently working six days a week to fulfill our customers' high demand.「他們目前一週工作六天，以應付顧客的高需求。」，可知故答案為 (A)。
(B)「他們並不忙」與文意不符。
(C)「他們都樂在工作」文中並未提及，故無法得知。
(D)「他們必須戴帽子」，文中有提到 gloves「手套」與 protective suit「防護衣」，但並未提及帽子。

Questions 74-76 *refer to the following announcement.*

Good evening, ladies and gentlemen. This is your captain, Dan Harrigan, speaking. First of all, I'd like to thank you for flying with Southeast Airlines. I know there are many other options out there for you to choose from, and we appreciate your business. We'll start our **descent** into Los Angeles in a few minutes. We should have you at the gate right on time at 8:30. The weather in LA is pretty nice, as to be expected. It's 80 degrees with a light wind from the north. The local time right now is 7:45. Again, folks, thanks for flying with Southeast. If LA is your final destination, have a pleasant stay. For those of you with **connecting flights**, our flight attendants would be happy to answer any questions you might have. And our staff on the ground at the gate can help you, too. Speaking for myself and the flight **crew**, we'd like to thank you again for flying with us and have a pleasant evening.

女士、先生們晚安。我是您的機長丹·哈利根。首先，感謝您搭乘東南航空。我知道您有許多其他可以選擇的航空公司，我們很感謝您的搭乘。再過幾分鐘我們就要降落於洛杉磯。我們會於八點三十分讓您準時抵達登機門。就如我們所預期的，洛杉磯的氣候相當不錯，約華氏八十度，微吹北風。現在當地時間是七點四十五分。再次感謝您搭乘東南航空。若洛杉磯是您的終點，祝您有個愉快的停留。若您要轉機，我們的空服員將樂於回答您任何詢問。我們在登機門的地勤人員也能為您提供協助。謹代表我自己及全體機組員，再次感謝您的搭乘，並祝您有個愉快的夜晚。

- descent *(n.)* 下降
- crew *(n.)* （飛機等的）全體機組員
- connecting flight 轉機

74

What is the speaker's occupation?

(A) Airplane pilot
(B) Flight attendant
(C) Ground crew member
(D) Baggage handler

正解 **A**

本題詢問說話者的職業。由關鍵句 This is your captain「我是您的機長」可以得知正確答案為 (A)。
(B) flight attendant 空服員。
(C) ground crew member 地勤人員。
(D) baggage handler 行李員。

75

Who is most likely being addressed?

(A) An audience at a play
(B) A group of airline employees
(C) Airplane passengers
(D) People about to board a plane

正解 **C**

本題詢問講者說話的對象為何。由原文當中提到 I'd like to thank you for flying with Southeast Airlines.「感謝您搭乘東南航空。」，可以得知機長在向乘客說話，答案為 (C)。

- address *(v.)* 向……說話

76

When will they arrive?
(A) 7:45　　　　**(B) 8:30**
(C) 8:45　　　　(D) 8:00

正解 **B**

本題為細節題，詢問「他們將於何時抵達？」，談話中提到 We should have you at the gate right on time at 8:30.「我們會於八點三十分讓您準時抵達登機門。」，故答案為 (B)。

模擬測驗

Questions 77-79 *refer to the following introduction.*

Ladies and gentlemen, welcome to tonight's lecture on **abstract** art in the 20th century. I'm Larry Jasper, manager of collections. The **Metropolitan** Museum of Modern Art is pleased to bring you Mark Hill. He is not only an **expert** on abstract art, he's an artist as well. He currently teaches art history at Georgetown University. He's been kind enough to take time out of his busy schedule to be here. And you're in for a special treat tonight, folks. After his informative lecture, he will **unveil** twenty new pieces of art in the Smith-Macintosh Hall. So, without further delay, please welcome Mark Hill.

- abstract *(adj.)* 抽象的
- metropolitan *(adj.)* 大都市的
- expert *(n.)* 專家
- unveil *(v.)* 使公諸於眾；揭露

各位先生、女士，歡迎來到今晚關於二十世紀抽象藝術的演講。我是收藏部經理賴瑞‧傑士朋。大都會現代藝術美術館很高興向您介紹馬克‧希爾。他不僅是抽象藝術專家，也是位藝術家。他目前於喬治城大學教授藝術史。很感謝他從忙碌的行程中特地撥空來這裡。大家今晚將受到一項特別的款待。在今晚內容豐富的演講結束後，他將會在史密斯麥金塔大廳揭開二十幅新的藝術作品。因此，不再多耽誤時間，讓我們歡迎馬克‧希爾。

77

Who is the speaker probably addressing?
(A) University professors
(B) People who will speak at the event
(C) Business managers
(D) Art lovers

正解 **D**

本題詢問講者可能的說話對象為何。由關鍵句 . . . welcome to tonight's lecture on abstract art in the 20th century.「歡迎來到今晚關於二十世紀抽象藝術的演講。」可以推測對象為對藝術有興趣的人，故正確答案為 (D)。

78

What is the speaker doing?
(A) Asking people to donate money
(B) Helping people find their seats
(C) Introducing a guest speaker
(D) Talking about a close friend

正解 **C**

本題詢問說話者正在做什麼，由關鍵句 The Metropolitan Museum of Modern Art is pleased to bring you Mark Hill.「大都會現代藝術美術館很高興向您介紹馬克‧希爾。」可以得知說話者要介紹一位講者出場，故答案為 (C)。

- guest speaker 邀請來的演說者
(A) donate *(v.)* 捐贈。
(D) close *(adj.)* 親近的；親密的。

79

Who is Mark Hill?
(A) A photographer
(B) An abstract art expert
(C) A museum manager
(D) An art dealer

正解 **B**

本題詢問 Mark Hill 的身份為何。由關鍵句 He is not only an expert on abstract art, he's an artist as well.「他不僅是抽象藝術專家，也是位藝術家。」可以得知正確答案為 (B)。

(A) photographer *(n.)* 攝影師。
(D) dealer *(n.)* 經銷；仲介。

Questions 80-82 *refer to the following telephone message.*

Hello, Trina. This is Kathy from K&J Wedding Planners. I wanted to let you know preparations are **coming along** smoothly, but we have one small problem with the Morris Banquet Hall. The hall is fully booked on June 5. I know it was your first choice for the **reception**, and it's short notice for a change, but I've got the largest **banquet room** at the Ambassador Banquet Center **on hold** for you instead. I've worked with them on at least 20 receptions in the past, and I find the staff and **facilities** to be quite lovely. I will need a **deposit** from you to confirm the reservation, so if you can call me back with a credit card number at your earliest convenience, that would be greatly appreciated.

哈囉，崔娜。這是 K&J 婚禮企劃公司的凱西。我想讓妳知道準備工作都進行得很順利，但是對於摩理斯宴會廳，我們有一個小問題。宴會廳六月五號已預訂一空。我知道它是妳宴會的第一選擇，而這個變更通知也很臨時，但是我已另外幫妳在大使館宴會中心預留了一間最大的宴會廳。我曾經和他們合作進行過至少二十場接待會，我覺得他們的工作人員及設備都很好。我將需要妳提供訂金才能夠確認預訂，可以的話請盡早回電並告知妳的信用卡號，感激不盡。

- come along 進展
- reception (n.) 接待會；宴會
- banquet room 宴會廳
- on hold 預留；等候
- facility (n.) 設備；設施
- deposit (n.) 保證金；訂金

80

Which problem does Kathy mention?
(A) The wedding has run out of food.
(B) The banquet hall the bride chose is fully booked.
(C) The wedding date must be changed.
(D) Most guests cannot attend the wedding.

正解 **B**

本題詢問講者提及什麼問題，由關鍵句 The hall is fully booked on June 5.「宴會廳六月五號已預訂一空。」可以得知正確答案為 (B)。
(A) run out of 消耗完；用完。
(D) attend (v.) 參加；參與。

81

Why does Kathy recommend the Ambassador Banquet Center?
(A) There are 20 rooms available on the 5th.
(B) It's cheaper than Morris Banquet Hall.
(C) She's worked with that facility before.
(D) A deposit isn't needed to book it.

正解 **C**

本題詢問講者推薦其他場地的原因，由關鍵句 I've worked with them on at least 20 receptions in the past . . .「我曾經和他們合作過進行至少二十場接待會。」可以得知她曾經和該場地員工合作過，對品質有把握，故正確答案為 (C)。

82

What will Kathy do when she gets Trina's credit card number?
(A) Pay the bill at the Morris Banquet Hall
(B) Take back the deposit she paid for the reservation
(C) Confirm the new banquet room reservation
(D) Begin planning the wedding

正解 **C**

本題詢問講者拿到對方信用卡號碼將採取何行動，由關鍵句 I will need a deposit from you to confirm the reservation . . .「我將需要妳提供押金才能夠確認預訂。」可以得知正確答案為 (C)。

模擬測驗

Questions 83-85 *refer to the following weather report.*

Good morning, everybody. Today is going to be a hot one! Temperatures are expected to reach 85° in the city and 89° at the beach. Wherever you are, make sure to take care in the sun and drink lots of water. That goes for you pet lovers, too. Don't **neglect** to take water along for your dog, and whatever you do, don't leave your pet in your car. On a day like today, temperatures inside a locked car can reach 100° within ten minutes of turning off the **air conditioning**. Folks, stay cool, drink water, **look after** your pets, and enjoy the weather. Tonight we'll see a low of 72°, and tomorrow we'll only see a high of 83° in the city and 85° at the beach, so a slight cooling trend is coming our way.

- neglect *(v.)* 忽視；忽略
- look after 照顧
- air conditioning 空調

各位早安。今天將會是炎熱的一天！城市氣溫預估將達華氏 85 度，海邊則為華氏 89 度。不論您在何處，請確保曬太陽要當心，並且喝很多水。對於寵物愛好者也是如此，別忘了要幫您的狗兒帶水。不管您做什麼，不要將您的寵物獨自留在車內。像今天這樣的天氣，在密閉車廂內關閉空調，十分鐘內溫度就可高達華氏 100 度。民眾們，請讓自己保持涼爽，多喝水，看顧好您的寵物並好好享受這天氣。今晚最低溫為華氏 72 度，而明天城市最高溫僅華氏 83 度，海邊則為華氏 85 度，所以可以感覺涼爽氣候已經慢慢來臨了。

83

How hot will it be at the beach today?
(A) 85°
(B) 89°
(C) 84°
(D) 72°

正解 **B**

本題為細節題，詢問當日海灘高溫將達幾度。由關鍵句 Temperatures are expected to reach 85° in the city and 89° at the beach.「城市溫度預估將達華氏 85 度，海灘則為華氏 89 度。」可知正確答案為 (B)。

84

What is suggested that people do today?
(A) Drink lots of water
(B) Stay away from the beach
(C) Wear a jacket
(D) Leave their pets in their cars

正解 **A**

本題詢問獨白中建議聽眾採取何種行動，由關鍵句 . . . make sure to take care in the sun and drink lots of water.「確保曬太陽要當心，並且喝很多水」可以得知正確答案為 (A)。

(B) stay away 遠離。

85

How will the weather be tomorrow?
(A) It will be the hottest day all week.
(B) It will be very rainy.
(C) It will be the same as today.
(D) It will be cooler than today.

正解 **D**

本題詢問明天天氣將如何。由關鍵句 . . . tomorrow we'll only see a high of 83° in the city and 85° at the beach . . .「明天城市最高溫僅華氏 83 度，海邊則為華氏 85 度」可以得知比今天溫度略微下降，故正確答案為 (D)。

185

Questions 86-88 refer to the following talk.

Good evening, ladies and gentlemen. Tonight I'm going to talk about job hunting during a **recession**. I've got helpful tips to help you get a job despite the current economy. You may think it's enough to just e-mail lots of résumés every day. It's not. Create a new cover letter for each job you apply for. Make it fit the job description as closely as possible and describe in detail how you can do that job. Whenever possible, arrange a meeting in person. Dress **professionally** and offer a firm handshake to **ensure** you make a good impression. Drop off résumés in person **as opposed to** e-mailing them whenever possible. You want the hiring manager to remember your face. If you can afford it, have a cell phone on you at all times. It's important for hiring managers to be able to reach you at any time, day or night.

各位先生、女士晚安。今晚我要來談談如何在經濟低迷時期找工作。我有一些對各位有利的技巧，可以幫助大家在目前的經濟狀況下找到工作。你們或許覺得只要每天用電子郵件寄出大量履歷表就好了，但這是不夠的。為你應徵的每個工作創作一封新的求職信。盡可能讓它符合工作內容，並詳細說明你如何能勝任那份工作。有可能的話，安排親自會面，穿著專業並堅定地握手以便讓人留下良好印象。盡可能親自遞送履歷，而非透過電子郵件寄送。你希望要讓應徵的主管記住你的臉。可以的話，把手機無時無刻帶在身邊。不論白天或晚上，讓應徵的主管可以隨時找到你是很重要的。

- recession *(n.)*（經濟的）衰退
- professionally *(adv.)* 專業地
- ensure *(v.)* 確保；擔保
- as opposed to 與……相對

86

What does the speaker say about applying for jobs?
(A) It's better to mail your résumé.
(B) It's better to fax your résumé.
(C) It's better to apply by e-mail.
(D) It's better to apply in person.

正解 D

本題詢問應徵工作該如何，由關鍵句 Whenever possible, arrange a meeting in person.「有可能的話，安排親自會面。」，可以得知正確答案為 (D)。

87

What does the speaker say job applicants should do for every job?
(A) Call the hiring manager
(B) Just e-mail a résumé
(C) Create a new cover letter
(D) Get a new cell phone number

正解 C

本題詢問應徵者應該為每個不同的工作採取何種行動。由關鍵句 Create a new cover letter for each job you apply for.「為你應徵的每個工作創作一封新的求職信。」，故正確答案為 (C)。

88

What is mentioned about having a cell phone?
(A) It's good if you can be reached anytime.
(B) It's good to check e-mail on-the-go.
(C) It's good to play games while you're waiting.
(D) It's good to talk to friends before an interview.

正解 A

本題目詢問關於擁有手機獨白中提到了什麼，由 . . . have a cell phone on you at all times. It's important for hiring managers to be able to reach you . . . 可以得知手機要不離身才能確保電話不漏接，故正確答案為 (A)。(B) on-the-go 在旅程中。

模擬測驗

Questions 89-91 *refer to the following speech.*

Hello, everyone. I'm Robert Clark. I'll be your training instructor for the next eight weeks as we learn about computer software for small businesses. We'll meet every Thursday night here in the classroom at six o'clock. I'll teach from the textbook for the first hour, and then you'll head into the computer lab from seven to eight to practice what you've just learned. Now I know this software might seem challenging at first, but I'm here to help. **I had to learn it all from the beginning just like you**. Now I run three successful coffee shops with plans to open a fourth. I handle all of the accounts myself, and I learned everything in a class just like this one. Now, if you'll follow me, we'll take a tour of the computer lab as well as the other facilities in the building.

大家好。我是羅勃・克拉克。接下來的八週，我將會是你們「小企業的電腦軟體」課程的訓練講師。我們將會在每週四晚上六點鐘在這個教室碰面。第一個鐘頭我會先上教科書的內容，接著從七點鐘到八點鐘你們會到電腦教室練習所學。我知道這個電腦軟體一開始看似很有挑戰性，但是我會在這裡協助各位。我以前也跟各位一樣必須從頭開始學起。目前我經營三家成功的咖啡廳，計畫要開第四家。我自己管理所有的帳務，而且我也是從這樣的課程中學習到所有的技巧。現在，大家跟著我，我們將參觀電腦教室以及這棟大樓的其他設施。

89

How often will the class meet?
(A) Once a week
(B) Twice a week
(C) Twice a month
(D) Once a month

正解 **A**

本題為 how often 開頭的細節題，詢問多久上課一次。由關鍵句 We'll meet every Thursday night.「我們每星期四晚上碰面。」可以得知上課頻率為一週一次，故正確答案為 (A)。

90

What does the speaker imply when he says, "I had to learn it all from the beginning just like you"?
(A) He attended the same school as the other students.
(B) He used not to know how to be a teacher.
(C) He used not to know how to run a business.
(D) He had never used a computer before taking this class himself.

正解 **C**

本題詢問 I had to learn it all from the beginning just like you. 的含意。此句意為「我以前也跟各位一樣必須從頭開始學起。」解題關鍵在於下一句 Now I run three successful coffee shops with plans to open a fourth.「目前我經營三家成功的咖啡廳，計畫要開第四家。」得知他以前也不懂得如何經營生意，故正確答案為 (C)。

91

What will happen next?
(A) They will study in the classroom.
(B) They will work in the computer lab.
(C) They will start class.
(D) They will tour the building.

正解 **D**

本題目詢問接下來將發生什麼事，由獨白末段 . . . we'll take a tour of the computer lab as well as the other facilities in the building「我們將參觀電腦教室以及這棟大樓的其他設施。」可以得知大家接著將進行參觀，故答案為 (D)。

• tour *(v.)* 遊覽

187

Questions 92-94 *refer to the following television advertisement.*

Are you tired of paying for cable TV? Do you pay huge monthly cable bills, only to watch a few channels each month? Do you watch less than an hour of TV each day? Chillflix could save you a ton of money. With all of the hottest TV shows and movies at a low monthly rate, you don't have to worry about searching through all those extra channels you never watch. The best thing about Chillflix? It's commercial free. Zero. No commercials . . . ever. **Tune in** and watch whatever you want, whenever you want. It's that simple. Chillflix has a simple, fixed fee of only fifteen dollars a month. Sign up now and receive one month of service—FREE!

你已厭倦為了有線電視付費嗎？你每個月都支付高額有線電視帳單，但每個月只會看幾個頻道嗎？你每天看電視少於一個小時嗎？「奇兒浮力克斯」可以幫你省下一大筆錢。以低價的月費就能擁有最熱門的電視秀和電影，你不必擔心要搜尋所有那些你從不會去看的多餘頻道。「奇兒浮力克斯」最棒的是？沒有廣告。完全沒有。從此沒有……廣告。在任何你想看的時刻鎖定頻道收看你想看的節目。就是那麼簡單。「奇兒浮力克斯」只要簡單且固定一個月十五元的費用。現在就註冊享受一個月的服務——免費！

92

What is the speaker's profession?
(A) He is an advertiser.
(B) He is a salesman.
(C) He is a manager.
(D) He is a customer service associate.

正解 A

本題詢問說話者的職業。由開頭題目指示說 . . . refer to the following television advertisement. 得知此篇獨白為廣告，故可推知說話者應為廣告業者，正確答案為 (A)。

93

What does the speaker mean when he says "tune in"?
(A) Don't be distracted by commercials.
(B) Watch your favorite TV shows as carefully as possible.
(C) Put on the television channel that you want to see.
(D) Be aware of all of your options.

正解 C

本題詢問說話者說 tune in 的意思。tune 原先是「音調」之意，當動詞則意思是「為……調音；調整……頻道」，而片語 tune in 就是「調整……電視頻道（或收音機頻率）收看（或收聽）某一節目」，因此在此即是說「鎖定頻道收看你想看的節目」，故正確答案為 (C)。

94

What type of business does Chillflix mainly compete with?
(A) The medical industry
(B) The aerospace industry
(C) The cable industry
(D) The finance industry

正解 C

本題詢問「奇兒浮力克斯」的主要競爭對手是哪種公司。由一開頭 Are you tired of paying for cable TV?「你已厭倦為了有線電視付費嗎？」以及內容中不斷提到 cable TV 的缺點，可得知「奇兒浮力克斯」想吸引原先使用有線電視的顧客，有線電視公司正是他們最大的競爭者，故正確答案為 (C)。

Questions 95-97 refer to the following talk and store layout.

All right, folks, we have a bunch of different products coming in for the new season, so let's feature them and try to keep sales high after the holiday rush. Take a look at the old layout and what needs to change. Baked goods stay put. We're moving the pumpkins and stuff out, and putting a salad bar in their place, close to the juices. People want to eat better after the New Year. I want to move candy in front of the snack aisle and put coffee and tea products in its place. Home decor can move to the back of the store. Let's see how that looks and go from there.

好，各位，我們為新一季進了一些不一樣的產品，所以我們要特別主打它們，並且在忙亂的假日檔期後還是要讓它們繼續保持暢銷。請看看舊的陳列圖和需要修改的地方。烘培食物仍舊放在那。我們要把南瓜類的東西移開，然後在那位置擺放沙拉吧，讓它鄰近果汁區。人們在過年後會想要吃更好。我要把糖果擺放在零食走道的前面，然後將咖啡和茶移到本來糖果放的位置。家飾可以移到店的最後面。我們來看看這樣看起來會如何。

STORE LAYOUT			
Fresh Produce	Dairy		Juice
Breakfast Items	Breads/Cakes	Pumpkins/Squash	Entrance
Cleaning Supplies	Canned Goods	Candy	
Snacks	Home Decor	Discount	

95

Why are the locations of the items being changed?

(A) Because of the time of year
(B) Because of poor sales
(C) Because some items are being discontinued
(D) Because people should eat healthier

正解 **A**

本題詢問更改商品位置的原因。關鍵句由開頭說 . . . we have a bunch of different products coming in for the new season,「……我們為新一季進了一些不一樣的產品，」接著便開始為這些商品更改原先商品的位置，故得知正確答案為 (A)。

96

Which of the following items will NOT be moved?

(A) Candy
(B) Breads and cakes
(C) Home decor
(D) Pumpkins and squash

正解 **B**

本題詢問哪個商品不會被移動。解題關鍵句為 Baked goods stay put.「烘培食物仍舊放在那。」其餘糖果要移到零食走道的前面、家飾要移到店後面，而南瓜的位置要改為沙拉吧，故正確答案為 (B)。

97

Look at the graphic. From the entrance, where will the candy display be after the items are rearranged?

(A) Next to breads and cakes

(B) In front of the coffee and tea

(C) Behind the discount items

(D) Closer to the juices

正解 **C**

本題須搭配圖表作答，詢問從入口處進來，糖果在位置重新安排後會放置於哪裡。由關鍵句 I want to move candy in front of the snack aisle . . . Home decor can move to the back of the store.「我要把糖果擺放在零食走道的前面……家飾可以移到店的最後面。」對照店面配置圖，家飾區移到最後，糖果要在零食區的前面，也就是在折扣區的後方，故正確答案為 (C)。

Questions 98-100 *refer to the following telephone message and chart.*

Hello, Dinesh, this is Rex from Heller Electronics—I'm guessing you are out to lunch right now. I wanted to call you regarding an order we placed at the beginning of the month . . . uh . . . The order still hasn't arrived, and my boss thought it **prudent** to check in with you and see what the situation is. I am e-mailing you the invoice receipt right now. It was our usual monthly order, save the fact that we **abstained** from ordering our monthly shipment of thirteen-inch Thinkbooks. Now that I look, I see that the thirteen-inch Thinkbooks are still on the purchasing invoice—this is a mistake. I will send you over a copy of our original purchasing order indicating that we did not order the thirteen-inch Thinkbooks, as well as the invoice. This is for your convenience in case there are any discrepancies. Thanks so much. I'll be in my office the rest of the day if you would like to call back.

哈囉，丹尼胥，我是海勒電子的雷克斯——我猜想你現在應該外出用午餐。我打給你是想要跟你說我們月初下的訂單……嗯……這筆訂單還沒有到貨，我老闆認為要和你仔細的核對看看狀況是什麼。我現在用電子郵件寄給你發票收據。這是我們每個月固定的訂單，除了沒有訂購我們每個月都會訂購的貨品十三吋「信克書」。我現在看，我發現十三吋的「信克書」還仍舊在採購發票上——這是錯誤的。我會寄給你我們原先採購單說明我們沒有訂購十三吋的「信克書」，同時也會附上發票。若有任何差異這可以提供給你方便核對。非常感謝。若你有要回電給我的話，我接下來今天都會待在我的辦公室裡。

• prudent *(adj.)* 仔細的；審慎的　　• abstain *(v.)* 避免；避開

Item	Amount	Unit Price
Mediabook13"	100	$999
Thinkbook13"	100	$1,149
Thinkbook15"	300	$1,999
Thinkbook17"	200	$2,499

品項	總數	單價
13 吋魅點書	100	999 美元
13 吋信克書	100	1,149 美元
15 吋信克書	300	1,999 美元
17 吋信克書	200	2,499 美元

98

Why is the man most likely speaking?

(A) He is asking Dinesh how many items to order.

(B) He is leaving a voicemail about a purchasing invoice.

(C) He is asking his assistant to order more Mediabooks.

(D) He is venting his frustration to the claims department.

正解 **B**

本題詢問這位男子最有可能說話的原因。由他一開始說到 I'm guessing you are out to lunch right now. 以及後面的關鍵字詞 an order we placed、invoice receipt、purchasing invoice、purchasing order 等，得知男子打電話但對方並沒有接，所以直接進行電話語音留言告知關於訂單發票的相關事宜，故正確答案為 (B)。

99

Based on the message, how do Dinesh and Rex know each other?

(A) They work in different departments at the same company.

(B) Rex is Dinesh's manager.

(C) They are both interns in the purchasing department.

(D) They work at separate companies as buyers/sellers.

正解 **D**

本題為推論題，問丹尼胥和雷克斯如何認識。由雷克斯一開始便表明身分 . . . this is Rex from Heller Electronics 並說明致電目的 I wanted to call you regarding an order we placed at the beginning of the month . . . 可得知雷克斯是買家而丹尼胥是賣家，故正確答案為 (D)。

100

Look at the graphic and consider the message. How many thirteen-inch Thinkbooks did Rex order at the beginning of the month?

(A) Zero

(B) One Hundred

(C) Two Hundred

(D) Three Hundred

正解 **A**

本題詢問雷克斯在月初訂購了多少十三吋的「信克書」，由關鍵句 . . . save the fact that we abstained from ordering our monthly shipment of thirteen-inch Thinkbooks.「除了沒有訂購我們每個月都會訂購的貨品十三吋信克書。」得知雷克斯本月並沒有訂購此項商品，故正確答案為 (A)。

P. 180~209 Reading Test

Part 5 Incomplete Sentences

101

Clive decided to work at a company outside of the city ------- there are lots of trees and it's peaceful.

(A) that

(B) which

(C) than

(D) where

克里夫決定在城外的一間公司上班，那兒林蔭圍繞、環境幽靜。

正解 D

本題考關係詞。空格前方提及 outside of the city「城市外部」，故空格處應填 where 表示「該處；那個地方」。

(A) that 為指稱「人」與「物品」的關係代名詞。

(B) which 為指稱「事物」的關係代名詞。

(C) than 指「比較；超過」，常與比較級連用。

102

If the bus arrives at the station by 11:30, it will ------- us enough time to eat lunch before we check into the hotel.

(A) given

(B) give

(C) giving

(D) gave

如果巴士在十一點半前抵達車站的話，我們辦理飯店入住手續前就有足夠的時間吃午餐。

正解 B

由 if 條件子句當中 arrives 為「現在簡單式」，可以知道是對未來事情進行假設（可能成真），故後方結果子句使用未來簡單式即可，正確答案為 (B)。

(A) given 為 give 的過去分詞。

(C) giving 為 give 的現在分詞。

(D) gave 為 give 的過去式。

103

The man ------- decided not to say anything after police caught him with the woman's purse.

(A) wise

(B) wisely

(C) wiser

(D) wisdom

男子在警察逮到他偷竊女子的錢包時，很明智地決定不做任何的發言。

正解 B

本題為詞性題。空格前方為主詞，後方為動詞，可以推測空格應填副詞來修飾後方動詞，故 (B) wisely「明智地」為正確答案。

(A) wise 為形容詞，表示「有智慧的」。

(C) wiser 為 wise 的比較級。

(D) wisdom 為名詞，指「智慧；才智」。

104

My roommate has three sisters and ------- are great singers and dancers.

(A) all of them
(B) both of them
(C) among them
(D) either of them

我的室友有三位姐妹而且全部都能歌善舞。

正解 A

句子前半部提及講者的室友有三個姐妹，連接詞 and 及空格後則說她們能歌善舞。三人（含）以上使用 all 表示全體，故正確答案為 (A)。

(B) both of them 表示「兩者都……」。
(C) among 表示「他們之中」，與文意不符合。
(D) either of them 表示「兩者之一」，與文意不符合。

105

The airplane ------- had to turn the plane around due to a thunderstorm that moved in suddenly.

(A) captive
(B) caption
(C) captain
(D) capital

因為突如其來的暴風雨使得機長必須將飛機掉頭。

正解 C

本題考字義。題目當中提及 airplane「飛機」、turn around「掉頭」，可以推測空格當中應填入有能力駕駛飛機的人，故答案為 (C) captain「機長」。

(A) captive 為名詞或形容詞，表示「俘虜；被俘的」。
(B) caption 為名詞，指「標題；字幕」。
(D) capital 為名詞，有「首都；資本」之意。

106

Whether Tyler gets a raise or not ------- on his job performance over the next year.

(A) depends
(B) dependable
(C) depend
(D) depending

泰勒是否會得到升遷就取決於他在接下來這一年的工作表現了。

正解 A

句子前半部 whether . . . or not 為慣用句型，表示「某事是否會發生」，此為事件主詞。空格後方為 job performance「工作表現」，可以推測句意為「是否加薪取決於工作表現」。本句仍欠缺主要動詞，且事件主詞視為第三人稱單數，後方動詞須一致，故答案為 (A)。

(B) 為形容詞，表示「可靠的」。
(C) 為原形動詞。
(D) 為現在分詞。

107

The actress ------- picture I have on my wall will star in a brand new play next month in New York City.

(A) whose

(B) whom

(C) which

(D) that

我牆上照片中的女演員下個月將出演紐約市的一部全新戲劇。

正解 A

本題考關係代名詞所有格用法。原文當中空格前面為本句的主要主詞 the actress「女演員」，will star 為句子的主要動詞，空格後 picture . . . on my wall 用來補充說明是哪位女演員，即是我牆上照片中的那位女演員，故答案選 (A) whose，表示「那個人的」。

(B) 表示「誰」的受格。

(C) 為代替物品的關係代名詞。

(D) 為代替物品、人或事件的關係代名詞。

108

------- we care about our employees' safety, the laboratory has a new policy about wearing safety glasses at all times.

(A) However

(B) While

(C) But

(D) Because

因為我們關心員工的安全，因此實驗室有個新政策，要求員工隨時配戴護目鏡。

正解 D

前半句表示關心員工的安全，後半句表示新政策要求員工配戴護目鏡，故上下文為因果關係，適合答案為 (D)。

(A) 表示「然而」。

(B) 表示「當」。

(C) 表示「但是」。

109

The professor ------- the students work in groups for the year-end project.

(A) did

(B) forced

(C) got

(D) had

該名教授要學生分組合作年終報告。

正解 D

本題考使役動詞。由句子當中 work 是原形動詞可以推斷空格應填 (D) had。have/has/had + 人（受詞）+ 原形動詞，表示「要求某人採取某項行動」。接原形動詞的使役動詞一般常見的只有 have、let、make 三個。

(A) did 為 do「做」的過去式，無法與後方原形動詞 work 連用。

(B) forced 為「強制；勉強」之意，後方不能接原形動詞。

(C) got 為使役動詞，但固定用法為 get/gets/got + 人 + to V.，後方須接不定詞。

110

That beautiful, world-famous ------- is on exhibit at the National Art Museum right now, and I really want to see it.

(A) appearance

(B) painting

(C) look

(D) view

那幅世界聞名的美麗畫作現在正於國家美術館裡展示，我非常想去看。

正解 B

本題考字義。由句中 on exhibit「展出」、Art Museum「美術館」等關鍵字詞及句意可以推斷空格的主詞應為藝術作品，故答案選 (B)「繪畫；畫作」。

(A) 為名詞，表示「露面；顯露」。

(C) 為動詞或名詞，表示「看」或「表情」。

(D) view 為動詞或名詞，表示「觀看」或「景觀；視野；看法」。

111

Don recommended ------- Vinny join a committee for neighborhood planning since he had complaints about the area.

(A) when

(B) why

(C) where

(D) that

由於文尼對於這個區域提出投訴，因此唐推薦他加入社區規劃委員會。

正解 D

空格前方為 recommended「推薦」，慣用句型為 A + recommended + that + B + (should) 原形動詞（that 子句內的動詞要用「原形動詞」或「should + 原形動詞」），表示建議某人採取某種行動，故正確答案為 (D)。

(A) 表示「何時」。

(B) 表示「原因」。

(C) 表示「何處」。

112

The buses scheduled to run through the city never came on time, which caused many people to complain about the current ------- system.

(A) education

(B) transportation

(C) information

(D) pollution

預定要環繞市區的巴士總是不準時，導致許多人對於目前的運輸系統有所抱怨。

正解 B

本題考單字，由原文當中 buses「巴士」及整句句意可以得知主要是在描述運輸系統的狀況，故正確答案為 (B)。

(A) 指「教育」。

(C) 指「資訊」。

(D) 指「污染」。

113

Darla found her favorite pen in the inside pocket of her purse, right ------- her friend said it would be.

(A) which

(B) where

(C) when

(D) who

達拉在她包包的內袋裡找到她最喜歡的筆，就如同她朋友說的所在之處。

正解 **B**

本題考關係詞。原文當中得知 Darla 是在包包內袋裡找到她的筆，這也是先前朋友跟她說筆可能的所在之處，因此要選可指地方的關係詞 where，故 (B) 為正確答案。

(A) 用來指「事物」的關係代名詞。

(C) 表「何時」的關係副詞。

(D) 用來指「人」的關係代名詞。

114

Shelia ordered twenty boxes of paper for the hiring department; -------, they won't arrive until later in the month.

(A) therefore

(B) in spite of

(C) rather than

(D) however

席拉為人資部門訂購了二十箱紙，但是它們要在本月稍晚才會送達。

正解 **D**

題目中得知產品已經訂購，但要本月稍晚才會送達，故上下文之間應填表示「轉折；讓步」的詞語。選項中只有 however「然而」符合題意及文法，故正確答案為 (D)。

(A) 為「因此；所以」的意思，與題意不符。

(B) 指「儘管」，雖含「轉折」語意，但後面應接名詞或名詞子句。

(C) 表示「而不是……」，題意及用法皆不符。

115

The more exposure the issue gets on the news, the ------- it is that people will donate money to help solve the problem.

(A) most likely

(B) likely

(C) more likely

(D) like

議題在新聞上曝光越多，就越可能有人捐款協助解決問題。

正解 **C**

本題考慣用句型。英文當中使用「比較級……，比較級……」表示「越……，就越……」，題目當中提到新聞曝光越多，就越可能有人捐款，故正確答案為 (C)。

(A) 為最高級。

(B) 為形容詞，指「可能的」。

(D) 表示「喜歡」或「相像」之意。

模擬測驗

116

Tim can't find the Long Island Ferry schedule that he paid twelve dollars for -------.
(A) any here
(B) where
(C) nowhere
(D) anywhere

提姆到處都找不到他花十二美元所購買的長島渡輪時刻表。

正解 D

本題考字義。從句意可知 Tim「到處」都找不到時刻表，故答案為 (D)，anywhere 指「任何地方；到處」。此處句尾加上副詞 anywhere 來加強語氣。
(A) any 不與 here 連用。
(B) where 通常放在句首帶出疑問句，或當作關係副詞放在句中，不會出現在句尾。
(C) nowhere 表示「沒有地方」，但句中已經為否定句，如果再加上 nowhere 為「雙重否定」，與邏輯不符合。

117

We should take a taxi to the airport because the buses won't be ------- that early in the morning.
(A) to run
(B) ran
(C) running
(D) runs

我們應該搭計程車去機場，因為巴士這麼早還沒營運。

正解 C

本題考時態，won't be 後方應接現在分詞 Ving，表未來某事並不會發生，故正確答案為 (C)。
(A) 為不定詞。
(B) 為過去式。
(D) 為第三人稱單數動詞。

118

------- the fact that there is already a large amount of garbage in the ocean, we should all work harder to recycle as much as possible.
(A) Giving
(B) Give
(C) Given
(D) Gave

有鑑於海洋中已經有大量的垃圾，我們應該更努力地做資源回收。

正解 C

本題考 Given (the fact) that . . . 的慣用法，表示「考量到；有鑑於」之意，故答案選 (C)。

119

Andrea somehow managed to win the competition ------- never participating in the sport before.

(A) despite
(B) however
(C) until
(D) nor

儘管安德亞從來沒參與過那項運動，不知怎麼地她還是贏得了比賽。

正解 A

題目中前半段得知 Andrea 贏得了比賽，空格後則說她以前從來沒參加過這項運動，故上下文之間應以表示「讓步；轉折」的詞語銜接，又空格後方為名詞子句，僅有介系詞的 (A) despite「雖然；儘管」符合文法與句意，故為正確答案。

(B) 表示「然而」，但後面須接逗點，再接完整子句。
(C) 表示「直到……」。
(D) 表示「也不是……」，常與 neither 連用。

120

Donald runs ------- fast, so I can't keep up with him when we exercise together.

(A) extraordinary
(B) extremely
(C) exactly
(D) expressly

唐諾跑得極快，所以當我們一起運動時我都無法跟上他。

正解 B

本題考字義。由空格前後可以推知 Donald 跑得很快，空格當中應以副詞來修飾副詞 fast，表示「極快」，故正確答案為 (B)「極端地」。

(A) 為形容詞，表示「突出的」。
(C) 為副詞，表示「精準地」。
(D) 為副詞，表示「明確地」。

121

My college roommate ------- me since our freshman year by buying and wearing the same clothes that I do.

(A) imitates
(B) was imitating
(C) has imitated
(D) will imitate

我的大學室友從我們還是新鮮人的那年開始就模仿我，和我購買和穿著相同的衣服。

正解 C

本題考時態。由題目當中 since「自從」可以得知該情況已經從當時持續至今，故應用「現在完成式（have/has + p.p.）」來表示過去至今的狀況，故正確答案為 (C)。

• imitate (v.) 模仿

(A) 為現在簡單式的第三人稱單數動詞。
(B) 為過去進行式。
(D) 為未來式。

122

Maggie needs to ------- down before she gets in her car because driving when one is upset is dangerous.

(A) calm
(B) call
(C) clean
(D) come

瑪姬需要在她上車前冷靜下來,因為惱怒時開車是很危險的。

正解 A

本題考慣用片語,由題目後半段 because driving when one is upset is dangerous 可以得知全句意指 Maggie 需要冷靜下來以免開車危險,故答案為 (A) calm down,指「冷靜;鎮定下來」。

(B) 表示打電話,較少與 down 連用。

(C) 表示清潔,較少與 down 連用。

(D) 表示前來,與本句題意不符合。

123

You are going to buy a new computer before the annual investment banking conference, -------?

(A) won't you
(B) aren't you
(C) am I
(D) aren't they

你打算在年度銀行投資會議前購買新電腦,不是嗎?

正解 B

本題考附加問句。原文當中主要子句(肯定直述句)的主詞與動詞為 you are,故附加問句應使用「否定 be 動詞 + 代名詞」且代名詞和動詞須與主要子句一致,故正確答案為 (B)。

(A) 為助動詞 will 所形成的附加問句。

(C) 與主要子句的人稱及動詞不一致。

(D) they 與主要子句人稱不一致。

124

------- most of the students here are studying English, Sandra has decided to learn Russian.

(A) That
(B) Whereas
(C) Therefore
(D) Such

這裡多數的學生都在學習英文,而珊卓拉卻決定要學習俄文。

正解 B

由句意前半段得知多數學生都在學習英文,而句子後半段則說 Sandra 決定要學習俄文,故應使用 while、whereas 等表示「對比;對照」概念的連接詞,因此正確答案為 (B)。

(A) 常用以引導名詞子句或形容詞子句,並不具有對比意味。

(C) 表示「因此」,但本題不具因果關係。

(D) 為形容詞,表示「如此的;這麼樣的」,並不具有對照兩個子句的功能。

199

125

Kim thinks Frank is ------- committed employee at work because he often arrives late and leaves early.

(A) the most
(B) the least
(C) more than
(D) less than

金認為法蘭克是個最不具工作熱忱的員工，因為他經常遲到早退。

正解 B

由題目選項可知本題考比較級與最高級。由句意得知 Frank 經常遲到早退，故推斷他應是最不具工作熱忱的員工，故正確答案為 (B) the least，表示「最不……」之意。

• committed *(adj.)* 奉獻的；投入的

(A) 為最高級，但「最投入」與原文中「遲到早退」相互矛盾。
(C) 表示「比……還多」，本題並非 A 與 B 的比較句型或兩者中的比較。
(D) 表示「比……還少」。

126

Bill, who was in need of a car, ------- Tammy $2,000 for one that she was selling, but she wanted more money.

(A) offer
(B) offered
(C) is offering
(D) will offer

比爾需要一台車，他想用兩千美元來買譚美要賣的車，但她想要更多錢。

正解 B

本題考動詞時態，主詞為 Bill，空格處要填主要動詞，由句中可知題目以過去式（who was、she was、she wanted）貫穿整句，故主要動詞應選亦為過去式的 (B)。

(A) 為原形動詞。
(C) 為現在進行式。
(D) 為未來簡單式。

127

If Adam had not told us, we wouldn't ------- that Tina had been promoted.

(A) had known
(B) be knowing
(C) known
(D) know

如果亞當沒有告訴我們，我們就不會知道蒂娜被晉升了。

正解 D

本題考假設語氣句型，if 條件子句中為 had + p.p. 過去分詞，可推斷此為過去的假設，而主要子句應用助動詞（在本句中為 wouldn't）加原形動詞，表過去的假設影響到現在的結果，故答案選 (D)。

(A) 若為與過去事實相反的假設，主要子句的句型應為 S. + 助動詞 + have + p.p.，故選項 (A) 用 had + p.p. 為錯誤答案，且事實上 Tina 有晉升職務，故若用與過去事實相反的假設句意也不符。

128

The *New York Times* has seen a 44 percent increase in website traffic ------- the numbers in their most recent press release are to be believed.

(A) so that

(B) if

(C) though

(D) somewhat

如果《紐約時報》最新發出的新聞稿數據可信的話，該報的網路流量已增長了百分之四十四。

正解 B

本題前半段表示「紐約時報的網路流量大增」，空格後句子則說「該報發出的新聞稿數據是可信的」，根據前後句意空格處應用可表「條件或假設」的連接詞，故正確答案為 (B)，表示「如果數據可信的話」。本句帶有對於該數據真實性仍持保留態度的意味。

(A) 表示「結果；因此」，本句並非引導「目的」，故不符。

(C) 表示「雖然」，本句並非引導「讓步」，故不符。

(D) 表示「些許；稍微」，與本句句意不符。

129

In order to increase overall customer -------, the store allowed returns and exchanges of purchases for up to 60 days.

(A) relaxation

(B) satisfaction

(C) pleasure

(D) delight

為了能夠增加整體顧客滿意度，商店接受六十天內購買的物品可供退換貨。

正解 B

本題考單字。題目後半段提及商店接受顧客退換，可以推測是想要增加整體顧客「滿意度」，且 customer satisfaction 為慣用詞組，故正確答案為 (B)。

(A) 指「放鬆」。

(C) 指「愉悅」。

(D) 指「欣喜」。

130

Tina ------- her coworker her car so he could bring his new TV home from the discount electronics store.

(A) took

(B) bought

(C) borrowed

(D) lent

蒂娜把她的車借給同事，使他能夠將新買的電視機從打折中的電器行載回家。

正解 D

本題考字義。由題目中可以知道 Tina 的同事想要載新買的電視回家，可以推測 Tina 應該是把車借給同事，故正確答案為 (D)，為 lend 的過去式，指「借出」。

(A) 指「拿取」，為動詞 take 的過去式。

(B) 指「購買」，與題意不符合。

(C) 指「借入」，與題意邏輯不符合。

Part 6 Text Completion

Questions 131-134 refer to the following passage.

Ronald Reagan may have been the US President that loved ice cream the most. In 1984, he named July National Ice Cream Month and July 15 National Ice Cream Day. Although it may seem strange, creating a holiday to honor ice cream in America does make a lot of sense. More than ninety percent of the people living in the US enjoy eating that frozen treat. ---**131**---, Americans consume more ice cream per year than people in any other country—an average of forty-eight pints per person! And ice cream isn't just good to eat, it's also good for the ---**132**---. Since so many people love eating ice cream, the ice cream industry makes billions of dollars in sales. This means that many people have jobs making, selling, or serving that dessert. Additionally, ten percent of the milk produced in the US is purchased ---**133**--- ice cream companies, which is great for the country's farmers. Ice cream is so popular in America that it could be named the country's national dish. ---**134**---

羅納德·雷根或許應該是歷任美國總統當中最愛冰淇淋的一位。一九八四年，他將七月指定為全國冰淇淋月，並將七月十五日指定為全國冰淇淋日。雖然這看起來似乎很奇怪，但在美國特別為了向冰淇淋致敬而訂定一個節日，是很合情合理的事。超過百分之九十居住在美國的人口都很享受品嚐那種冰凍的美味。事實上，美國人一年消費的冰淇淋量遠遠超越了其他國家的人，平均每一人消費了四十八品脫！而冰淇淋不單只是好吃而已，它對於經濟上也很有幫助。由於許多人都愛吃冰淇淋，因此冰淇淋製造業創造了數十億元的銷售額。這代表了許多人因此得到了製造、販售或供應此甜品的工作機會。另外，全美百分之十的牛奶產量都是由冰淇淋製造公司所收購，這對全國的酪農而言真是非常有益處。冰淇淋在全美國受歡迎的程度，或許該將之指定為代表國家的菜餚！要不或許至少應該將之指定為代表國家的甜點！

131

(A) In that case
(B) However
(C) In fact
(D) To sum up

正解 C

本題考上下文關係。空格前方提到超過百分之九十的美國人都很喜愛冰淇淋。空格後方則進一步提及確切的統計數據，佐證美國人喜愛冰淇淋的程度，因此較為適合的答案為 (C)「事實上」，通常用於強調真實性或提供確切資訊等。

(A) 表示「就那樣的情形來看」。
(B) 表示「然而」。
(D) 表示「總結來說」。

132

(A) economy
(B) economic
(C) economics
(D) economical

正解 A

本題考詞性，空格前方為定冠詞 the，可以推測空格應填名詞，且根據句意提到冰淇淋不僅好吃，且有益於經濟，故正確答案為 (A)，表示「經濟」之意。

(B) 為形容詞，指「與經濟相關的」。
(C) 為名詞，指「經濟學」。
(D) 為形容詞，表示「經濟實惠的；精省的」。

133

(A) from
(B) by
(C) to
(D) with

正解 B

由本句可以知道 10% 的美國乳製品是由冰淇淋業者所購買，被動式後通常搭配 by 表示「由……」所進行該活動，故正確答案為 (B)。

(A) 為「從……」、(C) 表示「到」、(D) 為「用……」的意思，皆不符文意。

134

(A) Perhaps, at least, it should be named the country's national dessert!
(B) There are so many desserts that go well with pizza!
(C) In summation, too much ice cream can be a dangerous thing.
(D) After all, cookies are only second best.

正解 A

本題須根據上下文意思填入適當句子。空格前一句為：Ice cream is so popular in America that it could be named the country's national dish.，而選項 (A) 具有相同字詞 be named the country's national . . . ，故可推知空格處應是接著說明冰淇淋如果不是國家指定菜餚，應該至少可以成為國家指定甜點，因此答案選 (A) 符合上下文邏輯。

Questions 135-138 refer to the following letter.

Pet Plus

125 Main Street

Roseville, California 95678

Toll Free: 1-800-555-1234

Dear Valued Customer,

Thank you for joining the Pet Plus membership program! ---**135**--- Additionally, you will get special coupons that will give you huge discounts on those items.

Included in this letter is your membership card. Please bring this with you ---**136**--- you visit a Pet Plus store. Besides being able to purchase products at cheaper prices, you will also earn Pet Plus points for every ---**137**--- you spend. At the end of the year, you will be able to use these points to get amazing free gifts.

All of us at Pet Plus look forward to ---**138**--- you soon! If you have any questions about our membership program, call us at 1-800-555-1234 or visit a Pet Plus **retail** location to speak to a staff member.

Sincerely,

Martha Goyle
President, Pet Plus

寵物普拉斯

主街 125 號

羅斯維爾市，加州 95678

免付費電話：1-800-555-1234

各位尊貴的顧客：

感謝您加入寵物普拉斯的會員計畫！身為會員的一份子，您將按月收到我們的月訊，上面會刊載店裡所引進的新產品資訊。另外，您還會收到新產品的特價優惠券。

隨信附上您的會員卡。請您於光臨寵物普拉斯時隨身攜帶著這張卡，除了可以享有購物優惠之外，您所花費的每一塊錢都能累積成為寵物普拉斯的購物點數。在年底時，您將可以用這些點數換取免費的精美禮品。

我們寵物普拉斯的每一位同仁都期待能很快地為您服務。若您有任何關於我們會員活動的相關疑問，請致電到 1-800-555-1234，或到我們寵物普拉斯任何營業據點與工作人員洽談。

謹致，

瑪莎・寇優
寵物普拉斯 會長

• retail *(adj.)* 零售的

135

(A) As a member, you will receive monthly newsletters that will be full of information about the new products we have coming to our stores.

(B) Your application is under review, and hopefully we will have some good news for you by the end of the month.

(C) In light of this, we are now able to process your request to return several items to our store for a full refund.

(D) Our puppy adoption department is open every Saturday and Sunday from 6:00 a.m. to 11:30 a.m.

正解 A

本題須根據上下文意思填入適當句子。空格前一句為：Thank you for joining the Pet Plus membership program!，而空格後以 Additionally 帶出一項會員專屬的優惠（即能收到特價優惠券），故可推知空格處同樣在說明加入會員後將享有的福利，因此 (A)「將收到刊載產品資訊的月訊」符合上下文脈絡，故為正確答案。

• newsletter *(n.)* 商務通訊

(C) in light of 指「根據；有鑑於」。

136

(A) whatever
(B) whenever
(C) whoever
(D) whichever

正解 B

由該句前後文可知店家希望顧客來店時攜帶會員卡，以便享有購物優惠並累積點數。因此空格當中應填入與時間相關的複合關係詞，故正確答案為 (B)，表示「不論何時」。

(A) 指「不論怎樣」。

(C) 指「不論是誰」。

(D) 指「不論哪個」。

137

(A) price
(B) cash
(C) money
(D) dollar

正解 D

本句考單字。由原文當中可知消費可以贏得點數，點數應該是以「每塊錢」做為計算單位，故正確答案為 (D)，表示「元；塊錢」之意。

(A) 為「價格」，表示商品的賣價，通常不會搭配動詞 spend「花費」使用。

(B) 表示「現金」，為抽象不可數名詞，前面不能接 every。

(C) 表示「金錢」，為抽象不可數名詞，前面不能接 every。

138

(A) serve
(B) serving
(C) served
(D) be serving

正解 B

本題目考慣用片語與詞性。空格前方 look forward to ... 表示「期盼」之意，後方可接名詞或動名詞，故正確答案為 (B)，表示期待能有服務消費者的機會。

(A) 為原形，指「服務；接待」。

(C) 為過去式。

(D) 為現在進行式。

Questions 139-142 *refer to the following memo.*

Memorandum

To: IT Department
From: Helen White, CEO
Date: August 22nd
Subject: Transfer Opportunity

I'm following ---139--- last week's announcement about our new **branch** in Austin with this memo. Now that a location has been found and an opening date has been set, we are in need of employees to staff the new branch. We would like to start the hiring process by filling the management positions and have decided to look for current employees who would be willing to transfer to the new location. If you would like to apply for the IT Manager position, you will need to have at least ten years of ---140--- and an excellent work record here. ---141--- Once these positions have been filled, we will **open up** general hiring for the department. Please **bear in mind** ---142--- the company will not be responsible for any moving costs if you transfer to Austin. However, you will be given two weeks of **paid leave** during which you can move.

公告

收件者：IT 技術部門
寄件者：執行長 海倫‧懷特
日期：八月二十二日
主旨：轉調機會

此公告是延續上週宣布關於我們在奧斯汀新分部的相關事宜。既然地點已經找到，開幕日期也已確定，我們的新分部現在需要工作人員。我們希望能先從聘任管理階層的人員開始，並決定從現任員工中尋求願意轉調到新工作地點的人選。若你們之間有人想要申請 IT 技術部門經理的職缺，你需要有至少十年以上的經驗，並在這裡擁有非常良好的工作記錄。針對 IT 技術副理，五年相關領域的工作經驗是可以接受的。一旦這些職務都補滿了以後，我們將會為此部門開放一般職缺。請記住若你們轉調到奧斯汀，公司將不會負擔任何的搬遷費用，但是將會給予兩週的有薪假讓你們搬遷。

- branch *(n.)* 分公司；分店
- open up 開放
- bear in mind 記住
- paid leave 有薪假

139

(A) on
(B) by
(C) up
(D) from

正解 C

本題考慣用片語。由空格所在該句可以得知上週已宣布相關事宜，此封公告為之前宣布事項的延續，故正確答案為 (C)，follow up 表示「接續；延續；後續」之意。其他三選項較不常與 follow 連用。

140

(A) experience
(B) reference
(C) confidence
(D) evidence

正解 A

本題考字義。由空格前方 ten years of 可以推斷應徵者應具備十年的經驗，故正確答案為 (A)「經驗；體驗」。

(B) 指「參考」、(C) 指「信心」、(D) 指「證據」，皆不合句意。

141

(A) The positions of Web Developer, Applications Engineer, and MIS Director have already been filled.
(B) If your records are currently located at your former place of work, please have them sent over here promptly.
(C) For the IT Assistant Manager, five years of work history in the field is acceptable.
(D) Those of you who choose not to move are entitled to a severance package equivalent to one month's pay for every year of service.

正解 C

本題須根據上下文意思填入適當句子。空格前一句為：If you would like to apply for the IT Manager position, you will need to have at least ten years of experience and an excellent work record here. ，故可推知空格處會接著就符合 IT 相關職缺的需求加以說明，因此選項 (C) 提出 IT 技術副理的資格要求符合上下文邏輯，而空格後一句 Once these positions have been filled . . . 當中的 these positions 即指前兩句所提到的 IT Manager position 及 IT Assistant Manager。

• acceptable (adj.) 可以接受的

142

(A) if
(B) what
(C) when
(D) that

正解 D

空格前方 bear in mind 為常見慣用語，表示將「某事牢記在心」，空格後方為員工的注意事項，故可得知空格當中應填從屬連接詞 that，後方接子句，形成名詞子句，表示將「這件事情」牢記在心，因此答案為 (D)。

(A) 表示「如果」。
(B) 表示「什麼」。
(C) 表示「何時」。

Questions 143-146 *refer to the following e-mail.*

From:	TCooper@Showbiz.net
To:	HJaaques@Carreeon.com
Subject:	Ideas for Greg's retirement party

Dear Hattie,

As you know, our old friend from Luxten Bus Company, Greg Varnee, **is up for** retirement at the end of May. It's so hard to believe he has been there that long! A few of his coworkers and I have been trying to come up ---143--- some **suitable** ideas to give him an evening that he will remember, and I was hoping I could run a couple past you to see if you had any suggestions.

First, we want to have a cake made in the shape of a bus, just to remind Greg of what he will be missing. I'm sure he would understand the **sentiment**. I'm also hoping we can find some of the other people who used to work there ---144--- moved to other companies. Hopefully, some of them will have old photos we can use in a PowerPoint presentation.

So Hattie, do you have any other ideas? We still have a few months to think of something, so we don't have a ---145--- deadline. ---146---

Thanks,

Thomas Cooper

寄件者：TCooper@Showbiz.net
收件者：HJaaques@Carreeon.com
主旨：葛雷格退休派對構想

親愛的哈蒂：

如你所知，我們在納斯頓巴士公司的老朋友葛雷格・發爾尼在五月底就要退休了。真的很難想像他在那間公司待了這麼久！他的幾個同事和我一直在思考有什麼適合的方案，能讓他有個難忘的夜晚。我希望能將一些想法提供給你，看看你有什麼建議。

首先，我們想要有個巴士形狀的蛋糕，提醒葛雷格未來他將會想念什麼。我保證他會明白我們的心意。我也希望能找到幾個曾在納斯頓巴士公司工作，但後來轉職的人，希望他們之間有人會有些舊照片，讓我們能放在 PowerPoint 簡報中。

那麼哈蒂，你有任何的想法嗎？我們還有幾個月可以想想，所以期限並不緊迫。如果你有想法，可以的話請盡早把它們寄給我，我很樂意看看你的意見。

謝謝，

湯瑪士・庫柏

- be up for 打算；將要
- suitable *(adj.)* 適當的；合適的
- sentiment *(n.)* 感情；心情

143

(A) to
(B) on
(C) by
(D) with

正解 D

本題考慣用搭配詞。由本文主旨及空格所在該句可得知寄件者想要為人籌劃退休派對，需要想 some suitable ideas「一些適合的意見」。常用片語 come up with 為「想出」的意思，故正確答案為 (D)。

(A) 為「達到」或「從一地到另一地」，不符文意。(B) 與 (C) 不常與 come up 連用。

144

(A) if
(B) due to
(C) since
(D) but

正解 D

本題考上下文關係。空格前方指出「希望找到幾個曾在納斯頓巴士公司工作」，後方為「後來轉職的人」，故應填表「轉折」的連接詞，答案為 (D)，指希望能找到曾一起在巴士公司工作，但後來轉職的人一起來參與這個退休派對。

(A) 表示「如果」，文中句意並非表「條件或假設」。

(B) 表示「由於」，文中並無「因果」關係。

(C) 表示「自……以來」或「由於」。

145

(A) compact
(B) remote
(C) tight
(D) various

正解 C

本題考字義。該句指出還有幾個月可以思考計畫，所以可推知時間充裕，期限並不緊迫，正確答案為 (C) tight (adj.) 緊的。

(A)「小巧的；緊密的」，常用來指空間或體積較小、(B)「遙遠的」，常用來指距離、(D)「多樣的」，皆不符文意。

146

(A) Make sure you send them over immediately so they can be approved.
(B) If you do, feel free to send them over at your earliest convenience and I'd be happy to take a look at them.
(C) Don't be scared to tell the truth next time.
(D) Please submit them before the end of the month, as time is precious.

正解 B

本題須根據上下文意思填入適當句子。空格前兩句為：So Hattie, do you have any other ideas? We still have a few months to think of something . . .，故可推知寫信者邀請收信者提出一些退休派對的想法及意見，因此答案選 (B) 符合上下文邏輯。選項中的代名詞 them 即指前面提到的 ideas。

209

Part 7 Reading Comprehension

Questions 147-148 refer to the following exchange of text message chain.

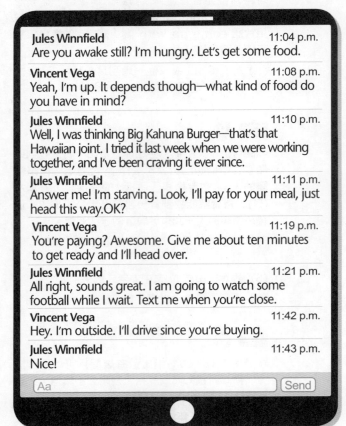

Jules Winnfield	11:04 p.m.
Are you awake still? I'm hungry. Let's get some food.	
Vincent Vega	11:08 p.m.
Yeah, I'm up. It depends though—what kind of food do you have in mind?	
Jules Winnfield	11:10 p.m.
Well, I was thinking Big Kahuna Burger—that's that Hawaiian joint. I tried it last week when we were working together, and I've been craving it ever since.	
Jules Winnfield	11:11 p.m.
Answer me! I'm starving. Look, I'll pay for your meal, just head this way.OK?	
Vincent Vega	11:19 p.m.
You're paying? Awesome. Give me about ten minutes to get ready and I'll head over.	
Jules Winnfield	11:21 p.m.
All right, sounds great. I am going to watch some football while I wait. Text me when you're close.	
Vincent Vega	11:42 p.m.
Hey. I'm outside. I'll drive since you're buying.	
Jules Winnfield	11:43 p.m.
Nice!	

裘力斯・溫佛德	11:04 p.m.
你還醒著嗎？我餓了。我們去吃點東西吧。	
文森・維加	11:08 p.m.
嗯，我醒著。要看看你要吃的是什麼東西？	
裘力斯・溫佛德	11:10 p.m.
嗯，我想吃大卡胡納漢堡——就是那間夏威夷風的店。我們上週一起工作時我有吃過，自從那天起我就很想再吃。	
裘力斯・溫佛德	11:11 p.m.
快點回我！我超餓的。聽著，我會幫你付錢，你就過來這裡。好嗎？	
文森・維加	11:19 p.m.
你要付錢？太棒了。給我十分鐘準備，我就過去。	
裘力斯・溫佛德	11:21 p.m.
好，聽起來不錯。我等你時會看一下足球賽。你快到的時候傳訊息給我。	
文森・維加	11:42 p.m.
嘿。我在外面了。你要付錢所以我開車。	
裘力斯・溫佛德	11:43 p.m.
很好！	

147

What is the main focus of this text conversation?
(A) Two men deciding what to watch on TV
(B) Two men deciding to get a late-night meal together
(C) Two men planning a business meeting
(D) Two men trying to decide who will drive to buy food

正解 **B**

本題為主旨題。詢問這段訊息對話主要是在說什麼。由 Jules Winnfield 一開始就說 Are you awake still? . . . Let's get some food. 及訊息顯示的時間為十一點多，得知兩位男士正在約要一起出去吃宵夜，故正確答案為 (B)。選項 (D) 可由訊息最後 Vincent Vega 提到 I'll drive since you're buying. 得知他們並非在試著決定誰將開車去買食物，因此 (D) 選項錯誤。

148

At 11:11, what does Mr. Winnfield most likely mean when he says "head this way"?
(A) He wants Mr. Vega to come to where he is located.
(B) He wants Mr. Vega to look at him.
(C) He is explaining to Mr. Vega how to get to his house.
(D) He is telling Mr. Vega to be careful on his way.

正解 **A**

本題在詢問 head this way 的意思。head 在此為「出發前往（某處）」之意，因此 head this way 即為「過來這裡」的意思，故可知 Mr. Winnfield 是希望 Mr. Vega 可以過來他住的地方，答案為 (A)。

Questions 149-150 refer to the following advertisement.

Paradise Vacations

Don't **leave** your holiday **up to chance**! Let Paradise Vacations help you book the perfect once-in-a-lifetime trip in a beautiful tropical country. Perhaps you'd enjoy an active holiday surfing and **scuba diving** off the coast of Australia, or maybe a **laid-back** week tanning on a beach in Bali would be more your style. No matter what you like doing, the **knowledgeable** staff at Paradise Vacations can help you create a vacation package that will satisfy your needs.

Holiday services that we can reserve for you:
- Flights
- Water sport lessons
- Hotel rooms
- Sightseeing tours
- Meals at restaurants
- Spa packages

No other company does as much for their customers as Paradise Vacations. If you'd like to make your next vacation the perfect trip, contact us now!

345 Wellington Dr.

(800) 455-3384

E-mail: custservice@paradisevacations.net

- **Monday – Friday:** 10 a.m. to 6:30 p.m.
- **Saturday & Sunday:** 11 a.m. to 8:00 p.m.

天堂假期

不要讓您的假期出遊只是碰運氣了！讓「天堂假期」幫您在美麗的熱帶國家預訂一個一生一次的完美旅程。或許您想在澳洲的海岸享受一個衝浪及浮潛的活躍假期，或傾向於在峇里島的海灘上享受一星期的悠閒日光浴。不管您喜歡做些什麼，「天堂假期」中知識豐富的工作人員都能幫您規劃一個滿足您需求的套裝行程。

我們能為您預約的假期服務：
- 機票
- 水上運動課程
- 飯店
- 觀光遊覽
- 餐廳餐點
- SPA 配套行程

沒有其他公司能夠像「天堂假期」能為客戶做如此多的服務。若您想要讓您下一個假期是個完美的旅程，現在趕快與我們聯繫！

威靈頓街 345 號

(800) 455-3384

電子郵件：custservice@paradisevacations.net

- 星期一至星期五：上午 10:00 至下午 6:30
- 星期六及星期日：上午 11:00 至下午 8:00

- leave sth. up to chance 碰運氣；任憑命運
- scuba diving 浮潛
- laid-back *(adj.)*【俚】悠閒的
- knowledgeable *(adj.)* 有知識的

149

What is Paradise Vacations?
(A) It's a resort on a tropical island.
(B) It's a surfing school in Australia.
(C) It's an airline.
(D) It's a travel agency.

正解 D

本題詢問 Paradise Vacation 是何種性質的機構。由原文當中關鍵字 book「預約」、vacation package「套裝行程」及各項條列出可為客戶預約的服務項目，可推斷應為協助遊客預約旅遊行程的旅行社，故正確答案為 (D)。

(A) 表示為「熱帶島嶼度假村」，但度假村不會協助預訂班機。

(B) 表示「澳洲的衝浪學校」，原文當中提到澳洲衝浪是他們的行程之一，但並非專教衝浪的學校。

(C) 表示為「航空公司」，與敘述不符。

150

What is NOT mentioned in the ad for Paradise Vacations?
(A) Where the company is located
(B) What they can book for clients
(C) How much they charge customers
(D) When they are open on weekends

正解 C

本題為除外題，詢問廣告當中「沒有」提及哪項資訊。一一檢視選項並比對原文，其中選項 (A)「公司地點」、(B)「可為客戶預訂的項目」及 (D)「週末的營業時間」皆有提到或列出，但文中並沒有提到價格，故正確答案為 (C)。

Questions *151-152* *refer to the following cover letter.*

Reggie Black

1540 Riverside Ave.
Columbus, OH 43085
740-558-4822
rblack@trustmail.com

Dear Sir or Madam,

My name is Reggie Black, and I am interested in applying for the position I saw posted on your company's website. My résumé is attached to this e-mail, along with two letters of reference from previous employers.

I hope that upon reading my résumé, you will be interested in **granting** me an interview. I have more than a **decade** of experience in sales, which is more than your advertisement said was needed to be considered for the position. Additionally, I've attended several training programs in the past that focused on improving one's sales abilities. I believe that if you decide to meet with me, you will find that I could be a perfect fit for the position you need filled.

If you have any questions, please call the number listed on my résumé at any time. Thank you for taking the time to read this and my supporting documents.

Sincerely,

Reggie Black

瑞奇・布雷克

河濱大道 1540 號
哥倫布市，俄亥俄州 43085
740-558-4822
rblack@trustmail.com

先生／女士 敬啟：

我叫瑞奇・布雷克，我有興趣要應徵在貴公司網站上看到的職缺。我在此封電子郵件裡附上了我的個人履歷，以及兩封前雇主的推薦信。

我期望您在看完我的履歷之後，將有意給予我一次面試機會。我有十年以上的銷售經驗，超過貴公司徵才廣告中要求該職缺所須具備的。另外，我過去還曾參與了許多針對能增長個人銷售能力的訓練課程。我相信若您決定要與我面談，會發現我是符合該職缺所需的最佳人選。

若您有任何的疑問，請隨時致電到我在履歷表上所列出的電話號碼。感謝您願意撥冗閱讀這封信及我的其他相關文件。

謹致，

瑞奇・布雷克

- grant *(v.)* 給予；授予
- decade *(n.)* 十年

151

What did Reggie include with his e-mail?

(A) A copy of his diploma

(B) Messages from people he used to work for

(C) Proof that he completed a training program

(D) Reports on his behavior from former customers

正解 B

本題為細節題，詢問 Reggie 在電子郵件當中包含了什麼。解題關鍵在第一段 My résumé is attached . . . along with two letters of reference from previous employers.「附上了我的個人履歷，以及兩封前雇主的推薦信。」，故正確答案為 (B)。

(A) diploma (n.) 學位。

(C) proof (n.) 證明。第二段有提及他參與訓練課程，但並未說到他有提出結業證書或相關證照的證明。

(D) report (n.) 報告。

152

Why does Reggie think he is a good candidate for the position?

(A) He is very eager to move into a new industry.

(B) He has done similar work for more than ten years.

(C) He has completed a distinguished degree program.

(D) He is available to begin working right away.

正解 B

本題詢問 Reggie 為何認為自己是該職缺的適合人選。解題關鍵在第二段第二句 I have more than a decade of experience in sales . . .，表示他在相關領域有超過十年的豐富經驗，故正確答案為 (B)。

(A) eager (adj.) 渴望的；急切的。

(C) distinguished (adj.) 卓越的；著名的。

Questions 153-155 refer to the following meeting agenda.

Design Committee Meeting

Date/Time: January 15th, 9 a.m. to 11 a.m.
Location: Conference Room F
Attendees: Nancy Green, Barry Williams, Kurt Hamilton, Kim Bass, Ryan Holden

OBJECTIVE

In this month's meeting, we will make a final decision on the packaging design for the new line of products being released in the fourth quarter this year. Every committee member will receive information about all of the possibilities prior to the meeting and should be prepared to discuss them and offer suggestions about how to improve them. Then we will vote on which one to actually **produce**.

SCHEDULE

9:00 to 9:15: **Call to Order** by Chairperson
9:15 to 9:30: Review Previous Meeting's Minutes
9:30 to 10:30: Discuss Packaging Designs
10:30 to 10:45: Vote on Packaging Choices
10:45 to 11:00: **Wrap-up** and Final Questions

ROLES/RESPONSIBILITIES

Chairperson: Nancy Green
Secretary: Kurt Hamilton

設計委員會議

日期／時間：一月十五日，上午九時至十一時。
地點：會議室 F
參與者：南西·葛琳、裴瑞·威廉斯、科特·漢彌爾頓、金·貝斯、萊恩·荷頓

目標

在本月會議中，我們要針對今年第四季所推出新產品線的包裝設計做出最終決議。每位委員都將會在會議前收到所有可能選項的相關訊息，並應該準備一同討論及提出改善建議。之後我們將會投票表決要生產哪一個包裝。

行程表

09:00 至 09:15：主席宣布會議開始
09:15 至 09:30：回顧前一次會議記錄
09:30 至 10:30：討論包裝設計
10:30 至 10:45：投票表決包裝選項
10:45 至 11:00：總結及最後提問

職務／職責

主席：南西·葛琳
秘書：科特·漢彌爾頓

- call to order 正式宣布開會
- wrap-up *(n.)* 總結（討論、報告等）

153

What is the main purpose of the upcoming meeting?
(A) To submit artwork that can be used on new packaging
(B) To talk about the meeting held in the previous month
(C) To choose a packaging design for a new product line
(D) To assign responsibilities for a product launch event

正解 C

本題為主旨題，詢問開會的主要目的為何。解題關鍵在文中 Objective 的第一句 . . . we will make a final decision on the packaging design for the new line of products . . .，表示要針對新產品的包裝設計做出最後定奪，故正確答案為 (C)。

(A) submit (v.) 繳交。
(D) assign (v.) 指派。product launch 產品上市或上架。

154

The word "produce" in the objective section, line 5, is closest in meaning to:
(A) show
(B) make
(C) cause
(D) present

正解 B

本題為字義題，詢問原文當中的 produce 跟選項中何者含義接近。原文當中提及要「生產」包裝，故類似含義字為 (B)。

(A) 指「展示」。
(C) 指「引發；導致」。
(D) 指「呈現」。

155

When will the committee members make a decision on the packaging?
(A) During a discussion from 9:30 to 10:30
(B) At the beginning of the meeting
(C) After they leave the meeting
(D) Between 10:30 and 10:45

正解 D

本題為細節題，詢問委員會做出採用何種包裝之決定的時間。由文中 Schedule 的部分可以得知，10:30 至 10:45 將就包裝進行投票，故正確答案為 (D)。

Questions 156-158 refer to the following recipe.

Baked Dijon Salmon

Directions:

1. Preheat oven to 400 degrees F.
2. Place a small pot on a stove burner and **melt** ¼ cup butter.
3. Stir together the melted butter, 3 tablespoons Dijon mustard, and 1 ½ tablespoons honey in a small bowl. Set aside.
4. In another bowl, mix together ¼ cup bread **crumbs**, ¼ cup finely chopped **pecans**, and 4 teaspoons chopped fresh **parsley**.
5. Place four salmon **fillets** in a baking dish.
6. With a brush, cover each salmon fillet lightly with the honey mustard mixture, and then sprinkle the tops of the fillets with the bread crumb mixture.
7. Bake the salmon for 12 to 15 minutes in the oven.
8. Remove from the oven and let cool. Place a slice of lemon on each fillet. Serve.

Makes four servings.

焗烤第戎鮭魚

步驟：

1. 預熱烤箱至華氏 400 度。
2. 將一小鍋子放在爐火上並在鍋中融化四分之一杯的奶油。
3. 在小碗裡將融化的奶油與三湯匙的第戎芥末醬和一湯匙半的蜂蜜一同攪拌。靜置一旁。
4. 在另一個碗中，將四分之一杯的麵包碎屑、四分之一杯剁碎的胡桃及四茶匙剁碎的新鮮荷蘭芹一同混合。
5. 在一個烤盤中放上四片鮭魚片。
6. 用刷子在每片鮭魚片上輕輕塗滿蜂蜜芥末拌醬，並在每片魚肉片上灑上麵包屑。
7. 將鮭魚置於烤箱中烤約十二至十五分鐘。
8. 從烤箱中取出鮭魚並放涼。在每一片鮭魚上擺放一片檸檬片。上菜。

供四人份。

- melt (v.) 融化
- crumb (n.) 麵包屑；糕餅屑；碎屑
- pecan (n.) 胡桃
- parsley (n.) 歐芹；荷蘭芹
- fillet (n.) 魚片；肉片

156

How much honey is needed to prepare this dish?

(A) None
(B) ¼ cup
(C) 1 ½ teaspoons
(D) 1 ½ tablespoons

正解 **D**

本題為細節題，詢問需要準備多少蜂蜜。在文中尋找關鍵字 honey 即可知解題關鍵在步驟三，須準備一湯匙半的蜂蜜，故正確答案為 (D)。

157

Which of the following actions should be performed first?

(A) Four salmon fillets should be placed in a pan.
(B) Mustard should be poured in a bowl.
(C) The oven should be turned on.
(D) Butter should be melted on the stove.

正解 **C**

本題詢問四個選項當中哪個步驟要先做，解題關鍵在步驟一，烤箱預熱 preheat，表示要先將烤箱的電源打開 turn on，故正確答案為 (C)。

158

What is TRUE about this recipe?

(A) The salmon is cooked in a saucepan.
(B) It is supposed to feed four people.
(C) Four cups of bread crumbs are needed for it.
(D) The butter is mixed with the bread crumbs in a bowl.

正解 **B**

本題為是非題，詢問下列敘述何者為真。解題關鍵在最後一行：makes four servings「供四人份」，故可知是供四個人食用，正確答案為 (B)。

• feed *(v.)* 餵食；供給

(A) saucepan *(n.)* 平底深鍋。文中步驟七提到要將鮭魚放在烤箱中烤，而非用平底深鍋烹飪。

(C) 文中步驟四提到麵包碎屑是四分之一杯，而非四杯。

(D) 由步驟三及步驟四可知，奶油和麵包碎屑是分開處理，並沒有放在同一個碗中混合。

Questions 159-161 *refer to the following e-mail.*

To:	customerservice@lilysdiner.com
From:	soccermom@mailbox.com
Subject:	Complaint

To Whom It May Concern:

Last Wednesday night, I came into your restaurant to eat with my family, and I was very disappointed with our experience. First of all, when we arrived, there was no one at the **entrance** to greet us. It took almost 15 minutes for someone to notice us and take us to a table. Second, our waitress, Mandy, was terribly rude. She wouldn't look at us when we were talking to her, and when she came out with our drinks, she **slammed** them down on the table so hard that one **tipped** over and **spilled** all over my daughter. And she didn't even apologize! At that point, I was so angry that we got up to leave, and you know what happened? The final problem of the evening was the reaction of the manager. He made us pay for the drinks we ordered even though we didn't touch them! I will never visit Lily's Diner again!

Sincerely,

Joanne Parker

收件者：customerservice@lilysdiner.com
寄件者：soccermom@mailbox.com
主旨：客訴信

敬啟者：

上週三晚上，我與我的家人到貴餐廳用餐，但是我對於這次用餐經驗相當失望。首先，當我們抵達餐廳時，在門口沒有人招呼我們。大約花了近十五分鐘才有人發現我們並帶我們入座。接著，我們的服務生曼蒂非常沒禮貌。在與我們對話時不但完全不看我們，而且在遞送我們的飲料時，竟用力地將飲料放到餐桌上，其中一杯還翻倒灑了我女兒整身。而她居然連句道歉都沒有！在那一刻我氣到要起身離開了，而你知道接下來如何嗎？當晚最終極的問題則是餐廳經理的回應。他要我們付那幾杯我們所點但連碰都沒碰的飲料！我將再也不會光顧莉麗餐館了！

謹致，
喬安·巴克

- entrance *(n.)* 入口；門口
- slam *(v.)* 砰地放下（或放倒）
- tip *(v.)* 翻倒
- spill *(v.)* 溢出；濺出

159

Why was this letter written?
(A) Joanne wanted to compliment Mandy on her service.
(B) Joanne wanted to complain about a recent experience.
(C) Joanne wanted to make a dinner reservation.
(D) Joanne wanted to ask questions about a problem.

正解 **B**

本題為主旨題，詢問寫這封信的主要目的為何。解題關鍵在郵件主旨 Complaint 及內文第一句後半部 . . . I was very disappointed with our experience.「我對於這次用餐經驗相當失望。」可以推斷寫信的目的是要進行客訴，故正確答案為 (B)。

(A) compliment (v.) 稱讚。

160

Why did Joanne wait so long for a table?
(A) The restaurant was very busy.
(B) Her table was still being cleaned.
(C) No one saw her enter the restaurant.
(D) The restaurant wasn't open when she came.

正解 **C**

本題詢問 Joanne 為何等待很久的時間才就座。解題關鍵在第二及第三句 . . . there was no one at the entrance to greet us. It took almost 15 minutes for someone to notice us and take us to a table. 可知餐廳門口沒人招呼顧客，因此也沒有人注意到他們光臨，故正確答案為 (C)。

161

What happened to Joanne's daughter?
(A) She wasn't allowed to enter the restaurant.
(B) She was served her meal before everyone else.
(C) She fought with the manager.
(D) She got covered in a liquid.

正解 **D**

本題問 Joanne 的女兒發生什麼事。解題關鍵在信件提及的第二點 . . . that one tipped over and spilled all over my daughter. 表示「飲料翻倒灑了我女兒整身」，故正確答案為 (D)。

• liquid (n.) 液體
(C) fought，為 fight 的過去式，為「爭吵」之意。

221

Questions 162-164 *refer to the following schedule.*

Martin and **Lee's** Weekly Schedule for April 17th – April 23rd

	Monday	Tuesday	Wednesday	Thursday	Friday
9-10 am	*Lee:* Breakfast meeting with new client	*Lee:* Drop off car at **mechanic** on way to work	*Martin:* Job interview	*Lee:* Tennis with client	*Lee:* Leave for business trip (2 weeks)
10-11 am					
11-12 pm				*Martin:* Soccer practice	
12-1 pm		*Lee:* Lunch with brother and sister			*Martin:* Lunch with Betty
1-2 pm	*Martin:* **Finance** class final				
2-3 pm			*Lee:* Pick up car		
3-4 pm		*Martin:* English class final			
4-5 pm					
5-6 pm					
6-7 pm	*Martin:* Watch hockey game	*Martin and Lee:* **Chores**		*Lee:* Movie with Tina	
7-8 pm			*Martin:* Dinner with Mom		
8-9 pm					

馬丁和李 四月十七日至四月二十三日的當週行程表

	星期一	星期二	星期三	星期四	星期五
上午 9-10 點	李：與新客戶早餐會議	李：在上班途中將車子送修	馬丁：工作面試	李：與客戶打網球	李：出發前往商務出差（兩星期）
上午 10-11 點					
上午 11-12 點				馬丁：足球練習	
下午 12-1 點		李：與兄弟姐妹共進午餐			馬丁：與貝蒂吃午餐
下午 1-2 點	馬丁：金融學期末考				
下午 2-3 點			李：取車		
下午 3-4 點		馬丁：英語期末考			
下午 4-5 點					
下午 5-6 點					
下午 6-7 點	馬丁：觀看曲棍球賽	馬丁和李：整理家務		李：與蒂娜看電影	
下午 7-8 點			馬丁：與媽媽吃晚餐		
下午 8-9 點					

• finance *(n.)* 金融；財政學　• mechanic *(n.)* 修理工；技工　• chore *(n.)* 雜事；瑣事

162

When will Martin and Lee probably do their laundry?

(A) Tuesday at 6 p.m.
(B) Wednesday at 10 a.m.
(C) Thursday at 11 a.m.
(D) Friday at 9 a.m.

正解 A

本題詢問 Martin 與 Lee 可能會於何時洗衣服。由行事曆當中可知星期二晚上六點到九點是兩人做家事的時段，洗衣為常見的家庭雜事之一，故正確答案為 (A)。

163

What will Martin be doing on Wednesday morning?

(A) He'll be finishing up a final at school.
(B) He'll be trying to get a position at a company.
(C) He'll be picking up the car after it's repaired.
(D) He'll be doing something athletic with friends.

正解 B

本題詢問 Martin 週三早上會從事的活動。由行事曆當中可知他當時將有工作面試，故正確答案為 (B)「他將試著在某公司獲得一個職位」。

164

What is most likely Martin and Lee's relationship?

(A) Brothers
(B) Roommates
(C) Coworkers
(D) Classmates

正解 B

本題為推論題，詢問 Martin 與 Lee 可能是何種關係。由行事曆當中可知雙方活動於公於私除了家務之外幾乎不重疊，各自也有和家人碰面的計畫。且 Martin 的活動內容與工作相關，應是上班族；而 Lee 則有考試、球類活動，很可能是學生。因此推測兩人應該沒有親屬關係，也非同事或同學，應是單純的室友，故正確答案為 (B)。

Questions 165-168 *refer to the following notice.*

Attention, Third Floor Employees:

—[1]— Starting on October 16th, the third floor of this building will be **undergoing maintenance** work that will last for two months. —[2]— Please note that there will be several days when employees have no access to their work stations on the third floor because of safety issues. Those dates are listed below, and everyone will receive e-mail **reminders** two days **prior to** them. On those dates, employees normally working on the third floor will be **temporarily** assigned to the fourth or sixth floor. —[3]— We apologize for the **inconvenience** and thank you for your patience while we make **improvements** to the facilities. —[4]—

The third floor will be closed to all employees on:
• October 22nd & 23rd
• November 1st – 6th
• November 14th
• December 1st – 3rd

三樓的員工請注意：

從十月十六日起，本棟三樓將進行為期兩個月的維修工程。請注意在這段期間由於安全的顧慮，員工們會有幾天無法進入到他們三樓的工作區域。那幾天的日期列於下方，每位員工將於兩天前接獲提醒的電子郵件。在那幾天，原本工作區域在三樓的員工們將暫時分派至四或六樓。員工們將會收到電子郵件，詳細說明在那段期間該前往的區域以及工作該向誰彙報。我們對於所造成的不便深感抱歉，也感謝你們在設備改善期間的耐心配合。

三樓將關閉員工通行的時間為：
• 十月二十二日 及 二十三日
• 十一月一日 至 六日
• 十一月十四日
• 十二月一日 至 三日

• undergo *(v.)* 經歷
• maintenance *(n.)* 維修；保養
• reminder *(n.)* 提醒物
• prior to 在……以前
• temporarily *(adv.)* 暫時地；臨時地
• inconvenience *(n.)* 不便之處
• improvement *(n.)* 改進；改善

165

How will employees be reminded about closures of the third floor?

(A) There will be more announcements posted on the fourth and sixth floors.

(B) They will be sent e-mails two days before the floor is closed.

(C) They will receive e-mails on the days that they must go to another floor.

(D) The supervisors they report to will put written reminders in their mailboxes.

正解 B

本題詢問員工將經由何種方式接獲通知。解題關鍵在第三句後半部 ... everyone will receive e-mail reminders two days prior to them.「每位員工將於兩天前接獲提醒的電子郵件」，故正確答案為 (B)。

166

Where will employees go when the third floor is closed?

(A) They will work from home and communicate through e-mail.

(B) They won't be required to work on those days.

(C) They will all be assigned new offices on the fourth floor.

(D) They will either work on the fourth floor or sixth floor.

正解 D

本題詢問三樓關閉時員工將去何處。解題關鍵在第四句 ... will be temporarily assigned to the fourth or sixth floor.「將暫時分派至四或六樓」，故正確答案為 (D)。

167

In which of the following positions marked [1], [2], [3], and [4] does the following sentence best belong?

"Employees will receive e-mails detailing exactly where to go and who to report to during that time."

(A) [1]

(B) [2]

(C) [3]

(D) [4]

正解 C

本題為篇章結構的題型。題目的句子意思為「員工們將會收到電子郵件，詳細說明在那段期間該前往的區域以及工作該向誰彙報。」根據上下文之意，只有 [3] 的前方已提到了員工會收到電子郵件，並將員工分派到四或六樓，此句子為總結上面兩個句子，因此答案選 (C)。

168

On which of the following dates will the third floor be closed?

(A) October 16th

(B) October 24th

(C) November 15th

(D) December 2nd

正解 D

本題為細節題，詢問選項中何者為三樓關閉的日期。解題關鍵在文末列出三樓關閉的四個日期區間，唯一落在日期區間的為選項 (D) 十二月二日。

Due to a **shortage** in bookings this weekend, the Hilliard Hotel and Spa is offering huge discounts to local **residents** who come visit us today or tomorrow.

—[1]— For just $50, you can sleep in one of our world-class suites and receive a **complimentary** in-room massage. Guests other than yourself are welcome to stay in the same room, but a small $5 fee will be added to your bill for each one aged 18 or over. To take advantage of this special deal, you just need to show an ID that proves you live in Hilliard. —[2]— Come in and order an **appetizer** and **entrée**, and you'll get 30% off your bill.

—[3]— Hilliard Hotel and Spa has been operating in Hilliard for more than twenty years, and this is the first time that it has offered such amazing deals specifically for the local **community**. —[4]— If you haven't come to **check** us **out** yet, now is the perfect time to do so. We look forward to seeing you soon!

由於這週末的預約不足，希勒溫泉飯店將提供超值優惠折扣給今天或明天蒞臨的當地居民。

只要五十元，您就可以入住在我們世界級的套房並享有我們贈送的房內按摩服務。除您本人之外其他同行的房客歡迎住在同一間房內，但年滿十八歲以上的房客，每位加收五元。您只需要出示希勒居民的身份證明，就能享有這個特別的優惠。除了提供住房的大促銷之外，我們的餐廳也提供了很優惠的餐點折扣。凡點開胃菜與主菜，即可享有七折優惠。

希勒溫泉飯店已在希勒地區經營了超過二十年以上，而這是史上第一次特別提供如此的優惠給當地社區。若您從來沒有來過，那現在就是行動的最佳時刻。我們期待您的光臨！

- shortage *(n.)* 缺少；不足
- resident *(n.)* 居民；定居者
- complimentary *(adj.)* 【美】贈送的
- appetizer *(n.)* 開胃的食物
- entrée *(n.)* 【美】主菜
- community *(n.)* 社區
- check out 【口】看看；試試

169

Who would be most interested in this notice?
(A) A traveler who just arrived in the area
(B) A local resident
(C) Someone planning a vacation abroad
(D) A family going on a trip in a few weeks

正解 B

本題詢問誰對這篇公告會最感興趣。由原文當中第一句後半段 . . . the Hilliard Hotel and Spa is offering huge discounts to local residents，表示「該旅館提供超值優惠折扣給當地居民」，故可知這個優惠措施僅限當地居民，因此他們應該會對該消息相當感興趣，正確答案為 (B)。

170

How much would a family of four pay for a room if the two children were 15 and 18?
(A) $50
(B) $55
(C) $60
(D) $65

正解 C

本題為細節題，詢問一家四口，兩個小孩分別為 15 及 18 歲，應支付多少房價。解題關鍵在第二段的前兩句，基本房價為 50 美元，18 歲以上的成人每多一個人多加 5 美元，但未滿 18 歲則不加價，故一家四口入住房價應為 50+5+5=60 美元，正確答案為 (C)。

171

What does a person need to do in order to receive a discount on a meal?
(A) If a person buys an entrée, he or she will get an appetizer for free.
(B) A diner must order two items off the menu to get the discount.
(C) Anyone who books a room at the hotel will get 30% off a meal.
(D) A person just needs to prove residence in Hilliard to get a cheaper dish.

正解 B

本題為細節題，詢問要 如何才能享有用餐折扣。解題關鍵在第二段的最後一句 . . . order an appetizer and entrée, and you'll get 30% off your bill.「點開胃菜與主菜，即可享有七折優惠」，故正確答案為 (B)「用餐者必須點菜單中的兩樣東西才能獲得折扣」。

172

In which of the following positions marked [1], [2], [3], and [4] does the following sentence best belong?
"Besides huge discounts on rooms, we are also greatly reducing the prices of meals in our dining room."
(A) [1] **(B) [2]** (C) [3] (D) [4]

正解 B

本題為篇章結構的題型。題目的句子意思為「除了提供住房的大促銷之外，我們的餐廳也提供了很優惠的餐點折扣。」根據上下文之意，只有 [2] 後方提及餐點的折扣，因此答案選 (B)。

Questions 173-175 refer to the following online chat discussion.

Mike Bello [22:11]:
You guys, this year-end expense report stuff is killing me.

Sarah Lin [22:13]:
Tell me about it! I'm on the hunt for two or three receipts from business lunches last month that it seems have disappeared.

Ian O'Brien [22:15]:
Oh, big deal! I've got stacks of credit card bills and things I don't even remember buying . . .

Sarah Lin [22:16]:
Well, excuse me, sir . . . Just kidding. Need some help?

Ian O'Brien [22:18]:
I might actually, but not with this. Are you almost done?

Sarah Lin [22:21]:
Hardly. It's just . . . this paperwork is so unclear! What about Mike?

Mike Bello [22:25]:
Yeah, I might be able to help. What's up, Ian?

Ian O'Brien [22:29]:
Well, besides all this year-end expense reporting business, I should be working on the proposal for the company's new hiring procedures. We have to meet our new recruiting goals for next quarter.

Mike Bello [22:36]:
Yuck. What can I help with there?

Ian O'Brien [22:39]:
I just need to give it a second set of eyes—make sure it makes sense.

麥克・貝勒 [22:11]：
跟你們說，今年底的費用申報真的快煩死我了。

林莎拉 [22:13]：
沒錯！我正在找兩三張上個月商務午餐的收據，看起來似乎是不見了。

伊安・歐布萊恩 [22:15]：
喔！那有什麼大不了的！我有一疊信用卡帳單還有一些我甚至不記得是買了什麼……

林莎拉 [22:16]：
嗯，這位先生，你也太誇張了吧……開玩笑的啦。需要幫忙嗎？

伊安・歐布萊恩 [22:18]：
我可能真的需要幫忙，但不是幫這個。妳快完成了嗎？

林莎拉 [22:21]：
還沒。就是……這些文書工作實在是讓人搞不清楚！麥克，你那邊如何呢？

麥克・貝勒 [22:25]：
嗯，我可能可以幫個忙。伊安，怎麼了嗎？

伊安・歐布萊恩 [22:29]：
嗯，除了這些年底報帳事項，我還要寫公司新聘僱流程的提案。我們下一季必需要達到聘僱目標。

麥克・貝勒 [22:36]：
啐。我可以幫什麼忙嗎？

伊安・歐布萊恩 [22:39]：
我只需要第二個人幫我看一下──確認它看起來符合邏輯。

173

In which department does Ian O'Brien most likely work?

(A) Finance

(B) Marketing

(C) HR

(D) Sales

正解 C

本題詢問 Ian O'Brien 最有可能是在哪一個部門工作。由線上對話中 . . . I should be working on the proposal for the company's new hiring procedures. 「……我還要寫公司新聘僱流程的提案。」可推知正確答案為 (C)，HR 指 Human Resources「人力資源」。

174

Why is Sarah Lin taking a long time completing her expense report?

(A) She has too many items.

(B) She doesn't understand how to fill out the forms.

(C) She doesn't have the applications she needs.

(D) She can't remember the necessary dates.

正解 B

本題詢問為什麼 Sarah Lin 花這麼長時間完成她的費用申請單。由線上對話中 Sarah 說 It's just . . . this paperwork is so unclear!「就是……這些文書工作實在是讓人搞不清楚」得知莎拉不太了解如何填寫文件，故正確答案為 (B)。

175

At 22:15, what does Ian O'Brien imply when he writes, "big deal"?

(A) Sarah's report is very challenging.

(B) He's glad he doesn't have as much work as her.

(C) Sarah shouldn't complain about what she needs to do.

(D) He's glad he is almost done.

正解 C

本題詢問 Ian O'Brien 寫 big deal 的含意。由上一句對話 Sarah 說 I'm on the hunt for two or three receipts from business lunches last month that it seems have disappeared.「我正在找兩三張上個月商務午餐的收據，看起來似乎是不見了。」然後接著 Ian 就說「那有什麼大不了的！我有一疊信用卡帳單還有一些我甚至不記得是買了什麼……」，根據上下文意，伊安認為莎拉所要做的跟他比起來根本就不算什麼，故正確答案為 (C)。

Questions 176-180 *refer to the following e-mail and response.*

To:	jenna_bog@email.com
From:	hr@lavaindustries.com
Subject:	Position in Accounting

Dear Ms. Bog,

First, I'd like to thank you for your interest in the junior accountant position at Lava Industries. We have looked over the résumé you e-mailed to us and feel that you have a lot of the qualities we are looking for. For that reason, we would like to offer you a chance to interview for the position. This first round of interviews will be a **panel interview**, and the panel will be made up of a representative from HR, one from accounting, and one from management. If you successfully complete the first interview, you will be invited back for a second one, which will be one-on-one.

Please note that if the first interview goes well, we will also then contact two references and ask them about your past work experience and your abilities. Their recommendations will also help **determine** if you will be right for the job. When you come to the first interview, please bring phone numbers for the two people you would like us to call.

If you would like to accept this interview offer, please reply directly to this e-mail and indicate whether you would like to come in on Wednesday at 11 a.m., Thursday at 3 p.m., or Friday at 8:30 a.m. Thank you and have a nice day.

Sincerely,

Martha Hendricks
HR Manager, Lava Industries

To:	hr@lavaindustries.com
From:	jenna_bog@email.com
Subject:	RE: Position in Accounting

Dear Ms. Hendricks,

Thank you very much for inviting me for an interview. I am so excited about being considered for the position of junior accountant at Lava Industries.

I would like to accept your offer for an interview and would like to reserve the Wednesday **time slot**. I will bring along the information you requested.

I look forward to meeting you soon.

Sincerely,

Jenna Bog

收件者：jenna_bog@email.com

寄件者：hr@lavaindustries.com

主旨：會計部的職缺

親愛的柏格女士：

首先，我要感謝您對「拉法產業公司」的初級會計師職缺的興趣。我們已經看過您透過電子郵件寄給我們的履歷表，並且認為您有許多我們所需求的特質。因此，我們想提供您面試此職務的機會。初次的面試將會是團體面試，面試小組將由一位人資部代表、一位會計部代表，以及一位管理階層的代表組成。若您順利通過了第一階段的面試，您將會被邀請回來做第二階段一對一的面試。

請注意，若您第一次的面試順利的話，我們還將會與您的兩位推薦人聯繫，並詢問他們關於您過往的工作經驗和工作能力。他們的推薦將有助於決定您是否適合這個職務。當您前來參加第一次面試時，請提供您希望我們聯繫的這兩位推薦人的電話號碼。

若您想要接受這個面試的機會，請您直接回覆此封電子郵件，並註明您希望於星期三上午十一點、星期四下午三點，或星期五上午八點三十分前來面試。謝謝您並祝您有愉快的一天。

謹致，

瑪莎‧亨迪克
拉法產業公司，人資經理

收件者：hr@lavaindustries.com

寄件者：jenna_bog@email.com

主旨：回覆：會計部的職缺

親愛的亨迪克女士：

非常感謝您邀請我前往面試。對於能被「拉法產業公司」考慮為初級會計師職務的人選我真的非常興奮。

我願意接受面試機會，並想要預約週三的時段。我將會把您所要求的資料一併帶去。

期待能盡快與您見面。

謹致，

吉娜‧柏格

- panel interview 團體面試（panel 指「專門小組；評判小組」）
- determine (v.) 決定；裁定
- time slot 時間空檔；時段

176

How did Jenna apply for a position at Lava Industries?

(A) She filled out an online application.

(B) She sent her résumé to the HR department.

(C) She handed her résumé to someone at a hiring event.

(D) She asked her friend Martha to recommend her.

正解 **B**

本題詢問 Jenna 透過何種方式應徵。解題關鍵在第一封信當中第二句 We have looked over the résumé you e-mailed to us . . .「我們已經看過你透過電子郵件寄給我們的履歷表」，表示 Jenna 之前有將履歷表寄給人資部應徵，故正確答案為 (B)。

177

Who will Jenna have her first interview with at Lava Industries?

(A) Jenna will just meet with Martha Hendricks for her first interview.

(B) Jenna will have a one-on-one interview with a representative from the company.

(C) Jenna will meet with three people who are from different departments.

(D) Jenna will have a group interview with several accountants at the company.

正解 **C**

本題詢問 Jenna 首次將與誰進行面試。解題關鍵在首封信第一段後半 This first round of interviews will be a panel interview, and the panel will be made up of a representative from HR, one from accounting, and one from management.「初次的面試將會是團體面試，面試小組將由一位人資部代表、一位會計部代表，以及一位管理階層的代表組成。」，故正確答案為 (C)。

178

What will happen if Jenna passes her first interview?

(A) Someone from Lava Industries will get in touch with two people she knows.

(B) She will be offered the junior accountant position that she applied for.

(C) It will immediately be followed by several one-on-one interviews.

(D) She must have two people call Martha Hendricks before her second interview.

正解 **A**

題目問 Jenna 如果通過首次面試，將會發生什麼事。解題關鍵在於首封信第二段第一句 Please note that if the first interview goes well, we will also then contact two references . . .「請注意，若您第一次的面試順利的話，我們還將會與您的兩位推薦人聯繫」，故正確答案為 (A)。

179

When will Jenna have her panel interview?
(A) After she completes the one-on-one interview
(B) On Friday at 8:30 a.m.
(C) On Wednesday at 11 a.m.
(D) After she submits two references

180

What will Jenna bring with her to her first interview?
(A) The e-mail address of her most recent supervisor
(B) The phone numbers of two people who know her
(C) Another copy of her résumé
(D) Her current contact information

正解 **C**

本題為細節題，詢問 Jenna 何時會進行團體面試。解題關鍵在於第二封信的第二段 . . . would like to reserve the Wednesday time slot . . .「想要預約週三的時段」，交叉比對第一封信，週三的時段為上午十一點，故正確答案為 (C)。

正解 **B**

本題詢問 Jenna 將於首次面試時攜帶什麼資料。解題關鍵在於首封信第二段最後一句 . . . please bring phone numbers for the two people you would like us to call. 以及第二封信第二段的最後一句 I will bring along the information you requested.，故可知 Jenna 會攜帶對方所要求兩位推薦人的聯絡資訊，因此答案選 (B)。

模擬測驗

Questions 181-185 *refer to the following letter to an advice columnist and the reply.*

Dear Problem Coach,

I'm having some trouble, and I was hoping that you could give me some good advice. You see, after graduating from college, I decided to move across the country to start a new life on my own. At first, I lived in a large apartment with a roommate, but that didn't work out so well. That person rarely paid his part of the rent on time, and he never gave me money for his share of the bills, so I had to kick him out. And when he left, he stole my TV and my computer! From then on, I thought it was best to live on my own, so I moved to a smaller place. However, even that is too expensive, and after paying so much in rent every month, I don't have any money left to save. I would say that my rent takes up about 50% of my monthly salary.

I'm worried that I will never be able to buy my own home or even retire someday because it's impossible for me to save any money. Please help me! What should I do?

William

Dear William,

It sounds like you are having a tough time right now. Just remember, the period right after college is the hardest for everyone **financially**. It is especially hard nowadays because the competition for jobs is greater than it ever was before. However, if you are really spending 50% of your monthly income on your rent, you definitely need to make a change. Your first option would be to look for a higher paying job. Your rent should equal 20% to 25% of your salary, so you will need a job that pays enough to make that possible. Your second option would be to move. Either find an even cheaper place to live on your own, or move into a new place with a roommate. Of course, try to find a more honest person to live with this time. And now your last option: move back home. If your parents would be willing to let you live with them for free, it would give you time to save a lot of money. And who knows? You might **end up** with enough savings for a **down payment** on your own home.

Good luck to you!

Problem Coach

親愛的問題輔導師：

我有一些困擾，我希望您能給我一些好建議。是這樣的，從大學畢業後，我決定要搬到國家的另一端，開始一個屬於自己的新生活。一開始我和一位室友一起住在一間大公寓裡，但是後來並不是很順利。那位室友鮮少準時付他的租金，而且他也從來沒把帳單應分攤的錢付給我，所以我只好把他趕出去了。而他離開的時候還偷了我的電視跟電腦！從那時起，我覺得我還是自己一個人住比較好，所以我搬到了一個小一點的地方。縱使如此，花費還是太高了，而且每個月付完如此多的房租後，我根本沒有錢可以存了。我可以說是幾乎把薪水的百分之五十以上都花在租金上了。

我很擔心我永遠無法為自己買間房子或是退休，因為我幾乎不可能存到任何的錢。請你幫幫我！我該怎麼做呢？

威廉

親愛的威廉：

聽起來你現在正處於一個艱難的時刻。要記得，大學剛畢業的時期在財務方面對每一個人而言都是最艱苦的。對於現今而言更是辛苦，因為現在職場的競爭比以往都還要更大。但不管如何，若你每個月花費超過百分之五十的收入在租金上，那你勢必要做些調整。你的第一個選擇可以是去尋找一份更高薪的工作。你的房租應該占你薪水的百分之二十至二十五左右，所以你將會需要一份工作是盡可能足夠來支付的。你的第二個選擇是搬家。看是找一個更便宜的地方供你自己住，或是搬去一個有室友的新地方。當然，這次要試著找一位誠實正直的人一起住。而你最後一個選擇：搬回家住。若你的父母願意免費讓你跟他們一起住的話，這會讓你有時間存下不少錢。而誰知道呢？你或許會存到足夠的錢，讓你付自己房子的頭期款呢。

祝你順利！

問題輔導師

- **financially** *(adv.)* 財政上；金融上
- **end up** 最後；結束
- **down payment** 分期付款的頭款

181

Why is William looking for advice?

(A) He's not sure if he should use his savings to buy a home.

(B) He recently lost his job and doesn't know what to do next.

(C) He wants a new roommate, but he needs help finding a good one.

(D) He needs help finding a way to increase his savings.

正解 D

本題詢問 William 尋求建議的原因為何。解題關鍵在首封信倒數第二句後半部 . . . it's impossible for me to save any money.，表示他希望尋求儲蓄方面的建議，故正確答案為 (D)。

182

Which of the following did William's roommate do?

(A) He paid his bills late every month.

(B) He didn't give William any rent money.

(C) He took some of William's things.

(D) He moved without telling William.

正解 C

本題為細節題，詢問 William 的室友做了什麼事。解題關鍵在首封信的中段 . . . he stole my TV and my computer! 「他偷了我的電視跟電腦！」，故正確答案為 (C)。

183

What does Problem Coach say about the current job market?

(A) The job market is more competitive today than in the past.

(B) Only businesses in certain industries are hiring.

(C) To find a good job, one might have to move to another city.

(D) Most people aren't paid as much as they should be.

正解 A

本題詢問 Problem Coach 針對目前的就業市場提出何種看法。解題關鍵在第二封信的第三句 . . . the competition for jobs is greater than it ever was before. 「職場的競爭比以往都還要更大」，表示職場競爭更加激烈，故正確答案為 (A)。

184

Based on Problem Coach's advice, if William's rent is $1,000 a month, which monthly salary should he try to earn?

(A) Under $1,000
(B) $2,000 to $3,000
(C) $4,000 to $5,000
(D) The same salary he has now.

正解 **C**

本題問依照 Problem Coach 的建議，若 William 的房租是每月 1,000 美元，月收入應該多少才足夠。解題關鍵在第二封信的中段，Your rent should equal 20% to 25% of your salary . . .「你的房租應該占你薪水的百分之二十至二十五左右」，反過來說薪水應為房租的 4~5 倍，以房租 1,000 美元計算，薪水應為 4,000~5,000 美元，故正確答案為 (C)。

185

Why does Problem Coach think William should live with his parents?

(A) His parents probably miss having him in their home.
(B) It could give him the chance to save a lot of money.
(C) He would be able to buy their home when they get older.
(D) It's nicer living with one's parents than with a roommate.

正解 **B**

本題詢問為何 Problem Coach 建議 William 應與父母同住。解題關鍵在第二封信倒數第三句 . . . it would give you time to save a lot of money.「將給你時間存下不少錢」，因此正確答案為 (B)。

Questions 186-190 *refer to the following purchase order, e-mail, and response.*

Baking Supplies World		Purchase Order	
		Date	October 11th
Bill To:	Ellie's Bakery 3322 Elmwood Ave. Baltimore, M.D. 21205	**Reference Number**	11371
		Ship Via:	Ground
		Billing Term:	3 Months
Item Number	**Item Description**	**Quantity**	**Unit Price**	**Total**
6023	Baking Tray	4	$15.00	$60.00
8821	White Apron	2	$4.00	$8.00
7886	Metal Mixing Bowl	3	$21.00	$63.00
			Subtotal	$131.00
			Tax	-
			Shipping	$12.00
			Total	$143.00

烘焙材料供應世界		訂購單	
		日期：	十月十一日
付款人：	艾莉烘培坊 愛姆伍德大道 3322 號 巴爾的摩市， 馬里蘭州 21205	查詢序號：	11371
		運送方式：	陸運
		付款條件：	3 個月
品號	商品明細	數量	單價	合計
6023	烤盤	4	$15.00	$60.00
8821	白色圍裙	2	$4.00	$8.00
7886	金屬攪拌碗	3	$21.00	$63.00
			小計	$131.00
			稅別	-
			運費	$12.00
			總計	$143.00

To:	ellie@elliesbakery.com
From:	megan@bakingsuppliesworld.com
Subject:	Your Recent PO

Dear Ellie,

Thank you for your recent order with Baking Supplies World. We are happy to do business with you again. There are a few things I want to tell you before we send out your order, though. First, you may have noticed that your billing term has changed. This is because you have successfully completed an order with us in the past. Now you have the option to make payments over three months rather than pay your balance in full when your shipment arrives. Second, are you aware you could upgrade to air shipping for just $5 more than ground? If you would like to change your shipping method, please contact us before 6 p.m. on Friday. Finally, I would just like to make it clear that you are not being charged tax on this order because you moved your store to a different state. Only Virginia-based companies **are subject to** tax. If you have any further questions, please don't **hesitate** to contact us.

Sincerely,

Megan Health
Baking Supplies World, Customer Service Representative

收件者：ellie@elliesbakery.com
寄件者：megan@bakingsuppliesworld.com
主旨：您近期的訂貨單

親愛的艾莉：

感謝您近期於「烘焙材料供應世界」的訂單。我們很榮幸能再次與您交易。不過，在我將您訂購的商品寄出之前需要跟您做一些說明。首先，您或許已發現您的付款條件有所更動，這是因為您過去已成功和我們完成訂單交易。現在您可以選擇於三個月內付清款項即可，而不需在商品送達時就全額付清。第二，您是否知道只需多花五塊錢就可從陸運升級為空運？若您想更改運送方式，請於週五下午六點前與我們聯繫。最後，我想在此說明澄清一下，此次的訂購並未向您收取稅金，原因在於您的店鋪已搬遷至另一州。只有隸屬於維吉尼亞的公司會被徵收稅金。若您還有任何疑問，請隨時與我們聯繫。

謹致，

梅根 · 赫爾希
烘焙材料供應世界，客服中心代表

- be subject to 須經；容易或可能遭受
- hesitate (v.) 躊躇；猶豫

To:	megan@bakingsuppliesworld.com
From:	ellie@elliesbakery.com
Subject:	Re: Your Recent PO

Thank you so much! You guys have great customer service and the best materials for baking. I am going to pay my balance in full just because I'm no good at accounting, so that will be easier for me. Air shipping is great for me because I need those supplies ASAP.

Thanks again. You made me glad I moved to Maryland.

Ellie of Ellie's Bakery

收件者：megan@bakingsuppliesworld.com

寄件者：ellie@elliesbakery.com

主旨：回覆：您近期的訂貨單

非常感謝！你們的顧客服務很棒，烘焙材料也是最好的。因為我的算術不好，我打算一次全額付清，這樣對我來說比較簡單。由於我需要盡快收到這些材料所以空運對我來說比較好。

再次感謝。你讓我覺得搬來馬里蘭真好。

艾莉烘焙坊的艾莉

186

How much will Ellie pay for all the bowls she ordered?

(A) $4.00

(B) $21.00

(C) **$63.00**

(D) $143.00

正解 C

本題為細節題，詢問 Ellie 訂購的碗總價多少。解題關鍵在訂購項目的第三欄 metal mixing bowl「金屬攪拌碗」，最後 total「總價」為 63 美元（請注意 21 美元為單價），故正確答案為 (C)。

187

What is TRUE about Ellie's purchase order?

(A) She submitted it three months before she needed the items.

(B) She doesn't have to pay anything to have her items shipped.

(C) She has four different items listed on the order.

(D) **She is ordering more baking trays than metal bowls.**

正解 D

本題為是非題，詢問四個選項何者為真。一一檢視選項並比對原文，發現解題關鍵在訂購單當中訂購項目欄位，baking tray「烤盤」的數量多於 metal bowls「金屬碗」，故正確答案為 (D)。

(A) 不對，文中並沒有說所需商品要在三個月前提前下訂。

(B) 不對，電子郵件當中提及貨品運送要付費。

(C) 不對，訂購單當中顯示訂購物品種類為三種。

188

Why was Ellie's billing term changed?

(A) Ellie has placed and paid for an order with Baking Supplies World before.

(B) Ellie requested that she be given more time to pay off her balance.

(C) Any order sent to another state can be paid for over several months.

(D) Baking Supplies World now offers a three-month billing term to all customers.

正解 A

本題詢問為何 Ellie 的付款條件被更改。解題關鍵在電子郵件當中第一點 This is because you have successfully completed an order with us in the past.「這是因為您過去已成功和我們完成訂單交易。」，故正確答案為 (A)。

(B) pay off 清償（債務等）。

189

How is this order NOT different from Ellie's previous order?

(A) She is going to have to items shipped by air.

(B) She is going to pay for the items in one lump sum.

(C) She is going to have the items shipped to Maryland.

(D) She is not going to pay tax on the items.

正解 B

本題為整合題，詢問艾莉這次的訂單和過去有哪一點是相同的。由第一篇電子郵件中提到顧客可以在三個月付清款項，而不需像以往在商品送達時全額付清，但在第二篇電子郵件中艾莉仍舊回覆表達要一次付清款項，故正確答案為 (B)。

• lump sum 一次付款額

(A) 以往是海運寄送，此次訂單才改為空運。

(C) 艾莉剛搬到馬里蘭，以往是寄到維吉尼亞。

(D) 以往寄送到維吉尼亞需支付稅金，因為店鋪搬遷此次無需支付。

190

What is the main purpose of Megan's letter?

(A) She wants to explain why she can't fill Ellie's order.

(B) She wants to confirm that Ellie's Bakery sells the items she needs.

(C) She wants to give Ellie information related to her order.

(D) She wants to inform Ellie about why the cost of shipping has increased.

正解 C

本題為主旨題，詢問 Megan 為何要寄這封信。由電子郵件當中可知 Megan 告知買家關於付款與運送方式的資訊，與買家訂單相關，故正確答案為 (C)。

Questions 191-195 rrefer to the following chart, e-mail, and response.

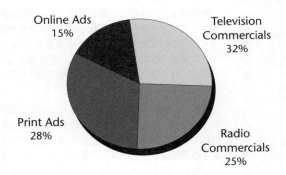
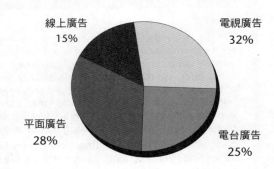

- We don't plan to run many television commercials, but the ones we do want to run are during expensive time slots.
- Print ads historically are effective during this time of year. They shouldn't remain so high in the following quarter.
- We will be able to run a very high number of radio commercials with this budget.
- We should consider assigning staff members who strictly work on online ads.

- 我們不打算太頻繁打電視廣告，我們想要的是在高額時段播放。
- 以往平面廣告在一年中的這個時候才有效。在接下來的一季不要維持如此高的比例。
- 以此份預算，我們將能播放大量的電台廣告。
- 我們應該考慮分派專門處理線上廣告的人力。

To:	everett@xyzcompany.com
From:	colin@xyzcompany.com
Subject:	Advertising Budget

Everett,

I've just received the advertising budget you are proposing for the third quarter, and I have a few questions. First of all, why are radio commercials getting such a high percentage of the budget? I thought that they were only given 15% of last quarter's budget, and in the quarterly meeting we agreed that even that was too much. I mean, are people even listening to the radio anymore? I feel like spending money on radio ads is like throwing money away.

Next, why aren't we **dedicating** more money to online advertising? In my opinion, Internet ads are great because they're seen by so many people and don't cost as much as traditional media ads. My suggestion is that we cut the radio ads to 5% of the budget and put that extra 20% towards online ads. In fact, I think we should also decrease the print ad budget and pour more into online ads. How about we give print ads just 15% of the budget? That should be enough for a **flyer** and an ad in the local newspaper, right?

Get back to me as soon as possible with your thoughts. The new budget has to be **approved** by Friday.

Colin

收件者：everett@xyzcompany.com

寄件者：colin@xyzcompany.com

主旨：廣告預算

愛弗雷特：

我剛接到你提出的第三季廣告預算，我有一些問題。首先，為何電台廣告的預算會占整體預算如此高的比例呢？我記得電台廣告預算占上季預算的 15%，而在季度會議中我們同意連那樣的比例都還是太高了。我是說，現在還有人還在收聽電台節目嗎？我覺得花錢在電台廣告上就像是把錢丟掉。

接下來，我們何不給線上廣告更多預算呢？以我的觀點，網路線上廣告很棒，因為它們會被許多人看見，而且不像傳統媒體的廣告花費那麼高。我的建議是將電台廣告預算減低至 5%，並將多出來的 20% 挪給線上廣告。事實上，我認為我們也應該減低平面廣告預算，並在線上廣告上砸下更多預算。還是我們就只放 15% 的預算在平面廣告上呢？這樣應該足夠作為廣告傳單及當地報紙廣告欄的費用了，對吧？

請盡快跟我說你的想法。新的預算需要在星期五前通過。

科林

- dedicate (v.) 把（時間、精力、金錢等）用於……
- flyer (n.)（廣告）傳單
- approve (v.) 批准；認可

To:	colin@xyzcompany.com
From:	everett@xyzcompany.com
Subject:	Re: Advertising Budget

Colin,

We're in agreement about the radio ads. The thing is that I mentioned the idea of cutting radio's budget to the boss, and he said he would not approve such a proposal. My hands are tied. That said, radio ads are ridiculously cheap now, so we might get decent returns.

I'll tell you what I'm thinking though. In the upcoming quarter, we use some of the online-ads budget to do research on which area of market is getting the best **ROI**. That should prove us right and allow us to create a budget in line with your suggestions in the fourth quarter.

Everett

收件者：colin@xyzcompany.com

寄件者：everett@xyzcompany.com

主旨：回覆：廣告預算

科林：

我同意你關於電台廣告的意見。事情是這樣的，我和老闆提過減少電台廣告預算的想法，然而他說他不會同意這樣的提案。我能做的有限。即便如此，現在電台廣告便宜到不行，所以我們或許能獲得不錯的收益。

我來告訴你我是怎麼想的。在接下來的一季，我們用一些線上廣告預算來調查哪一種廣告的投資回報率是最好的。那樣可以證明我們是對的，並且讓我們在第四季提出一個符合你建議的預算。

愛弗雷特

- ROI = Return On Investment 投資回報率

191

Why is Colin writing to Everett?

(A) He thinks Everett is spending too much money on advertising.

(B) He doesn't believe Everett divided the advertising budget up well.

(C) He wants to help Everett create a new advertisement for the company.

(D) He needs help understanding the new radio commercial Everett made.

正解 **B**

本題為主旨題，詢問為何 Colin 要寫此郵件。解題關鍵在 Colin 寫的電子郵件的第一句 I've just received the advertising budget you are proposing for the third quarter, and I have a few questions.「我剛接到你提出的第三季廣告預算，我有一些問題」，顯示他對對方提出的預算分配計畫有疑慮，因此正確答案為 (B)。

(A) 不對，因為 Colin 只覺得電台預算分配過高，但對於整體廣告預算沒有意見。

(C) 不對，因為 Colin 是對預算分配有意見，而非要製作新廣告。

(D) 不對，Colin 並非是要了解 Everett 製作的新電台廣告內容，而是針對預算分配提出疑慮。

192

What is the main problem Colin has with Everett's budget proposal?

(A) He thinks too much will be wasted on worthless types of ads.

(B) He doesn't think Everett should change the budget from last quarter.

(C) He would prefer to spend less money on television commercials.

(D) He isn't sure if Everett will be able to complete it on time.

正解 **A**

本題詢問 Colin 認為 Everett 的預算計畫最主要的問題為何。解題關鍵在 Colin 寫的郵件第一段最後一句 I feel like spending money on radio ads is like throwing money away.「我覺得花錢在電台廣告上就像是把錢丟掉。」，顯示他覺得花錢在這樣的廣告模式並不值得，正確答案為 (A)。

193

Which percentage of the budget would Colin like to dedicate to online ads?

(A) 15%
(B) 35%
(C) 48%
(D) 52%

正解 C

本題為整合題，詢問 Colin 覺得線上廣告的比例應占多少。解題關鍵在 Colin 寫的郵件中的第二段中段 . . . put that extra 20% towards online ads . . .「將多出來的 20% 挪給線上廣告」，後面又建議平面廣告由 28% 降為 15%，即多出來的 13% 也投入線上廣告。由圓餅圖當中交叉比對，原本線上廣告占 15%，多加 20% 及 13% 等於 48%，故正確答案為 (C)。

194

Which area of the budget do Everett and Colin both agree on?

(A) Most of the advertisements they create should be posted online.
(B) The amount of money spent on radio ads should be cut.
(C) The ad budget spent on TV commercials should be increased.
(D) Flyers and newspaper ads are the most effective print advertisements.

正解 B

本題詢問兩者之間有共識的預算領域為何。解題關鍵在電子郵件當中，Colin 提及電台廣播預算過高，應刪減並將多出來的預算投注於網路廣告，而 Everett 回覆的郵件中一開頭提到 We're in agreement about the radio ads.「我同意你關於電台廣告的意見。」，故正確答案為 (B)。

195

Why doesn't Everett propose to decrease the budget for radio ads?

(A) Radio ads cost a lot of money at this time of year.
(B) Everett believes radio ads should never be decreased.
(C) Everett wants to make sure every radio listener hears their ads.
(D) The boss told him not to lower the budget for radio.

正解 D

本題詢問為何 Everett 沒有提議要減少電台廣告的預算。解題關鍵在 Everett 寫的電子郵件中第二句 The thing is that I mentioned the idea of cutting radio's budget to the boss, and he said he would not approve such a proposal.「事情是這樣，我和老闆提過減少電台廣告預算的想法，然而他說他不會同意這樣的提案」，得知原因是老闆不同意，因此正確答案為 (D)。

Questions 196-200 refer to the following order confirmation, invoice, and e-mail.

From:	Shantrice Wellmore <sweetwater.boats@xumail.com>
To:	Lester Claypool <tommythecat@bestmail.com>
Date:	August 1
Subject:	Order #4565

Hello!

I hope this e-mail finds you well, Mr. Claypool. I am writing to confirm that your full payment has been received for your brand-new Endeavor V506—congratulations. Our next step in the process is to have the vehicle delivered to your house. Since you are located in Miami, Florida, we will be working with our Southeastern towing company, Mr. Schwifty Wheels, to ensure the delivery of your watercraft on time. We guarantee the shipment will arrive during the last week of August, as long as no changes are made to the order. (Changes requested within five days of this order confirmation are afforded the same guarantee.)

Attached is a copy of the invoice with all of the specifications you have selected for your vehicle. If there are any discrepancies, please contact me as soon as possible, as the technicians will be **wrapping up** your order over the next few days.

Thank you so much and I look forward to hearing from you!

Shantrice Wellmore
Sales Representative
Sweetwater Watercraft
1.450.226.5897
Monterey, CA 93940

寄件者：山粹司・衛爾摩
<sweetwater.boats@xumail.com>
收件者：萊司特・葛雷布爾
<tommythecat@bestmail.com>
日期：八月一日
主旨：訂單編號 4565

哈囉！

葛雷布爾先生，希望你一切安好。我寫信來跟您確認您全新的安帝佛 V506 的款項已全數付清了，恭喜。我們接下來的程序將會把這艘船送到你家。因為你住在佛羅里達州的邁阿密，我們將會和東南部的拖運公司，史衛佛提先生舵輪公司合作，以確保您可以準時收到您的船。只要訂單不再做任何的修改，我們保證在八月的最後一週會運送到達。（若在此訂單確認後五天內修改，仍舊享有同樣的保證。）

附件是發票副本，上面有您所選擇運載工具的詳細規格。由於技術人員將會在接下來的幾天完成您的訂單，若有任何的差異，請盡快聯繫我。

非常感謝您，並期待您的回覆！

山粹司・衛爾摩
業務代表
史衛特瓦特造船公司
電話：1.450.226.5897
93940 加州蒙特利

Endeavor V506   **Order #: 4565**
Comfort & Interior   **Purchasing Invoice**

- Solid khaya floor
- Jet-black leather interior
- Fiberglass interior headliner
- Convertible V-berth lounge with drawer
- Starboard-side hanging locker, cedar lined
- 3-switch panel with 8 overhead LED lights and 4 accent lights
- Boze audio stereo with Bluetooth streaming, Boze audio speakers, subwoofer, and Boze audio amplifier
- 42" flat-screen TV
- 11-gallon 220v stainless steel water heater

安帝佛 V506   **訂單編號：4565**
舒適的設備及內裝   **購買發票**

- 堅固的卡亞地板
- 曜石黑色的皮革內裡
- 玻璃纖維材質的內部頂篷
- 附有抽屜的活動型 V 型臥鋪房
- 右舷側有懸吊式的附鎖衣物櫃、西洋杉材質
- 八個三段式開關的頭頂 LED 燈及四個補強燈
- 柏思音響，包含藍芽串流功能、柏思音響喇叭、重低音喇叭和柏思音響揚聲器
- 42 吋平板電視
- 11 加侖、200 伏特的不鏽鋼熱水器

From:	Lester Claypool <tommythecat@bestmail.com>
To:	Shantrice Wellmore <sweetwater.boats@xmail.com>
Date:	August 2
Subject:	ORDER ERROR – Order #4565

Shantrice,

Good afternoon. Hey, there is a huge problem with my order. Based off of the information you provided me, there are two errors regarding the interior design and upholstery. First, I ordered champagne leather interior, not black. Second, the TV screen you have listed is ten inches too small. I ordered the largest size possible as I plan on hosting lots of parties for sporting events. I hope it's not too late to make sure these changes are taken care of. I look forward to your response e-mail. I appreciate your shipment policy, but I'd like to ask you to delay shipment by one week. I have work off that entire week, so it'll be more convenient for me then.

Thanks again,

Les

寄件者：萊司特 ・ 葛雷布爾
　　　　<tommythecat@bestmail.com>
收件者：山粹司 ・ 衛爾摩
　　　　<sweetwater.boats@xmail.com>
日期：八月二日
主旨：訂單錯誤—訂單編號 4565

山粹司，

午安。嘿，我的訂單有個大問題。根據您提供給我的資料，關於室內設計和裝潢有兩個錯誤。首先，我訂的是香檳色的皮革內裡，而非黑色。第二，你條列上的電視螢幕小了 10 吋。我訂購的是盡可能最大尺寸的電視，因為我計畫要舉辦許多運動賽事的派對。我希望現在要求確保這些變更能處理好才不會太晚。我期待您電子郵件的回覆。我感謝您運送的計畫，但我想要求延遲一週送達。我那週休假，所以對我來說那時會比較方便。

再次感謝，

萊司

196

In the order confirmation, the phrase "wrapping up" in paragraph 2, line 3, is closest in meaning to
(A) finalizing
(B) packaging
(C) summarizing
(D) redoing

正解 A

本題考字義。wrap up 原意為「包裝；包裹」，在口語中 wrap up sth. 有「完成某事」之意。在此表示技術人員將依訂單需求及規格完成船隻的打造，故答案為 (A)，finalizing 表「完成」之意。
(B) packaging 指「包裝」。
(C) summarizing 指「總結；摘要」。
(D) redoing 指「重做」。

197

What is an Endeavor V506?
(A) A plane
(B) A train
(C) An automobile
(D) A boat

正解 D

本題詢問文中「安帝佛 V506」是什麼樣的產品，由第一篇信件的第一段中 . . . to ensure the delivery of your watercraft on time，其中的 watercraft 即指「船隻」，故可知答案選 (D)。

198

Which of the following is NOT a feature of the order?
(A) A water heater
(B) LED lights
(C) Seat warmers
(D) A speaker system

正解 **C**

本題為除外題，詢問選項何者非訂單的項目。選項 (A) A water heater「熱水器」、(B) LED lights「LED 燈」及 (D) A speaker system「喇叭系統」這三個選項在第二篇的訂單發票中皆有提到，唯獨選項 (C) Seat warmers「電熱座」並沒有提及，因此答案選 (C)。

199

What is true about the TV?
(A) The TV is available in various colors.
(B) The TV is separate from the vehicle.
(C) Mr. Claypool originally ordered a 52" TV.
(D) Mr. Claypool ordered the wrong TV.

正解 **C**

本題為整合題，詢問關於電視的敘述何者正確。由文中訂單發票上 42" flat-screen TV「42 吋平版電視」以及 Lester 所寫電子郵件中的 Second, the TV screen you have listed is ten inches too small.「第二，你條列上的電視螢幕小了 10 吋」可知 Mr. Claypool 原先訂購的電視尺寸是 52 吋，故答案選 (C)。

200

When will the Endeavor V506 arrive at Mr. Claypool's address?
(A) In mid-August
(B) During the last week of August
(C) During the first week of September
(D) At the end of September

正解 **C**

本題為整合題，詢問貨品安帝佛 V506 何時會送達 Mr. Claypool 的住址。由訂單確認郵件第一段的最後提到 We guarantee the shipment will arrive during the last week of August「我們保證在八月的最後一週會運送到達」，以及 Lester 所寫電子郵件中 Mr. Claypool 說 I'd like to ask you to delay shipment by one week.「我想要求延遲一週送達」，可以推知訂貨將會在八月底的下一週送達，也就是九月的第一週，故答案選 (C)。